Much Ado About You
by Eloisa James

瞳をとじれば

エロイザ・ジェームズ
木村みずほ［訳］

ライムブックス

瞳をとじれば

主要登場人物

テレサ(テス)・エセックス……………………スコットランドの貧乏貴族の娘
ルーシャス・フェルトン……………………実業家
イモジェン・エセックス……………………テレサの妹
アナベル・エセックス……………………テレサの妹
ジョセフィーン(ジョージー)・エセックス……………………テレサの妹
ホルブルック公爵(レイフ)……………………エセックス姉妹の後見人
レディ・グリセルダ・ウィロビー……………………エセックス姉妹のお目付け役
メイン伯爵ギャレット・ランガム……………………レディ・グリセルダの兄
ドレイブン・メイトランド……………………ホルブルック公爵の隣人

1

一八一六年九月　シルチェスター郊外
ホルブルック公爵の邸宅、ホルブルック・コート

ある日の午後

「閣下、ご注文の揺り木馬が無事に届きましたので、すべて子供部屋に運ばせました。なお、お子さま方は到着しておりません」

ホルブルック公爵ラファエル――レイフ・ジョーダンは、書斎の暖炉の火をかきたてていた手を止めて振り向いた。執事のブリンクリーの声がやんわりと不快感を伝えていた。というより、年配の使用人全員の不満を伝えたと言うべきか。四人の幼女を邸に迎えることを喜ぶ者などいやしない。かまうものか、とレイフは思った。わたしが大勢の子供をもらい受けてきたわけじゃあるまいし。

「揺り木馬？」暖炉の右手に置かれた椅子から物憂げな声がした。「けっこうだな、レイフ。

小さいうちから馬に興味を持たせるに越したことはない」メイン伯爵ギャレット・ランガムは友人のほうにグラスを掲げた。黒い巻き毛を乱し、当てこすりを言い、激しい怒りを隠そうともしない。ただし、メインはレイフに腹を立てているのではなく、ここ数カ月で怒りを募らせてきたのだが。「お父さまとかわいい女騎手たちに乾杯」彼は酒を飲んだ。

「よせよ！」とレイフは言ったが、友人にさして反感を抱かなかった。たしかに今のメインは口が悪くてブラックユーモアを飛ばす、付き合いにくい相手だ。とはいえ、女性に振られたショックでひねくれているだけだから、そのうち立ち直るだろう。

「なぜ木馬をいくつも買ったんだ？」メインが尋ねた。「子供部屋に揺り木馬は一頭あれば十分だと思っていたが」

レイフはブランデーをあおった。「子供のことはよく知らないが、兄とおもちゃの取り合いをしたことは忘れられない。だから四頭揃《そろ》えたんだよ」

一瞬メインは考え込み、沈黙が流れた。レイフがまだ兄（五年前に死去）をなつかしく思っていることに触れるべきだろうか。いや、やめておこう。男の常で、湿っぽい話をしてもしかたがないとメインは考えた。

「きみはそのみなしごたちによくしてやっているよ」とメインは言った。「たいていの後見人は、自分の目につかない場所に子供たちを片づける。まるで血のつながりなどないかのように」

「世界じゅうの人形をかき集めても、この境遇の埋め合わせにはならないさ」レイフは肩をすくめた。「あの子たちの父親は、牡馬《ぼば》に乗る前に自分の責任をよく考えるべきだったんだ」

どうしても避けたい方向へ話が進んでいくので、メインはぱっと立ち上がった。「せっかくだから、木馬を見せてくれ。お目にかかるのは久しぶりだ」

数分後、ふたりは三階の広い部屋の真ん中に立った。壁の絵を見ていると、目が回りそうだ。羊番の女の子は赤頭巾《ずきん》を追いかけ、巨人が壁を横切って赤頭巾を押しつぶそうとし、振り上げた足を羽根ぶとんで寝ている大きな豆の上に下ろそうとしている。この部屋はボンド街のおもちゃ屋にそっくりだ。金髪の巻き毛の人形が四体、つんと澄ましてベンチに座っている。四台の人形用ベッドが並んだ横には、四台の人形用テーブルが置かれ、その上にそれぞれびっくり箱がのせてあった。そうしたおもちゃに囲まれた揺り木馬は、本物の馬の毛が使われていて、大人の男の腰まで届きそうな大きさだ。

「なんと」メインは言った。

レイフは木馬に歩み寄り、木の床でがたがたと音をたてて揺らした。そのとき横のドアが開き、白いエプロン姿のふくよかな女性が顔を突き出した。

「これは、閣下」女性はにこやかに言った。「あとはお子さま方を待つばかりですわ。雇った子守にお会いになりますか?」

「ここに通してくれ、ミセス・ビーズウィック」

乳母のミセス・ビーズウィックに続いて、四人の若い子守女がぞろぞろと入ってきた。

「子守のデイジー、ガッシー、エルシー、メアリーです。四人とも村娘で、こちらでのお勤めをありがたく思っております。愛らしいお嬢さま方のご到着が楽しみで」ほほえんでお辞儀する乳母の両脇《りょうわき》に、子守の娘たちが並んだ。

「なんと」メインは繰り返した。「子供たちにはひとりずつ子守までいるのか、レイフ」

「いいじゃないか。兄とわたしには三人の子守がいたんだぞ」

「三人？」

「兄は七歳で爵位を継いでから子守がふたり付いた。わたしにはひとりさ」

メインは、ふん、と言った。「ばかばかしい。きみが最後に被後見人たちの父親、ブライドン卿《きょう》に会ったのはいつなんだ？」

「もう何年も会っていなかった」レイフがびっくり箱を手に取ってレバーを押すと、甲高い音とともに人形が飛び出した。「手紙のやりとりだけで話がまとまったものでね」

「じゃあ、被後見人たちに会ったことはないのか？」

「ない。わたしは長年スコットランドに行っていないし、ブライドンのほうも、アスコット競馬やシルチェスター競馬、たまにニューマーケットに来るだけだった。はっきり言うと、彼は厩舎《きゅうしゃ》以外にはまるきり関心がなかったんだろう。子供たちを貴族年鑑にも載せなかったんだから。そりゃあ、四人とも娘だから、遺産相続はできなかったがね。土地は遠縁の者に渡ったようだ」

「いったいなぜ――」メインは脇に並んでいる五人の女性をちらりと見て、口をつぐんだ。

「ブライドンに頼まれたからさ」レイフは肩をすくめた。「深く考えなかったんだ。引き受けるはずの男が去年死んで、わたしに役目が回ってきた。まさかブライドンが不幸に見舞われるとは思わなかったよ。あれはとんでもない事故だった、彼が馬に振り落とされたのは。まあ、彼は調教が済んでいない牡馬に乗るような愚か者だったがね」

「きみが父親の役をするとはねえ」

「断る理由がなかった。わたしには子供を何人でも育てられる財産がある。おまけにブライドンは、後見人を務める見返りにスターリングを譲ってくれた。わたしは手紙を受け取った時点で申し出を承諾し、礼は無用と伝えたんだが。それでもスコットランドからスターリングが届いたら、あの馬を厩舎に入れないわけにいくまい」

「スターリングはスタンドアウトの血を引いているんだな」

レイフはうなずいた。「パッチェムの弟のね。ブライドンの厩舎の主力はパッチェムの血を引く馬だ。今、イングランドにパッチェムの直系はその馬たちしかいない。スターリングはパッチェムというよりスタンドアウトの血統だが、来年のダービーに勝ってくれないかな」

「パッチェムの子孫はどうなる？」メインがきいた。馬の話題となると飛びつくのだ。「たとえば、ワントンは？」

「まだわからん。言うまでもなく、厩舎は限定相続の対象ではないからな。秘書にブライドンの地所を調べさせているところだ。厩舎が娘たちのものになるなら、馬を競売にかけて、売上を信託基金にしようと思う。ゆくゆくは持参金が必要になるが、ブライドンがその用意をしていたとはとても思えない」

「ワントンが売られるなら、ぼくが買う。何千ポンドでも出すよ。あれはうちの厩舎にぴったりの馬だ」

「うちの厩舎でも大活躍する馬だぞ」レイフも言った。

メインは鋳鉄製の馬のミニチュアに目を留め、それを対になっている馬車につなげていた。「こいつは逸品じゃないか」炉棚の上にすべての馬と馬車が並んだ。「このまま子供たちに見せてやってくれ。スコットランドのことなど忘れてしまうだろう。男の子がいないのは残念だな」

レイフはメインの顔をじっと見た。この伯爵は親友のひとりであり、この先もそうだろう。しかし、メインはずるいほど幸運な人生に恵まれ、悲嘆に暮れた経験がない。いっぽうレイフには、快適な子供部屋でふとさびしくなる気持ちが痛いほどわかる。鋳鉄製の馬は、自分で次々と買い揃えたとはいえ、なんの役にも立たない。おもちゃが死んだ父親の代わりにはならないように。「とてもそんなふうには思え——」

背後でドアが開き、レイフは話をやめて振り向いた。

ブリンクリーが入ってきて、いつになく身軽に脇へよけた。使用人が主人の度肝を抜く機会はめったにない。「こちらはミス・エセックスでございます。そしてミス・アナベル、ミス・イモジェン、ミス・ジョセフィーン」

それから執事は、こらえきれずに付け加えた。「お子さま方が到着されました、閣下」

2

テレサ・エセックスが公爵邸の一室に入ると、なんとふたりのイングランド人男性がおもちゃで遊んでいた。大の大人がおもちゃで！　噂《うわさ》どおりだわ。イングランドの紳士は吹けば飛ぶようなやせっぽちで、けっして大人にならないとか。

どこの生まれだろうと、男性に変わりはないけれど。

男性は永遠におもちゃを卒業しない。テスことテレサは一六歳を過ぎたころに、その真理を悟っていた。彼女はジョージーに目配せし、イモジェンの肩に触れ、妹たちを一列に並ばせた。すでにアナベルは定位置に立ち、首をかしげて蜂蜜《はちみつ》色の髪を披露している。

ふたりの男性は四姉妹の姿にショックを受けたようだ。口をあんぐりと開けんばかり。ぶしつけもいいところだ。ただし彼らは、テスが予想していた優男でもなかった。ひとりはおしゃれ好きらしく、黒い巻き毛を当世風にわざと乱している。さりとて伊達男《だておとこ》ではなく、どこか危険な雰囲気も漂っていた。もうひとりは長身だ。腹が出ていて、ぼさぼさの茶色い髪が額にかかっている。きっと孤独な人なのだろう。

「申し訳ありません」誰も話さないので、とうとうテスは口を開いた。「お忙しいところをお邪魔して」〝お邪魔〟という言葉に心持ち力をこめることで、自分たちはただのスコットランド美人ではないと、見向きもされない存在ではないと相手に伝えようとする。野暮ったいドレスを着ていても、れっきとしたレディなのだから。

優雅な男性がお辞儀をして進み出た。「これは嬉《うれ》しい驚きです、ミス・エセックス。みなさんも」

必死に笑いをこらえているような声だ。だが、彼は如才なくテスの手に口づけをした。ようやく大柄な男性も、水たまりから出てきた犬よろしく体をぶるっと震わせ、テスに近づいた。「無礼の段を許してほしい」彼は言った。「わたしはホルブルック公爵レイフ・ジョーダンだ。きみたちの年齢を勘違いしていたよ」

「わたしたちの年齢を？」テスは問いかけるように眉を上げた。やがて、壁に描かれた陽気な絵とおもちゃの山を見て納得した。「まだ子供だと思ったのですね？」

レイフはうなずき、テスの前でゆったりとお辞儀した。髪をとかす気はなくても、正真正銘の貴族なのだ。「本当にすまなかった。きみたちはまだ幼いとばかり思っていた」

「幼いどころか」テスは言った。「赤ん坊だと思ったのでしょう」この部屋には乳母と四人の子守がいるうえ、揺り木馬や人形も置いてある。「父は公爵さまにお話ししなかった――」

テスは口をつぐんだ。お父さまが公爵に話したはずがないわ。馬のスターリングの年齢や、ワントンの歩幅、ミレディィズ・プレジャーがレース前に好む餌《えさ》は伝えただろう。でも、わたしたちの年齢は教えそうもない。

四姉妹の後見人となったレイフは、いつのまにかテスの手を取り、ほほえみかけていた。すると、彼女の心もなごんだ。「父上に確かめなかったわたしがうかつだった。まさか後見人になることはあるまいと思ったものでね。このたびは心からお悔やみを申し上げる、ミス・エセックス」

テスはまばたきをした。公爵の瞳はブルーがかったグレイという不思議な色だ。見かけは粗野なのに、やさしい目をしている。彼女の胸にかすかな希望が芽生えた。

「恐れ入ります。では、妹たちを紹介させて下さい」テスは妹のほうを向いた。「こちらはイモジェン。二〇歳になったばかりです」ときどき、イモジェンはアナベルより美しく見える（アナベルの美貌《びぼう》を考えると驚くべきことだ）。イモジェンのつややかな黒髪とにこやかな目は母親譲りだが、形のいい唇は彼女だけのものだ。その唇を見た男性が悩殺されることも珍しくない。公爵が目をしばたたいてからわれに返る様子は見ものだった。

当のイモジェンは恋をしているので、男性一般にどう思われようと気にしない。それでもレイフにはほほえみ、上品にお辞儀をした。父親にわずかな金が入ると、しばらく家庭教師を雇ってもらえたため、四姉妹はしとやかに振る舞えるのだ。

「こちらがアナベル」テスはアナベルの腕に手を置いた。「わたしのすぐ下の妹で、二二歳です」イモジェンは男性を歯牙《しが》にもかけないが、アナベルは幼いころに男性の気を引くすべを身につけたようだ。彼女は薔薇色《ばらいろ》の唇に笑みを浮かべ、純粋無垢《むく》なだけの女ではないとレイフに無言で訴えた。さらにうわずった声で感謝を述べる。レモンを垂らした蜂蜜みたいな挨拶《あいさつ》だ。

だが、レイフが骨抜きにされる気配はなかった。「ミス・アナベル」彼はアナベルの手を唇に運んだ。「どうぞよろしく」

「それから、末の妹のジョセフィーンです」テスは言った。「ジョージーは一五歳ですから、まだ社交界にはデビューしていませんの」

テスはレイフがジョージーにほほえみかけていることに気づいた。どうやら礼儀正しい人のようだ。男性がアナベルにばかり注目し、ジョージーには一瞥《いちべつ》しかくれないと、ほとほといやになる。

「わたしの手にはキスしないで下さい」ジョージーはきっぱりと言った。

「友人を紹介させてくれ」レイフはジョージーの言葉が聞こえないふりをしたが、彼女の手にキスしようとはしなかった。「こちらはメイン伯爵ギャレット・ランガムだ」

アナベルがメインに晴れやかな笑みを向けた。まるで誕生祝いのケーキを渡された四歳児のようだ。健康で爵位を持つ男性ほど、アナベルが好きなものはない。

メインも称賛の笑みらしきものを返した。エセックス家の家柄に引かれたわけではなさそうね、とテスは思った。

それぞれの自己紹介が終わると、レイフはテスに向き直った。「ミス・エセックス、ここのおもちゃは無用らしいし、居間へ移ろうか？　寝室の用意には少し時間がかかるが、きみたちのメイドにも手を貸してもらおう」

テスは鎖骨までぽっと赤らむのを感じた。「メイドは連れてきていません」

「だったら」レイフは顔色ひとつ変えない。「あの娘たちをメイドとして雇おう。それでよければ」四人の子守はさっきから目を丸くして、壁の前に並んでいる。「うちの家政婦がメイドの仕事を仕込む」

「お目付け役も必要だ」メインがレイフをちらりと見て口を挟んだ。「彼女たちは子供じゃないんだぞ。今夜からどうする気なんだ、レイフ？」

レイフはお目付け役のことを思いつかなかったと見える。「そうだな、レディ・クラリスに手紙を出すしかなさそうだ」ぼさぼさの髪をかきむしった。「あんなことがあったあとでも来てくれるか尋ねてみよう。前回の訪問の際にちょっと無作法な真似をしたが」

「酔っ払って？」メインが訊《き》いた。

レイフは苦笑した。「彼女を追い出したのさ。文字どおり、放り出したんじゃないといいが。どうもはっきり思い出せなくて」ふと四姉妹に見られていると気づき、彼はにっこりした。反省のかけらもない笑顔だ。「これでわたしは飲んだくれだと思われるぞ」

「人を知るとは愛することなり」メインは皮肉っぽい笑みをレイフに向けた。「ミス・エセックス、あなた方の後見人がブランデーのグラスを手にしていない晩は、地獄に薔薇が咲くでしょう」

「レディ・クラリスは隣人なんだ」レイフは友人の言葉を無視してテスに言った。「丁重な手紙を届ければ、勘弁してもらえるだろう。こちらは弱り果てているんだし。きみたち若い女性は、お目付け役なしに独身男の家に泊まれないからね」

だが、メインは黙っていない。「そのレディは未亡人で、きみたちの後見人に目をつけている」彼は四姉妹に教えた。「いずれレイフが酔いつぶれた隙《すき》に、結婚予告の手続きをしようと狙《ねら》っているんだ。レイフは酒に飲まれないから、おあいにくさまだな」

「ばか言え」レイフはぶっきらぼうに言った。髪をかきあげると、ますます変人に見える。

「レディ・クラリスは、レイフが一〇歳年下でも平気らしい」メインは悠然と続けた。「息子と同年輩の男を相手に、おめでたいものさ」

「メイトランドはわたしよりかなり年下だ」レイフがぴしゃりと言った。

「あの男は二〇代だから」メインは言った。「レディ・クラリスはきみより五つは年上という計算になるか」

イモジェンの興奮した声を聞いたというより肌で感じたとたん、テスはがっくりした。妹にはメイトランド卿に寄せるかなわぬ想いを捨ててほしいのに、彼が隣人だなんて幸先《さいさき》が悪い。「それはドレイブン・メイトランドのことですの、公爵?」イモジェンの訴えるようなまなざしに応えて訊いてみる。

「ほう、きみたちはメイトランドの知り合いなのか」テスと同様、レイフもドレイブンをよく思っていないようだ。「じゃあ、彼もここへ来るかもしれない。あの親子を夕食に招待しよう。きみたちは食事の前に少し休憩するといい」

「助かりますわ」テスは言った。イモジェンはにこにこしている。レイフは彼女の顔を見つめたが、なにも言わなかった。

「それぞれの部屋が用意できるまで、薔薇の間を使えばいいだろう」レイフに腕を差し出され、テスはおずおずと手を通した。

この人たちは予想とは大違いだわ！　ふたりとも——たくましい大男だ。イングランドの紳士が大男のはずがないのに。くしゃみをしたら吹き飛びそうな軟弱者、という噂ばかりを耳にしてきた。たしかに例外はある。たとえば、ドレイブンは体格がいい。

わたしたちの後見人も典型的なイングランド人ではない。そもそも、公爵らしくもなかった。サテンやベルベットを身につけず、脇の縫い目がのぞく（特に腹のあたり）古いズボンをはき、飾り気のない白いシャツを着ている。おまけに、馬丁のように袖《そで》をまくりあげていた。

声も貴族らしくない。感じはよくても、どら声だ。まだ三五歳にもなっていないだろうに、目尻に皺《しわ》が寄っている。見るからに放蕩者《ほうとうもの》といった感じだ。ただ、女たらしではないようだ。公爵は姉妹全員に関心の目を向けても、見とれたりはしていないから。

髪は乱れ、顔は締まりがなく、衣類はよれよれなのに——公爵は怖くない。

なんだか心が軽くなってきた。ほんの少しだけれど。

四人の女の子に四人の子守を雇った、ブランデーのグラスを手放せない大男……。そうよ、恐ろしい人ではないわ。

テスはレイフの擦り切れたシャツの袖を見下ろして言った。「公爵、後見人を引き受けて下さり、ありがとうございます」思わず口ごもったが、これは言わねばならない。「父はもしもの場合に備えず、お知り合いのご厚意に甘えることがありました」

レイフは心底驚いたようだ。「そんなことは気にしなくていいんだよ」

「わたしは大まじめです」テスは食い下がった。「つまり――」

「こっちもまじめさ」レイフが言う。「わたしはほかにも二〇通ほどの遺言状で後見人に指名されているはずだ。こう見えても公爵だからね、そうした頼みを断るわけにはいかなかった」

「まあ」テスは愕然《がくぜん》とした。ホルブルック公爵との細い縁にすがったのは父だけではなかったのね。

レイフは中年のおじになったようにテスの手を軽く叩《たた》いた。「大丈夫だよ、ミス・エセックス。みんなで後見人の役目を考えればいい。ジョージーに家庭教師を見つけるのは簡単だろう。それなりのお目付け役を見つけるほうは、もう少し難しいがね。しかし、心配無用だ」

ここ数カ月、テスは心配ばかりしていた。後見人は好人物か、はたまたいかれた競馬狂だろうか？　だが、どんな疑問が浮かぼうと、テスはこう言ってのけた。「立派な殿方に違いないわ。お父さまがじっくり選んだ方ですもの」

本当はそうではないことを知っているのはテスだけだった。父は死の床でテスの手を握って言った。「心配いらんよ、テス。おまえたちの面倒を見る適任者がいる。最初に頼んだ男が去年急死して、すぐに声をかけた。ホルブルックとは長年の知り合いだ」

「なぜその方はここを訪ねてこなかったの、お父さま？」

「一度会ったきりだったからな」父の顔が枕《まくら》の上で青白く見え、テスは不安で胸が締めつけられた。「大丈夫。彼の名前は競馬雑誌によく出ている。ワントンやブルーベルたちを大事にしてくれるだろう。手紙にそう書いてあった。わたしはスターリングも送って契約を固めたからね」

「きっとよくしてくれるわ、お父さま」テスはうとうとしている父の手を握り締めてから下ろした。じゃあ、その公爵はお父さまの愛馬を大事にするでしょうね。でも、娘たちのことは？

そのとき父が再び目を開けた。「おまえはホルブルックとうまくやっていけるさ、テス。ちゃんとみんなの面倒を見てくれるな？」

テスはこみ上げる涙をこらえ、ぱっと父の手を取り直した。

「おまえの姿がよく見えない」か細い声で言う。

「ああ、お父さま」テスはささやいた。「しっかりして」

父はかぶりを振った。気力を振り絞っているらしい。「いよいよ母さんのそばに行く」顔にかすかな笑みが浮かんだ。父はいつも楽しい行事を心待ちにしていた。競馬に勝ったときより、主要レースの一週間前のほうが楽しそうに見えることもあった。まあ、しじゅう勝っていたわけではないが。

「ええ、お父さま」テスは頬をとめどなく伝う涙を拭《ぬぐ》いながらささやいた。

「なあ、おまえ」と父は言った。娘と妻のどちらに呼びかけているのやら。「ワントンの好物はアップルマッシュだぞ。ちゃんと面倒を見てくれるな、テス？」

「まかせてちょうだい、お父さま。お屋敷に着くなり、ワントンは胃が弱いことを公爵さまに伝えるから」

「その話じゃない」今度の笑みは、母ではなくテスに向けられていた。「アナベルは器量がよすぎる。ジョージーはまだ子供だ」一瞬押し黙ってから、父は続けた。「メイトランドはイモジェンにふさわしくない。遊び人だ、あの男は」

いつのまにか、テスの両手首まで涙が流れ落ちていた。

「おまえは……」父は口ごもり、やがて夢見るように言った。「テス。そのりんごは……」

しかし、父は眠ってしまった。テスと妹たちが声がかすれるまで厩舎の話をしても、ジョージーが湯気の出ているアップルマッシュを寝室に運んでも、父は目を覚まさなかった。そして数日後、夜中にひっそりと息を引き取った。

葬儀は悪夢のように過ぎた。地所を相続した太ったいとこは、口うるさい妻とふたりの未婚のおばを連れてきた。まともな羽根ぶとんのベッドが一台もない家で、テスはなんとか客の居心地をよくしようとした。ついに公爵の秘書が姉妹の行く末を告げに来ると、主人について質問攻めにしないようにして、じっと様子をうかがった。秘書は最初の一週間をかけて、厩舎の馬を無事にイングランドへ送る手配を済ませた。質問しても無駄だったらしい。馬は四姉妹よりずっと早く旅立った。見知らぬ後見人は、馬と娘のどちらが大切かを見せつけたのだろうか。

　そんなわけで、テスはジョージーを励まし、イモジェンにはドレイブンの話をやめないとアナベルのリボンで首を絞めるわよ、と言ったものの、心配でならなかった。胸にたまった悲しみが石に変わるかと思うほど。

　競馬狂の男性とは縁を切りたいのに。そんな人にわたしたちの行く末が左右されるなんて、腹が立つ。テスは愛する父親を恨み、そのせいで気がとがめ、気がとがめればむしゃくしゃした。

　こうしてホルブルック公爵を見ると、彼が競馬狂なのは間違いない。髪と服装からして、どこにでもいる変わり者だろう。

　でも、やさしい人でもある。それに好色漢ではない。

　父のようにわたしたちの生活を顧みないたちでもなさそうだ。公爵にはわたしたちを引き取る義務も、親類縁者のように扱う義務もないのだから。

　わたしは早合点していたのかしら。ひょっとすると、男性はみな似たり寄ったりの変人ではないのかもしれない。

3

数時間後、テスは家政婦に濡《ぬ》れた布を目に当ててもらい、横になっていた。ほのかなレモンの香りが鼻をくすぐり、大勢の人の声が聞こえる。スコットランドの家では、むき出しの床（絨毯《じゅうたん》は父がずっと前に売り払った）に靴音がむなしく響くばかりだった。ここでは、レモン油で磨いた家具や日なたで干したシーツ、季節ごとに引っくり返されるマットレスの匂《にお》いに加えて、かすかなざわめきがする。

「家族会議の時間よ」陽気な声がした。アナベルがベッドの端に腰を下ろした拍子にマットレスが沈んだ。

テスは布を持ち上げ、妹をちらりと見た。「今、横になったところなのに」

「嘘《うそ》おっしゃい」アナベルが言い返す。「お姉さまはここで二時間は寝ていたわ。まるでふきんをかけたプラムプディングみたい。さあ、夕食の身支度をする前に話し合わなくちゃ。ジョージーとイモジェンも来たわよ」

四姉妹はこれまでもよくそうしていたように、一緒にベッドへ上がった。生家のテスの寝室では、将来のこと、父親のこと、自分たちの馬のことをきりもなく話しながら、毛布にくるまって幾夜も過ごしたものだ。

「しようがないわね」テスはあくび混じりにつぶやいた。

「わたし、あの人と結婚するわ」アナベルが言い出した。

「誰と？」テスは布をナイトテーブルに置き、体を起こして枕にもたれた。

「公爵に決まってるじゃないの！」アナベルは言った。「彼に結婚の予定はなさそうだし、このなかの誰かがホルブルック公爵夫人にならなくちゃ。彼、今は結婚していなくても――」

「婚約しているかもしれないわよ」イモジェンが口を挟んだ。「ドレイブンの例があるもの」

ドレイブンは二年以上前から婚約しているが、いっこうに祭壇へ進む気配を見せない。

「それはどうかしら」アナベルが言った。「もし婚約していなかったら、わたしが結婚するわ。そうすれば、夫にみんなの持参金を弾んでもらえるでしょう。みんなはわたしほど有利な結婚はできないわね。イングランドには、王族公爵を抜かしたら、公爵は八人しかいないんですもの。でも、ひとりひとりに爵位を持った男性を見つけてあげる」

「大変な犠牲を払うのねえ」ジョージーはとげのある言い方をした。「八人の公爵の名前を知るために、お姉さまは貴族年鑑を隅から隅まで読んだんでしょ」

「わたしは覚悟を決めているの」とアナベル。「いいこと、あの後見人の容姿を考えれば、たしかに犠牲を払う結婚だとは思うわ。気をつけないと、彼は五〇歳になる前に太鼓腹になりそうだし」

イモジェンは目をくるりと回してみせたが、ジョージーは身を乗り出した。「それが犠牲？　公爵夫人になれるなら、八〇歳のおじいちゃんとでも結婚するくせに！」

「そんなことするものですか！」アナベルは言い返した。それから笑い出す。「いいえ、相手が大金持ちだったら話は別よ」

「どうせお姉さまは、お金目当てに男性の気を引いているのよね」ジョージーが言った。

「でも、あの公爵がお父さまより多少は裕福だと言える？　お父さまも子爵だったけれど、財産と称号は無関係だったじゃない！」

「ホルブルックが文無しなら、結婚しないわ」アナベルは身を震わせた。「お父さまのように貧乏な男性と結婚するくらいなら、自殺したほうがましよ。でも、ばかを言わないで、ジョージー。この屋敷を見てよ！　あの人は裕福に違いないわ」

「お父さまの悪口を言わないで」テスは割って入った。「アナベル、公爵は本当に婚約しているかもしれないわ。後見人を結婚相手として見ないほうがいいんじゃないかしら」

アナベルは片方の眉を上げ、手提げ袋《レティキュール》から小さな鏡を取り出した。「じゃあ、わたしは公爵に後見人を引き受けたことを後悔させるかも」彼女はスコットランドで買った化粧用の紙で唇をこすった。

「アナベルお姉さまって、いやな性格ね」ジョージーが言った。

「そう言うあなたは減らず口よ」とアナベル。「わたしは現実的なだけ。このなかのひとりが結婚するしかないのよ。それも一刻も早く。イモジェンはもう二年もドレイブンと結婚すると言っているし、テスお姉さまは誰とも結婚しようとしない。残るはこのわたしでしょう。ひとりが結婚して、ほかの三人を嫁ぎ先へ連れていく。それが前々からの計画じゃないの」「テスお姉さまなら、結婚相手もよりどりみどりよ！」ジョージーが言い放つ。「このなかでいちばん美人だもの。そう思わない、イモジェンお姉さま？」

イモジェンはうなずいたが、心ここにあらずという面持ちで膝を抱えていた。「もちろん、誰とでも結婚できるわ。ドレイブン以外の人となら」うっとりした口調だ。「ねえ、あと一時間で彼に会えるのよ……もう一時間を切ったかも」

アナベルは妹に取り合わなかった。この二年間、イモジェンがドレイブンの名前を出すたびに、姉妹はそうしてきたのだ。「テスお姉さまはたしかに美人だけど」彼女はジョージーに言った。「男性は、結婚に興味がない文無しの女性とは結婚したがらないわ。でも、わたしは結婚に興味があるの。興味津々よ」

「結婚相手にじゃなくて、制度にでしょ！」ジョージーが切り返した。

アナベルは肩をすくめた。「イモジェンが四人分ロマンチックだから、わたしは現実的でもいいじゃない。こうなったのもお父さまのせいね。ずっと帳簿つけをさせられてきたから、結婚を考えるたびに目の前を数字がちらつくの」

「お父さまがあなたに帳簿つけをさせたわけではなかったわ」テスはもどかしげに口を挟んだ。アナベルの毒舌から父親をかばうのはもう飽き飽きだが、ジョージーは悪口を真に受けてしまう。ただ、父が一三歳のアナベルに計算能力を見て取り、その細い肩に財産の管理をゆだねた事実は取り繕いようがない。

「肝心なのは、もう帳簿をつけなくて済むことよ。もう二度と、数字や請求書や未払い勘定に悩まされたくないの。幸い、男性は愚かにもわたしに持参金がないことに目をつぶってくれるわ」

「少しはしとやかになったらいかが」ジョージーが冷やかした。

「あなたこそ少しは大人になったらいかが」アナベルが言い返す。「わたしは厚かましいんじゃなくて、現実的なだけ。誰かが結婚するしかないのよ。わたしには、男性に持参金のことを忘れさせる力があるの。みんなの前で貞淑ぶるつもりはないわ。今さら無駄でしょ。お父さまが本気でわたしたちをレディにしたかったなら、正反対のしつけはしなかったはずよ」

「お父さまはわたしたちをレディにしたかったのよ！」ジョージーが言った。「イングランドのレディみたいな話し方を教えてくれたじゃないの」

「ばかばかしい」アナベルの言葉に悪意はなく、からかうような調子だった。「ジョージー、お父さまが娘たちのレディとしての将来を少しでも気にかけていたら、わたしたちはもっと優雅に暮らしていたわ。たとえば、お父さまは食堂に置いたおまるで用を足さなかったでしょうね」

「アナベル！」テスはたしなめた。「声を落として」

だが、アナベルは姉にほほえんだだけだった。「ご心配なく。わたしはレディの作法を身につけたふりをしてみせるわ。おつむの弱い貴族に求婚させて財布を渡させてから、一週間くらいはね」

テスはため息をついた。アナベルの姉でいるのも楽ではない。妹はみごとな黄金色の髪を持ち、自分の魅力に臆面《おくめん》もなく自信を抱いている。問題は、アナベルとイモジェンがグリム童話の『白雪と紅薔薇』に登場するお姫さまそっくりだということだ。

「ねえ、なにもホルブルックに狙いをつけなくていいのよ」テスは言った。「彼は最高の夫になりそうもないし」

「裕福なら、それで十分よ。だって、相手は誰でもいいわけじゃないの。わたしは贅沢《ぜいたく》が好きだから」アナベルはベッドを飛び降りて鏡をのぞいた。「今まではそんな機会もなかったけれど、思い切り贅沢をしようと思えばお金がかかるわ。もしメイン伯爵にホルブルック並みの財力があるなら、彼を候補にしてもいいわね」

「口を慎みなさい」テスは言った。

アナベルは姉の言葉を聞き流した。こんなふうに、彼女をしとやかにさせようとするありとあらゆる忠告を受け流してきたのだ。「公爵のほうが有力な候補者だわ。爵位が上だし、いろいろな意味で。わたしは彼を手に入れてみせる」アナベルは断言した。「それから、すぐにロンドンへ行くの。結婚したその日から、素肌にシルクしか身につけないつもり」

「お姉さまみたいな女にぴったりの言葉があるわよ」ジョージーが言った。

「それは〝幸せ〟でしょ」とアナベル。ジョージーがひたすら姉を怒らせようとしても、なかなか成功しない。アナベルはあまりにも——アナベルだから。自信満々で、燦然《さんぜん》と輝き、官能的で、愛らしい。そして欲張り。「やっとあの田舎を出て、あと一歩でロンドンにたどり着くなんて嘘みたい。一時は絶望しかけたわ。お父さまはわたしたちを社交シーズンにロンドンへ連れていくと約束したのに、実現したためしがなかったもの」

テスに言わせると、彼女とアナベルはたしかに似ているが、男性に与える影響は正反対だ。イモジェンとアナベルは、周囲の男性を腑抜《ふぬ》けにさせる。いっぽう、テスにはそんな芸当はできない。四姉妹は母親に似て美人揃いだった。母はロンドン社交界にデビューした娘たちのなかでいちばん美しかったのに、破産した競馬狂のスコットランド人子爵と結婚した。だがテスは、アナベルやイモジェンのように男性を魅了したことがなかった。

わたしは母に似ているばかりか、母を覚えていることが問題だわ、とテスは思うときがある。アナベルはお母さまの話をしようとしないし、幼かったイモジェンとジョージーにはおぼろげな記憶しかない。でも、わたしははっきり覚えている。お父さまが死んでから、記憶がどっとよみがえり……お母さまが恋しくて、そしてお父さまが恋しくて胸が痛んだ。

「いいこと、わたしが公爵と結婚したら」アナベルはてきぱきと言った。「残りの誰かが、彼が紹介してくれたあの伯爵と結婚するのよ」

「公爵より伯爵のほうがいいわ」イモジェンが言った。「ホルブルックは先週の火曜日から髪をとかしていないみたいだもの。まあ、わたしはどっちとも結婚しないけれど」

「わたしはまだ結婚する年じゃないし」ジョージーは満足そうだ。「たとえ適齢期でも、メイン伯爵はわたしみたいな女を相手にしないわよ。あの人、なんだか傲慢《ごうまん》そうだもの。そう思わない？」

「〝わたしみたいな女〟って、どういう意味？」テスは尋ねた。「あなたはきれいだわ、ジョージー。あなたと結婚できたら、メインは幸運よ」

「太ったヤマウズラと？」ジョージーはどこか恥ずかしそうな声で言った。

「お父さまは愛称のつもりでそう言ったの。あなたの見た目じゃなくて」テスは胸のなかで父に毒づいたものの、すぐさま許しを乞《こ》いたくなった。

「公爵がレディ・クラリスにわたしたちのお目付け役を頼むと言ったのを聞いた？」イモジェンはいきなり大好きな話題を持ち出した。「レディ・クラリスはドレイブンの母親よ。母親！　今後は彼ともちょくちょく会うことになるわ。もしわたしがレディ・クラリスに気に入られたら……」

「ドレイブンに母親がいるからといって、彼に婚約者がいる事実は変わらないわ」ジョージーが指摘する。

「ドレイブンはその縁組に乗り気じゃないの」イモジェンはむっとした声で言った。「いいこと、彼は二年以上も婚約しているのに祭壇へ進もうとしないのよ」

「意地悪は言いたくないけれど」アナベルが言った。「婚約不履行の裁判には大金がかかりそうよ。ドレイブンにとって、お金は厩舎のために使うものでしかないでしょうに。彼が厩舎よりあなたを選ぶとでも思っているの？」

イモジェンはなにか言いかけて、黙り込んだ。

「もうたくさん」テスは起き上がって掛けぶとんを押しのけた。「夕食に出る支度をしましょう」

「わたしはお目付け役に挨拶をしに、客間に顔を出すだけ」ジョージーが言った。「それから勉強部屋でおいしい食事を出してもらうの。お姉さまたちが昼寝をしているあいだも、わたしは本の山に埋もれていたのよ！」

テスは末の妹を抱きしめた。「よくがんばったわね。公爵がすぐに家庭教師を見つけてくれるから、もうじき授業も受けられるわよ。わたしの妹が教養豊かなレディになったら嬉しいわ。イモジェン、あなたがドレイブンに想いを寄せていることをレディ・クラリスに気取られてはだめよ」

「それくらいわかっているわ！」イモジェンはベッドから降りた。下ろしてある髪が、黒いシルクのように輝いて背中へ波打つ。「とにかく、ドレイブン以外の人と結婚しろと言わないで。公爵も伯爵もいや。どうしても――」

「まったくもう」ジョージーが言った。「ドレイブンには決まった相手がいるという事実を素直に受け入れられないわけ？」

「そんなの無理よ」イモジェンは意地を張った。「わたしがりんごの木から落ちたことを忘れちゃったの？　まんまとドレイブンの足もとに着地して、彼に抱き上げられたことを」彼女は身を震わせた。「すてきだったわ。彼、たくましくて」

「覚えてるけど――」ジョージーの言葉はイモジェンにさえぎられた。

「彼の母親がわたしたちのお目付け役になるなんて」イモジェンの目は輝いている。「これは運命よ！　わたしたちは結ばれるんだわ」

「あのとき、イモジェンお姉さまは頭を打ったのかもね」ジョージーはアナベルとテスに言った。

テスはため息をついた。ドレイブン・メイトランドがイモジェンをなんとも思っていないのは明らかだ。イモジェンが彼以外の相手と結婚しようとしないのも目に見えている。テスかアナベルのどちらかがイモジェンを嫁ぎ先に住まわせ、妹がむなしい恋心を捨てるのを待つしかない。

「ふたりは結婚する星のもとに生まれてきたの！」イモジェンはメロドラマのヒロインよろしく声をあげた。

アナベルは鏡の前に立ち、蜂蜜色の髪をまとめてうしろへ引っ張った。「ねえ」彼女はイモジェンにさも愉快そうな目を向けた。「あなたが自分の結婚観を通すなら、わたしもそうするわ。わたしが見たかぎり、最高の結婚とは、現実的なふたりが現実的な理由とまあまあの相性で結びついたものね」

「弁護士みたいな言い方」イモジェンが言った。

「会計士よ」アナベルは訂正した。「お父さまはわたしを会計士に仕立てたわ。おかげで、人生は交渉の連続にしか思えない。なかでも結婚はいちばん重要な交渉なの」

アナベルは鏡に映った自分にほほえみかけ、髪をねじって結い上げた。「公爵夫人に見えない?」気取ったポーズを決める。「公爵夫人のお通りよ!」

「孔雀《くじゃく》夫人のお通りだ!」ジョージーが茶化した。そして、アナベルにヘアブラシでお尻を叩かれ、悲鳴をあげて戸口へ駆け出した。

4

イモジェンは力をこめて髪にブラシをかけ、鏡の前で慎《つつ》ましくほほえむ練習をしていた。これから未来の義母に初めて会うんだわ。たぶん、ドレイブンにも会える。運命がふたりを結びつけたのだから、緊張することはない。もう一度笑顔をおさらいする。レディ・クラリスの前では、ふさわしい笑みを浮かべなくちゃ。

イモジェンが鏡の前で深々と、だが内気そうにお辞儀しているところへ、ジョージーがドアを開けて顔をのぞかせた。「間違いないわ」ジョージーはいつもの鋭い口調で言った。「お姉さまの愛しのドレイブンは競馬場にいるわよ。その熱いまなざしは次回にとっておいたらどう」

イモジェンもそうかもしれないと思っていたが、わざわざ口に出して言う気になれなかった。自宅から八〇キロ以内の場所でレースが開かれていたら、ドレイブンが家にいるわけがない。彼のようになにかにのめりこむ男性は、母親の言いなりにならないものだ。

「あの人のどこがいいんだか」ジョージーが嫌味な言い方で続ける。

イモジェンは妹の脇をすり抜けて部屋を出た。「いつかあなたにも愛というものがわかるわ。それまで、この話はお預けにしましょう」

四姉妹が客間に何時間も座っていたような気になったころ、ようやくドアが開き、ブリンクリーが告げた。「レディ・クラリス・メイトランドがお見えになりました」

戸口に立つ女性は、口をきく前から手を優雅にひらひらさせていた。「ホルブルック、愛しい人！」レディ・クラリスは声を震わせ、執事の前を通り過ぎた。「息子の名前は言わなくていいわ、ブリンクリー。わたくしたちは家族も同然ですもの」

ブリンクリーの横に立っている男性を見て、イモジェンは心臓が止まりそうになった。ドレイブンはとびきりハンサムだ。角ばった精悍《せいかん》な顎、切れ長の目……。イモジェンは立ち上がったものの、脚に力が入らなかった。

「あの人が婚約していることを忘れないで！」レディ・クラリスの前へ進みながら、テスがイモジェンにささやいた。

「かろうじて招待状が間に合いましたわ」レディ・クラリスは甲高い声で話しながら、レイフのキスを受けようと手を差し出している。「ロンドンの仕立て屋へ出かけるところだったんですもの。でも、こちらのほうが切羽詰まった問題だと考えましたのよ！　で、そちらがあなたの被後見人たちね」

レディ・クラリスは、イモジェンが見たこともないほど豪華なドレスを着ていた。えんじ色の薄絹で作られ、裾《すそ》には花輪をかたどったリボンが三列並んでいる。

いっぽう、四姉妹はみっともない喪服姿だった。生地は綾織《あやおり》で、襟に白いレースの縁飾りがあるだけだ。村の仕立て屋の女性が、飾りもない服で蛮国のイングランドへ送り出すのは忍びないと、無料で縫いつけてくれたのだった。

テスとふたりで深々とお辞儀をしながら、イモジェンはドレイブンのブーツを盗み見た。茶色の革製ブーツさえ美しい。持ち主のようにぴかぴかで非の打ちどころがない。

「こちらがわたしの被後見人のミス・エセックスだ」ホルブルック公爵がレディ・クラリスに話している。「それから妹のミス・イモジェン。あなたの力添えには心から感謝しているよ」

レディ・クラリスは見世物を見るような目を姉妹に向けた。「なぜあなた方のお父さまは――」甲高い声で切り出してから、ひらめいたと見えて間を置いた。「そうそう、お父さまはもう亡くなられたわね。では、お目付け役の件は考えていないはず。それは生きている人にまかせればいいわ！」彼女はにこにこした。

イモジェンはいったん開けた口を閉じた。じきにドレイブンと目が合うだろう。彼は婚約しているのよ、と自分に言い聞かせる。ふたりに未来はないと、彼は言葉を尽くして語っていた。それでも――。

「ほかの娘さんたちは？　たしか四人でしたわね、ホルブルック」レディ・クラリスはきんきん声で言った。「四人いるの？　それともいないの？」

レイフは傍目《はため》にもわかるほど驚き、ドレイブンへの挨拶もそこそこに振り向いた。「いかにも四人だが」髪をかきあげながら言う。

テスは、隅でメイン伯爵とふざけているアナベルを手招きしてから、ピアノの陰に隠れているジョージーにも合図した。

「このお嬢さんたちを見て！」四姉妹が並ぶと、レディ・クラリスは声をあげた。「なんて美しいこと！　どうやって結婚市場に出しても大丈夫よ、ホルブルック。最低でも爵位のある相手と縁組できますわ。もっと、もっと上を狙えるかも！　こういうことは前向きに考えなくては。もちろん、多少の努力は必要よ」息もつがずにまくしたてる。「そのドレスは目もあてられないわね。喪服といってもいろいろよ。おわかりかしら？　まあ、スコットランド人にドレスの話をしても無駄ね。わたくし、最近は国境に近づくこともありませんわ。考えただけで、髪が逆立ってしまいますもの！」彼女は赤い巻き毛を嬉しそうに叩いた。

ジョージーはお辞儀をすると、ピアノの陰に戻って楽譜を探すふりをした。だが、父には音楽教師を雇う余裕がなかったので、イモジェンは妹の演技を見抜いていた。公爵がジョージーにピアノの演奏を頼みませんように。

「固ゆで卵と煮込みキャベツの食餌《しょくじ》療法で、妹さんの体型も引き締まるでしょう」レディ・クラリスは大声でテスに耳打ちした。「わたくしも、あの年ごろはあんなふうだったのよ！　でも、まんまと男爵を捕まえたわ！　あなた方はさほど高望みできないかもしれないけれど、貴族と結婚する見込みはなきにしもあらずよ。ぽっちゃりした妹さんにも良縁を望めるわ。流行のドレスを仕立てればね」

テスは鋭く目を細めて口を開いたが、レイフが彼女の前に立ち、急に公爵らしい口調で話した。「ジョセフィーンは、若い女性がうらやむ体つきをしているじゃないか」

レディ・クラリスはレイフにみだらな笑みを向け、くすくす笑い出した。「ええ、おっしゃるとおり。全員を結婚させる望みを失ってはいけません。世間には豚肉のソーセージを好む殿方もいるそうですわ!」

イモジェンは気がめいってきた。レディ・クラリスは息子の恋愛結婚を許しそうもない。愛という言葉の意味すら知らないようだ。仮に知っていたとしても、息子の恋を応援しないだろう。

「それより、紹介しなくては」レディ・クラリスはドレイブンを引っ張った。「でもね、うちの息子はもう婚約しているのよ」くすくす笑う。「あなたたちにも、いいお相手を見つけますからね。ミス・エセックス、ミス・イモジェン、こちらがわたしの息子、メイトランド卿よ」

「メイトランド卿とは知り合いですわ、レディ・クラリス」テスは冷ややかに答えた。「わたしたちの父、ブライドン子爵は息子さんの友人です——でした」

ドレイブンが会釈した。四姉妹とはパンとチーズの夕食をともにしたことがないと言わんばかりだ。だが、彼は姉妹の父親に負けないほどの競馬狂で、ずっと以前に一家と食事をしていた。

「ぼくは二年ほど前からエセックス一家を知っていますよ、母さん」ドレイブンは言ったが、その目はイモジェンの目を見つめている。

「なんですって？　ああ！」レディ・クラリスは笑い出した。「スコットランドで狩りをしたときに知り合ったのね？」警戒するような口ぶりだ。レディ・クラリスはばかではないし、エセックス姉妹は目を見張るほど美しい。

レディ・クラリスの口調が変わったことに気づいて、テスはうろたえた。イモジェンの片思いを見破られ、お目付け役を断られたらどうしよう。

「スコットランドでは狩りではなく、競馬をするんです」ドレイブンは母親に言うと、イモジェンの手を取ってお辞儀をした。その情熱的ともとれるまなざしを見て、テスはがっかりした。

「息子は乗馬が得意なの」レディ・クラリスは気づいていないようだ（テスはほっとした）が、アナベルは挨拶もせずにその場を離れ、メイン伯爵に身を寄せて嬌声《きょうせい》をあげていた。

「でも、断言はできないわ。わたくし、戸外は大嫌いだから」テスがきょとんとすると、レディ・クラリスは続けた。「外気のせいよ、ミス・エセックス！　競馬を見に行くと肌が荒れるから、よほどのことがないかぎり行かないの。ただ、ドレイブンはわたくしに来てほしいのよ。自分の馬の優勝を見届けてもらえると、最高に嬉しいの。だからしかたなく……」

わたしの肌は荒れ放題ね、とテスは思った。わたしたちは歩けるようになると、お父さまに競馬場へ連れていかれたのだから。

「でも、わたくしはドレイブンが趣味に没頭するよう仕向けたの」レディ・クラリスが言っている。「男性はすることがあったほうがいいわ。知り合いの殿方の多くは、クラブで日がな一日座ってばかり。これはとても無作法なことよ。おまけに――」彼女は声を落とした。「お尻の病気になってしまうわ！」品のない笑い声が響く。「あなたにこんな話をしてはいけなかったわね。ちょっと年をとってはいても、未婚女性ですもの。でも、心配しないで。お父さまの喪が明けしだい、ホルブルックが結婚市場へ送り込んでくれるわ。さあ、公爵」レディ・クラリスは息継ぎもせずにレイフのほうを向いた。「なにをしましょう？　一日くらいはお嬢さんたちのお目付け役を引き受けるけれど、ロンドンが呼んでいますの。仕立て屋が手招きしますのよ！」彼女は忍び笑いをした。

レイフは平然としている。レディ・クラリスの話し方には慣れっこなのだろう。かたやテスは頭痛がしてきた。そのとき、誰かが肘に軽く触れた。

「部屋のなかを歩きませんか、ミス・エセックス？」メイン伯爵がほほえみかけていた。

「ええ」テスは言った。「でも――」彼女はイモジェンがドレイブンと話しているほうへ困惑した目を向けた。気のせいではない。彼がイモジェンに向かって愛想よくほほえみ、馴《な》れ馴れしく肘に手をかけている。

メインはテスの視線を追った。「レイフ」快い低い声がレディ・クラリスの甲高いおしゃべりをさえぎった。「お客さまは空腹だろう。そろそろ夕食にしないか？」

レイフはさっそくレディ・クラリスを部屋の外へ連れていった。ふたりが角を曲がって食堂へ入ると、彼女の騒々しい話し声は聞こえなくなった。

「イモジェン！」テスは妹を呼んだ。威厳はあっても母親みたいにならないよう気をつける。

それからメインのほうを向き、彼の腕に手をかけた。

一瞬テスを見下ろしたメインの目には、笑みが隠れていた。そして彼はテスの手に口づけをした。「たってのお望みなら」とささやく。

テスは目をぱちくりさせた。この人はわたしを口説き始めたの？ と思ったら、親しい仲に礼儀は不要だとメインは言い、イモジェンを巧みに部屋から連れ出した。

「ミス・エセックス」ドレイブンが物憂げな声で言い、テスの手にキスをした。

なんてこと。テスは面食らった。ここ一時間で、この手はこれまでより多くのキスをされたわ。

「ジョージー！」テスはピアノに隠れている妹を呼んだ。「もう勉強部屋に戻っていいわ」

ドレイブンは遊び人かもしれないが無作法ではない。ジョージーがしぶしぶ姿を現すと、彼はお辞儀をした。「ミス・ジョセフィーン、今夜はとてもきれいだね」

「あっちへ行って！」ジョージーは彼に言い返した。

「ジョージー！」テスは仰天した。

「お姉さまったら。相手はドレイブンじゃないの」ジョージーはドレイブンのまわりを歩いた。「よけいなお世話はほかの人に焼いてよ。わたしがくだらない会話につきあうような女じゃないことくらい知ってるでしょ」

テスは妹を叱《しか》りそうになるのを、ぐっと我慢した。ジョージーは今にも泣きそうだ。レディ・クラリスが言った食餌療法の話が耳に入ったのだろう。ジョージーは自分の体型をひどく気にしている。

テスがなんと言おうか決めあぐねていると、ドレイブンがジョージーの腕を取った。「きみならこの質問に答えてくれそうだ。ぼくの栗毛《くりげ》の牝馬《ひんば》、パーフェクションだが——」

「覚えてるわ」ジョージーはそっけない調子でさえぎった。「後ろ足がちょっと長い馬ね」

「それはどうかな」ドレイブンは上機嫌のまま、ジョージーと一緒にドアへ向かった。「とにかく、あの馬は鞍《くら》のすぐうしろが痛むようでね」

「グーラールの水薬を塗ってみた？」ジョージーはドレイブンの話に引き込まれている。父親の指図で馬のさまざまな痛みを治す軟膏《なんこう》を作るうちに、最初は面倒に思えた仕事も楽しめるようになったのだ。

ドレイブンはその気になれば魅力的に振る舞える、とテスは認めざるをえなかった。だが、それはちっとも大切なことではない。

とはいえ、イモジェンがドレイブンに首ったけになるのも理解できた。がっしりした顎に情熱的な目をした彼はとてもハンサムだ。しかし、ドレイブンは競馬狂であるばかりか、ギャンブル狂でもある。有り金をはたくことになっても、賭《か》け金を下げられないという噂だ。その後にレースがあったら、またとことんがんばるだろう。

お父さまにそっくりだわ。

5

夕食

テスはレイフの左隣に座り、彼の右隣にはレディ・クラリスが座っていた。細長いテーブルに、金の縁取りが入った栗色の皿が並び、皿の三方に輝く柵《さく》をめぐらせるようにして銀器が置かれている。蠟燭《ろうそく》の明かりを受け、銀器は客の手に光を放った。

これまでにテスがとった夕食は、せいぜい料理が二品くらい、父に収入がないときは鶏肉の薄切りひと切れだけだった。ところが今回は、料理がめまぐるしく現れては消えていく。味わう暇もなく、髪をうしろで束ねた長身の下僕に皿を替えられる。そして次の料理に手をつけたとたん、それもなくなってしまうのだ。チキンとロブスターを詰めたペストリーも途中で下げられ、海亀《うみがめ》のスープが出されたと思ったら、今度は羊の臓物パイが運ばれた。

グラスのなかで輝いているのはシャンパンだ。テスは本で読んだことがあるだけで、実物を見たのは初めてだった。下僕がお代わりを注いだ。なんておいしいの。舌の上で泡がはじけ、このひとときの喜びが膨らんでいくみたい。いつのまにかテスは、自分たちがテーブルに止まったカラスの群れに見えることさえ忘れていた。

「ミス・エセックス」レイフが言った。「きみたちにこの屋敷に来てもらえて嬉しいよ」

テスは彼にほほえみかけた。疲れ気味の公爵はなかなか魅力的だ。髪が目にかかる様子は、友人のメイン伯爵の非の打ちどころのない優雅さと好対照をなしている。

「ここにいられて本当に幸運ですわ、公爵」テスは付け加えた。「子供部屋ではなくて」

「幸運はいくらでも求めればいい。父上が亡くなったせいでここへ来たんだから」

「ええ。でも父にとっては、寝たきりでいるより、天国にいるほうが幸せだと思います。馬に乗れなかったら、耐えられなかったでしょうから」

「たしか父上は頭にけがをして、意識を取り戻さなかったのでは？」レイフが言った。

「ときおり意識はありました」テスは説明した。「でも、手足を動かせなかったんです。さぞかし不満だったでしょう」

「たしかに、父上のような方にはつらかったろう。父上と出会ったときのことははっきり覚えている。ずっと前にニューマーケットのレースに馬を出していたよ。わたしはまだ、ほんの若造でね。騎手が前のレースで足をくじいたので、父上はみずから馬を走らせたんだ」

「その馬は勝てなかったでしょうね」テスは父の姿を想像してほほえんだ。お父さまらしいわ――向こう見ずな行動も、思慮のなさも。

「ああ。いかんせん父上は体が重すぎた。それでも健闘して、満場の声援を送られていたよ」

「そう、父はめったに勝てなくて」テスはうかつにも言った。シャンパンのせいで口が軽くなったようだ。「なんだか――父があなたにわたしたちの後見人を頼んだことが恥ずかしいわ。あなたはうちの事情をご存じないのに。無理なお願いをして申し訳ありません、公爵！」

だが、レイフは笑っていた。にこにこしている！「さっきも言ったとおり、わたしは嬉しいんだよ。家族はもう相続人しかいないからね。世話が焼けるばかりのまたいとこさ」彼はあたりを見回した。「わたしには結婚の予定もない。だから、この屋敷とここにある物は……わたししか使う者がいないんだ。こうしてみんながいてくれたほうがいい」

テスはテーブルについた妹たちを、レイフの目で見ようとした。アナベルはメイン伯爵と軽口を叩き合って目を輝かせ、まばゆいばかりに美しい。イモジェンはもっと微妙な幸せで輝いている。彼女の目がドレイブンの顔に向かい、ぱっと離れた。レディ・クラリスに気づかれないといいけれど。

「両親が健在だったころ、食堂はこんなふうだったと思う」レイフが言った。「わたしはいつのまにか孤独な人間になってしまったらしい。実は、きみたちが回らぬ舌で童謡を歌う年齢ではなく、会話ができる年だったから、大喜びしているんだ」

「なぜ――」テスはためらった。まともなイングランドのレディは、個人的なことを訊かないものだろうか？　でも、どうしても知りたい。「なぜ結婚しないとおっしゃるんですの？」

そう訊いてから、テスははたと気づいた。姉妹でレイフとの結婚を相談したか、彼女自身が望んでいるとさえ思われるかもしれない。「別に――」テスはあわてて言った。「気になるわけではありませんが」

だが、レイフは兄のようにさりげなくテスを見ている。彼女を、あるいは妹たちを公爵夫人にしてもいいとは考えてもいないのだ。アナベルはほかの七人の公爵の誰かに目を向けるしかないだろう。それとも……。テスが再びテーブルに目をやると、アナベルがメインを見て笑っていた。それとも、あっさり公爵の友人に乗り替えるか。

「数は少ないが、世間にはあえて結婚しない者もいるんだ」レイフが言った。「わたしもそのひとりらしい。でも、女嫌いではないよ、ミス・エセックス」

「どうぞテスと呼んで下さい」テスはさらにシャンパンを飲んだ。「わたしたちはもう家族ですもの」

「喜んで。では、わたしのこともレイフと呼んでくれ。公爵と呼ばれるのはうんざりだ。家族ができて心から嬉しく思っているんだ」

テスはレイフにほほえんだ。実の兄妹のような、すっかりくつろいだ空気が生まれた。

「わたしには姉妹がいない」レイフはテスにシャンパンを注ごうとした下僕にうなずいた。彼は大きなグラスで、泡が立っていない金色の酒を飲んでいる。「兄弟の関係とはずいぶん違うだろうな」

エセックス家にあった貴族年鑑は二年前のものだったが、レイフの兄は〝死亡〟と簡潔に書かれていた。テスはシャンパンを飲むと、喉がぞくぞくした。妹たちのひとりを失うなんて想像もつかない。「以前はお兄さまがいらしたんですよね」ためらいがちに訊いた。「お気の毒です、公爵」

「レイフだ」彼は訂正した。「正直に言うと、自分には今でも兄がいると思っている。そばにいないだけでね」

「よくわかります」テスは思わず言った。「わたしも父が部屋に入ってくるのを待っています。それどころか、ずっと前に死んだ母のことも」

「わたしたちは泣き虫のふたり組というわけか」レイフは目をきらめかせた。

ブルーがかったグレイの瞳の奥に潜む悲しみに気づき、テスはこのだらしない、孤独な後見人がたちまち好きになった。

「さあ、妹を持つのはどんなものか教えてくれ。それも、たくさんの妹を」レイフは再び酒を飲んだ。

「姉妹は秘密を守るのが上手です」テスは答えた。「わたしたちにも山ほど秘密がありますわ」

「たとえばどんな？」

「最近は、ほとんど恋愛絡みの秘密です」テスは言った。もしかして、シャンパンを飲みすぎたかしら。

「ほう」レイフは言った。「スコットランド人の求婚者がここに押し寄せてくると覚悟しておかなくちゃいけないかな？」

「わたしのところに来ることはありません」テスはクリームソースをかけた鰈《かれい》をせっせと口に運んだ。「おそらく、妹たちのところに来ることもないでしょう。父には壮大な計画がありましたから。競馬でひと財産築いたら、わたしたちを社交シーズンにロンドンへ連れてくるはずだったんです。だから、地元の紳士の求婚に耳を貸そうとしませんでした」

「立ち入ったことを訊くようだが、きみたちは誰も求婚者に好意を持たなかったのか？　父上が許可しようとしまいと、求婚者は現れただろうに」

「ときどき」テスは気取って答えた。「やさしい気持ちにはなりました。でも、父は地元の貴族を酷評していましたから、なかなかその気になれなくて」

レイフが興味津々という顔をしたので、テスは嬉しくなった。妹たち以外の人がわたしの意見に興味を示したのはいつ以来かしら？

「きみもその好ましくない輩《やから》と知り合ったとか？　それもやっぱり秘密かい？」

「わたしが秘密を教えたら」テスは小さくしゃっくりをした。「あなたも教えて下さいね」

「恋愛絡みの秘密なんてひとつも思い浮かばないな」レイフは言った。「なにせ、わたしは堅物だから。で、きみに焦がれ死にしそうなスコットランドの若者はいるのか？」

「一度恋をしましたわ。肉屋の息子に」テスは言った。「ネビーという名の魅力的な人でした。結婚相手にはふさわしくなかったけれど」

「たしかに。ブライドン卿はきみの気持ちを知って、どんな手を打ったんだ？」

「応援してくれました」テスはレイフににこりとした。

レイフは目をぱちくりさせた。「本当に？」

「ネビーが愛のしるしにお肉を届けてくれたので、父は好都合と考えたんです」テスは続けた。「ふたりとも一一歳でしたから、恋が長続きする恐れはなかったのでしょう。実際、ネビーはわたしを捨て、若くして結婚しました。今では腕白な息子がふたりもいます」

「そのネビーがきみの心をとらえた最後の若者なのか？」

「ええ」テスはうなずいた。

レイフは料理をかき込んでいたが、テスは手つかずの皿を下げられるままになっていた。彼は自分のグラスを彼女のグラスに触れさせた。「わたしたちは似た者同士だ。恋愛に影響を受けない」

「わたし、恋をするのは苦手なんです。求婚なんて退屈なだけだし」ふとテスは、レイフは狼狽《ろうばい》したに違いないと思った。彼女が結婚しないかぎり、後見人の仕事は終わらないのだ。

「結婚がいやというわけではないんです」彼女はあわてて言った。「いつまでもこちらにご迷惑はかけません。かならず結婚しますわ」

「ほっとしたよ」レイフは笑いながら言った。

「さあ」テスはレイフに身を寄せた。「あなたも秘密を教えて下さい。どうしてそこまで結婚嫌いになったんですか？」

「なぜそんなつまらないことを知りたいのかな？」レイフは尋ねた。勘違いでなければ、テスは少し酔っているようだ。後見人が被後見人を酔っ払わせてはまずいだろう。シャンパンの代わりにレモネードを運ばせようか。だが、上品ぶるのは大嫌いだし、わたしはブランデーをやめるつもりはない。そう考えて、グラスの酒を半分飲んだ。

テスが話しているので、レイフはすばやく注意を戻した。「教えてもらえないと、アナベルの誤解を解けません。妹は小指を曲げただけでホルブルック公爵夫人になれると思っているので」

レイフは目を丸くした。テーブルを見渡すと、アナベルが顔を上げてほほえんだ。下心むき出しの笑顔ではない。彼女はレイフが会ったなかでも一、二を争う美女だ。蠟燭の光でくすんだ黄金色に輝く髪。黒いまつげに縁どられた、心持ち目尻の上がった目。冴《さ》えない喪服姿でも人目を引く。だがレイフは、美女であろうとなかろうと、アナベルと結婚する気はさらさらなかった。

「妹は美しい公爵夫人になるでしょうね」テスが言った。

レイフは目を細めてテスを見た。「父上譲りの度胸があるな」テーブルの向こうではアナベルが宝石のように輝いている。そして、隣にはテスがいる。澄んだブルーの瞳は妹と同じく目尻があがっているが、その目は喜びではなく知性と勇気とユーモアをたたえていた。

「きみが公爵夫人になるつもりはないんだね？」彼は訊いた。テスがシャンパンに酔ったように、いよいよわたしもブランデーに酔っ払ったか。

テスはうなずいた。

「きみには恐れをなしただろうな」レイフは正直に言った。「狙いをつけられていたら、わたしは北部へ逃げ出していたところだった」

「身に余るおほめの言葉をありがとうございます」テスは言った。「逃げ出すなどと言われなければ、もっと感動しましたのに」

そのとき、食堂に入ってきたブリンクリーがレイフのそばで立ち止まった。「ミスター・フェルトンがロンドンからお着きです」執事は言った。「夕食をご一緒されるそうで。ミス・エセックスの隣にお席を用意いたします」

「わたしの友人だよ」レイフはテスに告げてから、レディ・クラリスのほうを向いた。「そう、フェルトンだ。もう昔の話だが、わたしたちは同じ学校で学んだ仲でね」

「そう昔ではありませんわ」レディ・クラリスがいたずらっぽく言った。「まだ三〇代なかばなのに、年配の政治家みたいなふりをするのはやめてください！」

テスは目をしばたたいた。メイン伯爵の言うとおり、レディ・クラリスは未来の公爵夫人になった姿を想像しているのかもしれない。まあ、アナベルも突然そんな想像をしたのだから、近隣の未亡人や未婚女性がこぞってそうしても不思議はない。

テスはレイフと目が合った。彼は苦笑いをしてレディ・クラリスに身を寄せた。先日のシルチェスターの夜会で面白い出来事があったので、ぜひ聞いてほしいと言われたのだ。

下僕がテスの左側に座席を用意し始めた。彼女は鰈を食べ終え、レディ・クラリスの無駄話に耳を傾けた。

そこへ再びドアが開き、ブリンクリーが新しい客を案内してきた。またシャンパンだわ、とテスはぼんやり考えた。

部屋に入ってきた男性は、まるで堕天使のようだった。テーブルに置かれた枝つき燭台《しょくだい》の光が、なめらかな髪や厳しい顔、すっと通った鼻筋に反射した。彼はベルベットの襟がついた黒い上着を着ている。どこから見ても公爵で、正真正銘の貴族であり、資産家だ。それでいて、どこか父が飼っていた牡馬を思わせる。大柄で美しく、部屋に入ってきただけで注目を集める男性。その目に自制心とわずかな退屈が混じる、粋《いき》な男性。

たまらない堕天使だわ。

6

ルーシャス・フェルトンは男性のご多分に漏れず、習慣にとらわれていた。毎年六月はアスコット競馬、九月はシルチェスター競馬を見に、ホルブルック公爵の屋敷に向かう。そこでは友人がデカンターとスポーツ雑誌を手もとに置いて、椅子に座り込んでいるはずだ。

ときにはメイン伯爵も仲間入りすることがあるが、いずれにせよ、馬とブランデーの話をのんびりと繰り返す。女性、財政事情、家族といった話題を避けるのは、なにも世間と縁を切ったためではなく、その話題が退屈きわまりないからだ。三〇代に入るころには、彼らは女性に(特定の場合をのぞき)うんざりしていた。

三人とも裕福であり、金には無頓着《むとんちゃく》だ。家族については……ルーシャスは長年両親と疎遠になっているので、他人の家族のもめごとにも多少の関心は抱いた。だが、レイフが兄を亡くすと、彼らは家族の話もしなくなった。

そんなわけで、ルーシャスはホルブルック・コートで馬車を降りると、執事に厳しい目を向けた。レイフが思いがけずブライドン卿の四人のうら若い娘の後見人になったうえ、げんなりすることに、レディ・クラリス・メイトランドとそのどら息子まで来ているという。せめてもの救いはメインがいることくらいだ。彼はシルチェスター金杯に牝馬のプレイザーを出す気だろう。このレースは、ぼくのメヌエットがデビュー戦を飾る絶好の機会になりそうだ。

しかし、客用寝室（いつもの部屋ではない。そちらは娘が使っているようだ）で清潔なシャツに着替えるうちに、ルーシャスは気が変わった。今年はシルチェスターのレースに出るのをやめて、うちの厩舎長や騎手たちにそれぞれ仕事をさせようか。ロンドンの金融街《シティ》ではうまい取引を数件もくろんでいるし。それに、この屋敷はもはや男の聖域ではないのなら――女性がいれば、どこか堅苦しくなったに違いない――明朝ロンドンへ戻ったほうがいい。せめて、ここから一時間ほどの自宅に行くか。ブランブル・ヒルにはもう四カ月も戻っていない。

従者のダーウェントが台所からひげ剃《そ》り用の水をせかせかと運んできた。彼は今回の知らせを主人以上に快く思っていない。上機嫌のときでさえ、女性がそばにいるのを嫌うのに、この屋敷に適齢期の女性が四人もいては、嫌味を連ねたくもなるだろう。

「ご婦人方は、ろくな服も着られないほど貧しいようでございます」ダーウェントは泡立てた石鹸《せっけん》をブラシでルーシャスの顔に塗った。「お気の毒な公爵は四人を嫁がせようとなさるでしょうが、みな花嫁として少しも望ましくありません」

「ということは、器量がよくないのか？」ルーシャスは、ダーウェントが首を剃りやすいよう天井を向いた。

「ブリンクリーも器量がよくないとまでは申しませんでしたが」ダーウェントは言った。「見るに堪えない服を数着しか持参していないそうでして。なにしろ持参金のないスコットランド娘でございます。社交界では訛《なま》りが命取りです。結婚できればもうけものでしょう」

ダーウェントは不安げに主人を見た。考えるまでもない。公爵は被後見人たちを誰にでも押しつけようとするだろう……旧友にも。

ルーシャスはじっと横になっていたが、ダーウェントは不吉な予感がした。不吉だ。左目がぴくぴくするのは、凶事の前触れなのだ。二年前の戦勝パレードでヨーク公が落馬したさいも、この目がひどくけいれんしたものだった。去年の七月、旦那《だんな》さまがレディ・ジュヌビエーブ・マルカスターとの恋愛沙汰《ざた》に巻き込まれたときも。あのときは一カ月も左側を見られず、ハイストリートで四頭立ての荷馬車に轢《ひ》かれそうになった。

「終わったか？」ルーシャスがなかば閉じたまぶたを開いた。

ダーウェントはぎょっとした。結婚の苦労を考えて、手が宙で浮いていた。女神。ブリンクリーは公爵の若い被後見人たちをそう呼んだ。ダーウェントは鼻であしらった。女神とはその行いこそ大切なのだ。旦那さまにふさわしい立派な女性などいやしない。彼はルーシャスの顎にやわらかいタオルを当てた。

ルーシャスは立ち上がり、手際よく首巻《クラバット》きを巻いていった。「シルチェスターのレースに参加するのはやめようかな。事情が事情だし」

「まさしく！」ダーウェントは賛成した。「お気の毒な公爵には手に負えなくなるでしょう。

即刻こちらを立ち去ったほうがよろしいかと。荷解《にほど》きはしないことにいたします」

ルーシャスは愉快そうに従者を見た。「ぼくは結婚するつもりはないんだ」穏やかな口調で言う。「ひと晩かふた晩くらい、レイフの被後見人たちの魅力に抵抗できるさ」

「差し出口はいたしません」ダーウェントはわざとさりげなく言って、ルーシャスに極上のウールの上着を着せた。

「よろしい」ルーシャスはそう言うと、態度をやわらげた。「ぼくはただ、おまえによけいな心配をしてほしくないだけさ」

「それはご親切に」従者はもったいぶって言いながらドアを開けた。「まったくもって」

「自信はある」ルーシャスは言葉を継いだ。「いつかぼくが誘惑されるとしても、それは友人も家族も信託財産も持たず、レイフの思いやりにすがる世間知らずなスコットランド娘にじゃない」

「そうですとも、旦那さま」ダーウェントは言った。左目がひどくけいれんしている。

ルーシャスはダーウェントをちらりと見た。「大丈夫なのか？　眉が勝手に動き出したようだが」

「もちろんです。ご心配には及びません」それを聞くと、ルーシャスは出ていった。恐ろしい結果になるとはつゆ知らず。

ダーウェントは鏡に近づき、ひげ剃りに使った水が入った銀のボウルを取った。ふと、鏡に映った自分に目を留めた。左目のけいれんが止まらない。神経が細やかなばかりにこうなるのだと、母親に言われたものだ。やがて、目は立派な口ひげに吸い寄せられた。跳ね上げ、左右の先端を工夫して、ワックスでスペード形に固めてある。

いっぽうルーシャス・フェルトンは、身なりのこととなると、あくまでも保守的だった。口ひげどころか、いかなるたぐいのひげも生やさない。せいぜい、豊かな金髪を従者に撫《な》でつけさせるくらいだ。

ダーウェントはため息をついた。これも衣服のセンスがない方にお仕えする芸術家の運命だ。

そして今回、フェルトンさまは奥方をお迎えになるだろう。そうなれば、競馬のシーズン中のようにあちこちへ旅行することもなくなる。家庭生活か！　それは男を嘆かせるだけだ。

ルーシャスはブリンクリーのあとから食堂に入った。レイフがぼくの席をレディ・クラリスの隣にしないよう祈るしかない。あの女性のことを考えただけで、うなじの毛が逆立つ。レイフはいつもと変わらぬ様子で上座についていた。クラバットをぞんざいに結び、髪はぼさぼさ、片手にブランデーのグラスを持っている。

だが、そのほかは——ルーシャスは思わず立ち止まりそうになった。ダーウェントは、レイフの被後見人たちを器量がよくないわけではないと言っていたが。器量がよくないわけではない？　金髪の女性が顔を上げてほほえみかけると……彼は部屋から逃げ出したくなった。それに黒髪で黒い目の女性は、殉教した聖女のように情熱に燃える顔をしている。ふと気がつくと、ルーシャスはあとずさりしていた。

「ルーシャス！」レイフが手招きした。

何日いれば帰れるだろうと考えながら、ルーシャスは友人に近づいた。ダーウェントが荷解きしないのは正解だった。結婚したがっている若い女性に囲まれるのだけはごめんだ。めったに顔を出さない社交の場で、もう十分そんな目に遭っている。「邪魔をして申し訳ない」ルーシャスはレイフに言った。「入ってくるべきじゃなかったな」

近づいてみると、レイフはいつもと様子が違った。いつものようにへべれけではなく、しっかりしているし、目にはかすかだがうろたえた表情が浮かんでいた。四人のうちのひとりと結婚しないわけにはいかないのに、女性のこととなると鈍いので、事情がのみ込めたばかりなのだろう。

「会えて本当に嬉しいよ」レイフは言った。正直な気持ちに違いない。溺《おぼ》れる者は友人が縄を投げるのを待っている。いや、この場合は結婚指輪が救いの手かもしれないぞ、とルーシャスは考えた。

レイフは左側にいる若い女性のほうを向いた。「ミス・エセックス、こちらはわたしの旧友、ミスター・フェルトンだ」

ミス・エセックスはレイフの被後見人のなかでいちばん年上らしい。ルーシャスは初め彼女に気づかなかった。テーブルの向こうにいる、官能的で生き生きした妹にちっとも似ていないし、黒髪の情熱的な妹とも違う。だが、あの目にはなにかがある。上がり目で、知的で、暗く、やさしいまなざし……。

女性がほほえみかけているのに、ルーシャスはぼんやり立ち尽くしていた。彼はお辞儀をした。「お目にかかれて光栄です、ミス・エセックス」

「こちらこそ」ミス・エセックスは手を差し出した。手首のひだ飾りが繕ってある。ダーウェントの情報のうち、娘たちが売れ残ると踏んだのは誤りでも、持参金がないという点は事実らしい。

「父上のご逝去を心よりお悔やみ申し上げます」ルーシャスは言った。「ブライドン卿には一、二度お目にかかりましたが、親切で陽気な方でした」

ルーシャスがぞっとしたことに、ミス・エセックスの目がかすかに光った。「わたしたち――」彼女は言葉を切った。「父は乗馬が得意でしたわ」

「ルーシャス、さあ座ってくれ。きみの席はミス・エセックスの隣だ」レイフが促す。「食後にみんなに紹介しよう」

「席につく前にわたくしに挨拶して下さらなかったら、すこぶる気を悪くしますわよ」レディ・クラリスがテーブルの向かい側から甲高い声で言った。「親愛なるミスター・フェルトン、ご機嫌いかが?」彼女は薄笑いを浮かべて手を差し出した。

ルーシャスは悔しさをこらえてテーブルを回り、顔の前に突き出された手にキスをした。

案の定、レディ・クラリスは息もつかずにお気に入りの話を始めた。「先日の晩、テンプル・ステイアズであなたのお母さまにお会いしたわ」ひらひらと動くまつげの向こうで、鷹《たか》のような目がルーシャスを見ている。「お互い、評判のお芝居『すべては恋のために』を見に行くところでしたの。ちなみに、面白くなかったわ。そんなことより、ミセス・フェルトンの老けようといったら――やせて、さびしそうで、顔色が悪くて！　最近、お母さまをお訪ねになったのでしょうねえ？」彼女は思わせぶりに語尾を引き延ばした。ルーシャスが両親を訪問するはずがないと百も承知しているくせに。

ルーシャスはなにも言わず、再びお辞儀をした。母の顔色が悪かったとしても、それはむしゃくしゃしていたせいだろう。

だが、嫌われ者のレディ・クラリスはまだ話を終えていなかった。彼女はルーシャスの手にしがみついた。「噂では、ミセス・フェルトンはほとんどベッドから出ないとか。子供にそむかれた母親の悲しみを教えてあげたいわ……どんなに悲しいことか！」

ルーシャスは手を引き抜くと、詫《わ》びるように再度お辞儀をした。背中を伸ばしたとき、テーブルの向こうのミス・エセックスと目が合った。彼女はちょっと驚いた顔をしている。ルーシャスはとうに評判など気にしなくなっていたが、怒りがふつふつと湧《わ》いてくるのを感じた。ぼくの家族についてばかげた話を吹聴するとは、レディ・クラリスはいやな女だ。

「ルーシャスは母親の言いなりになる年じゃない」ふだんはのんびりしているレイフの口調がとげを含んでいた。どちらかといえば、彼はルーシャス以上にレディ・クラリスを嫌っている。この一年、彼女はホルブルック公爵夫人になると公言し、どんなに非難してもその考えを変えさせることはできなかった。

「母親の言いなり――それは困りますわ！　うちの息子はもう大人で、わたくしの口出しを許しませんの。でも」レディ・クラリスはまたルーシャスの腕に手を伸ばしたが、さっとよけられた。「母親はたまには息子に会わないと。生気の泉をよみがえらせるためにもね！」

ルーシャスは月並みな挨拶の言葉を並べようとしたが、レイフが割って入った。「なあ、メイトランド」彼はレディ・クラリスの不良息子を見た。「きみがそれほど役に立つとは驚きだ。競馬を見に来ただけかと思ったら、せっせと母上の生気の泉をよみがえらせていたとは！」

あまりにも無礼な言葉だった。飲んだあげくの暴言だ。その隣にルーシャスはテスの隣の席へ戻った。レイフはしらふかと思ったが、そうではないらしい。しらふどころか傍若無人だ。被後見人も同席しているのだから気まずいが、予想外ではない。

だがドレイブン・メイトランドの長所のひとつは、すぐに腹を立てないことだ。だからこそ、自業自得で侮辱されてばかりの人生を生きてこられたのだろう。彼はレイフの皮肉を笑い飛ばし、ブルーピーターという持ち馬の話でテーブルの下座を沸かせた。この馬はレースで勝ったばかりだった。「飛節、つまり後ろ足の関節が直角に曲がり、膝が美しく、正面を向いているんだ。まだ若い馬だが、五〇レースに出すうち、何度も勝ってくれるだろう！」

ドレイブンは黒髪の娘のほうに身を乗り出した。彼の話に本当に興味を示しているのは彼女だけだ。「ちなみに、まだ一歳馬でも、今年のレースに出すつもりだ。あの馬はミスしないし、アヒルの背に乗った蚤《のみ》みたいにすいすい飛んでいくからね」

「なんて面白いたとえかしら」金髪の娘が口を挟んだ。その鋭い口調にルーシャスは眉を上げた。あのあでやかさには知性が隠れているのか。

ドレイブンは金髪の娘に目もくれず、黒髪の娘を見つめ続けた。「去年の春、ニューマーケット・ホートンでは、一歳馬が三歳馬に勝ったんだ」

「体重は？」金髪の娘が疑うように尋ねた。

「三一七キロだ」ドレイブンはようやく彼女のほうを向いた。

黒髪の娘は、ドレイブンの頭のまわりを星が回っているかのようにうなずいている。明らかに彼を崇拝しているようだ。変わった趣味だな。それに、これが初恋では済まなかったら、レイフに大変な迷惑がかかる。

「面白いこと」金髪の娘が言った。「まさかあなたが制度を変えるとはね、メイトランド卿。一歳馬をレースに出すのはルール違反だと思っていたわ」

ルーシャスが笑みをこらえてミス・エセックスに向き直ると、彼女はレイフと話していた。あまりにもみっともない、ぶかぶかの喪服を着ているため、胸が大きく見え――腹まで同じサイズに見える。鎖骨から下はまったく身に合っていないのだ。

だが、首は白くほっそりしているし……黒っぽい生地越しでも肩が華奢なのがわかる。しかも、腹は目の錯覚でも、胸のほうは本物らしい。あの黒いドレスの下には――。

ミス・エセックスが振り向き、ルーシャスの視線に気づいた。その目が輝いた。「お母さまと特にお親しいようですね？」彼女はやさしく尋ねた。

レイフがかすかに苦笑した。イングランドの女性なら、腹立ちまぎれにでも、ルーシャスにそんな話題を向けないだろうに。彼は逃すには惜しい魚。若い女性たちは愛想笑いしかしなかった。「あいにく、母とはここ九年、口をきいていません。このありさまでは、ぼくたちの親しさも怪しいものです」

ミス・エセックスはシャンパンを飲み干した。「あえて申し上げれば、あなたは間違っていらっしゃるわ」打ち解けた口調で言う。「わたしの両親は他界したの。どちらかと話したくてたまらないわ――たった一度でいいから」

彼女の声は震えていなかったが、ルーシャスには激しい心の痛みが伝わった。「でも、あなたもうちの母の娘だったら、そうは思わないはずだ」彼はあわてて言った。

「なぜ?」

「口をきかないことにしたのは、母のほうだからさ」ルーシャスは答えた。レディ・クラリスを始めとした社交界の面々は逆だと思い込んでいる。その噂のせいで、ミス・エセックスの瞳も曇っているに違いない。ぼくはいつも両親についての質問を避けているのに、答えずにいられないほどの好奇心が彼女の目に浮かんでいる。

「九年もたって、なぜわかるんです?」ミス・エセックスが訊いた。「お母さまはあなたに会いたがっているかもしれないわ。長く床に伏せっているなら、街でばったり会うこともないでしょう」

「母はほんの二軒先に住んでいる。ぼくに会いたいと思ったら、使いを寄こせばよかったんだ」

ミス・エセックスはあきれた顔をした。このスコットランド娘は人がいい。花婿探しも大成功するだろう。美貌と心からの誠実さを兼ね備えた女性はなかなかいない。

「二軒先に？　それでも口をきかないの？」

「そうとも」ルーシャスはそっけなく答えた。「だが、たしかにあなたの言うとおりだ。いつか母とでくわして、すべて丸くおさまるかもしれない」そんなときのためにセント・ジェームズ・スクエアに家を買ってあることを、初対面の娘に話すつもりはない。誰にも打ち明けていないが、母はひとり息子のぼくと何度もでくわしては……ネズミでも見たように目をそむけてきたのだ。

ミス・エセックスは頑固なたちと見え、さらになにか言いたげにルーシャスのほうへ身を寄せてきた。幸い、レディ・クラリスがふたりに声をかけた。

「息子の美しい婚約者が、明日こちらに到着しますの」彼女は言った。「あなたは教養がおありだから、彼女をご存じよね、ミスター・フェルトン？　ミス・ピシアン＝アダムズは今いちばん洗練された女性だわ。オペラハウスの指揮者に、一流ソプラノ歌手に引けをとらない声だと言われたのよ！」

「ぼくに教養があるなんて大げさですよ」ルーシャスの前に海亀のスープが運ばれてきた。

テスはルーシャスを盗み見た。ミスター・フェルトンは、もう家族の話を終わらせたわけね。彼の母親が和解を望んでいないとは思えないのに。薄情な息子に会いたくて、毎晩枕を涙で濡らしているはずよ。

ミスター・フェルトンの顎の線を見れば、その誇り高さがわかる。それが父親譲りならば、一家が離れ離れになったのも無理はない。

やがて、再びレディ・クラリスの声がテスの注意を引いた。なんと、ドレイブンの婚約者の話を聞かされているのはイモジェンだった。ドレイブンに視線を送っていたところを見とがめられたのだろう。

レディ・クラリスはイモジェンに話していたが、今では一同の注目の的になっていた。イモジェンの未来の義母によれば、ミス・ピシアン＝アダムズはどんな若い女性より立ち居振る舞いがしとやかで、非常に聡明《そうめい》で、神経が細やかだという。

「すてきな方なんですね」イモジェンは言った。妹がグラスを握り締めるのを見て、割れませんようにとテスは祈った。

「もちろんさ」ドレイブンが口を挟んだ。「ミス・ピシアン＝アダムズはそれはそれはすてきだ。年収五〇〇〇ポンドの女性は、魅力的に決まっている」

ドレイブンの声にはとげがあり、テスはいたたまれなくなった。自分の婚約者をそんなふうに言うなんてあんまりだわ。

「ねえ」レディ・クラリスが息子に話しかけた。「今の言葉はあなたらしくないわ。幸いミス・ピシアン＝アダムズは持参金に恵まれているけれど――母方の祖母ベステル公爵夫人の遺産でね――あなたの麗しい婚約者はただの相続人ではなくてよ。あらゆる面で洗練されているの。そんなお嬢さまをどうやって楽しませようかと、わたくしは頭を悩ませてきたのよ！　レース編みの新しいステッチを教えるわけにもいかないし。彼女がローマ時代のコロシアムを描いたスケッチは、婦人雑誌に載ったんですもの」

イモジェンは感心にもこらえている。「なんてすばらしい」そう言って、シャンパンをあおった。

「スコットランドには優秀な美術教師がいないんですものね」レディ・クラリスがわざわざ言った。「ミス・ピシアン＝アダムズの場合は、才能ある生徒がえり抜きの教師に教わった例ね。彼女のスケッチは偉大なミケランジェロのことだね」ドレイブンが割り込んだ。彼の険しい表情は、持ち馬が思ったように勝てないときのいらだちをテスに連想させた。

「ミケランジェロの作品にたとえられるそうよ！」

ルーシャスが心持ちテスに身を寄せた。「やれやれ、真実の恋はすんなりとは実らないものだ」

「そんなの決まり文句にすぎないわ」

「けっして実らない、と言っているわけではない。でも、誤りを認めよう、ミス・エセックス。それに、もうシェイクスピアは引用しないよ」ルーシャスの目はいたずらっぽく光っている。彼の席はあとから設けられたためか、無作法なほどテスと接近している。がっしりした体がのしかかってくるように感じられ、落ち着かなかった。

テスはレディ・クラリスに目を戻した。彼女はまだミス・ピシアン＝アダムズの訪問について話している。「シルチェスターの遺跡に連れていかなくては。イングランドでも指折りのローマの遺跡で、この近くなんですもの。きっと彼女がその由来や――面白い史実を聞かせてくれるでしょう!」

ドレイブンが皮肉な言葉を放った。「きみはインテリではないよね、ミス・イモジェン? 本ばかり読んでいる女性ほど、つまらないものはない」

テスはまだルーシャスに見られているとわかっていた。視線を感じる。振り向くなり、目が合った。物問いたげな濃いブルーの瞳はひどく張りつめていて、テスは殴られたような衝撃を覚えた。

「あいにく、わたしたちにはそんな機会がなくて――」イモジェンが切り出した。

「そうですよ」レディ・クラリスが割って入る。「スコットランドの片田舎で育ったんですもの。そもそも、ミス・ピシアン=アダムズのように優雅で――ありていに言えば――有利な条件の女性と、ミス・イモジェンのような生い立ちの女性を比べること自体不公平ですけど」彼女はイモジェンに笑顔を見せたが、テスには猫がネズミに挨拶しているように思えた。

「あなたみたいに魅力的な女性を息子が侮辱するのを黙って見ているわけにいかないわ」

「レディ・クラリス」レイフはろれつが怪しくなっている。「隣人にまつわる驚くべき噂を聞いたんだ。あなたなら真相を教えてくれるね……プール卿は本当にヘラジカの飼育に乗り出したのかい?」

しかし、そんな手ではレディ・クラリスのおしゃべりを止められなかった。彼女はレイフをにらみつけ、論争に戻った。「いいこと、ドレイブン」テーブルじゅうに届く声だ。「ミス・ピシアン＝アダムズと比べてこのお嬢さんを侮辱してはいけません。わたくしたちはそれほど意地悪ではないわ！　上流社会の人間は、どんな男女もありのままに受け入れ、その人が恵まれなかった機会で判断しないものよ」

ドレイブンがふいに椅子をきしらせて立ち上がった。「失礼するよ」ぐっと噛《か》み合わせた歯のあいだから言う。「毎日少しずつ教養をたくわえないといけないからね。気がついたら、ぼくもオペラ歌手になっているだろう」

そんな無礼な言葉を残し、ドレイブンは部屋を出ていった。

「彼が皮肉を言ったと思う人もいるだろうね」ルーシャスがテスにもっともな意見を言った。さげすむような口調が彼女に向けられていたら、縮み上がったことだろう。

「メイトランド卿は急用があるんじゃないかしら」テスはおずおずと言った。

ルーシャスは愉快そうな目で彼女を眺めた。「聞くところでは、ドレイブンの母親は息子の財布の紐《ひも》を握っていて、彼に競馬をやめさせるために教養ある花嫁を選んだらしい。さっきの様子では、本人は母親の作戦に納得していないようだ。あるいは」彼は慎重に付け加えた。「男には教養など役に立たないと言うべきかな」

レディ・クラリスはハンカチで口もとをそっと叩いていた。「息子は」よく通る声で言う。「芸術家肌なんですの。ときどき神経が参ってしまうようで。でも、ミス・ピシアン＝アダムズと結婚すれば、落ち着くでしょう。あちらも芸術家肌ですもの、息子のことをわかってくれますわ」

ふとレイフがテスのほうに身を乗り出した。「きみたち四人はメイトランドと知り合いだったな？　そうだ……。きみが、いや、イモジェンが言っていた……」彼はイモジェンを見て、言葉をとぎれさせた。彼女は静かに皿を見ているが、口もとに浮かべたかすかな笑みは多くを物語っている。

テスは言うべき言葉が見つからなかった。

レイフが驚きの目で彼女を見た。「イモジェンはほかに意中の人がいるから、アナベルと公爵夫人の座を競ってはいなかったね？」

テスは唇を噛んだ。

「やれやれ、後見人の仕事は思ったより厄介らしい！」レイフはつぶやいた。

「ミスター・フェルトン、なぜハンプシャーの奥地までいらしたの？」レディ・クラリスはいつもと違って緊張気味だ。息子が席を立ったせいでいらいらしているのだろう。だが、その件には触れないことにしたようだ。

ルーシャスはフォークを置いた。「数日後にシルチェスターでレースがありますから。うちの二頭を出走させる予定です。レースの一週間ほど前にこちらに連れてきて、レイフの厩舎長に世話をさせます」

「レイフ？　レイフですって？」レディ・クラリスは不機嫌な声で言った。「ああ、公爵のことね。わたくし、あなた方のざっくばらんな態度になじめなくて」

「ルーシャスが礼儀知らずというより、わたしが変わり者なのさ」とレイフ。「爵位で呼ばれるのは大嫌いだ」

「ルーシャス？　ああ、ミスター・フェルトンのことですわね」レディ・クラリスが言った。

その様子を見て、テスはかなり驚いた。レディ・クラリスは爵位を持たない人物など相手にしないのだ。

レイフはテスのほうに頭を傾けた。「ルーシャスの年収は摂政殿下と同じくらいだ。レディ・クラリスが彼の地所に目がくらみ、公爵夫人になる夢を捨てる可能性は十分にある」

「ご冗談ばっかり！」テスはささやいた。「本人に聞こえますよ」

「姉妹のように秘密を打ち明け合うのが楽しくて、われを忘れたようだ」レイフは声を落とそうともしない。

「あるいは、抱え込んでいるブランデーのせいだね」ルーシャスが口を挟んだ。

じゃあ、レイフはブランデーを飲んでいたのね！　彼はすでに着席時の一杯を飲み、お代わりも飲み干そうとしている。だが様子がおかしい点は、うなるようになったのと、目にかかる髪を払わなくなったことくらいだ。その代わり、長い脚を放り出して座り、茶色の巻き毛を額に垂らして、公爵らしからぬしぐさで椅子を引いた。

レディ・クラリスはレイフに身を寄せ、テスの歯が浮くような笑みを浮かべた。「お気の毒に」やさしい声で言う。「女性たちに押しかけられた心労に、よく耐えていらっしゃるわ」

「女性には悩まされたりしない」レイフはうなり声で言った。「厄介なのは貴婦人だ」

テスは笑いをこらえた。

「きみは後見人のことをよく知っているのかい?」テスの左側から声がした。

「いいえ、あまり」テスはしかたなくルーシャスのほうを向いた。「おふたりは長年の友人なのでしょうね」

「そうだ」

レイフがグラスを危なっかしく振っている姿が、テスの視界の隅に入った。

執事のブリンクリーは感心しない顔つきで、デカンターを持って上座に近づいた。

「レイフは酒とうまく付き合っている」ルーシャスは冷ややかに言った。「だが、きみも知っておいたほうがいい、ミス・エセックス。彼は毎晩ブランデーをがぶ飲みするんだ」

テスは鋭く目を細めた。ミスター・フェルトンの口調には幾ぶんとげがある。故郷の貴族が、どんどん傾いていく父の厩舎の噂をしていたときのように。「わたしも節制なんて退屈だと思うわ」テスはグラスを取ってシャンパンを飲み干した。

「きみとうまが合うとわかって、レイフは大喜びだろう」ミスター・フェルトンは皮肉屋なのだ。やけに大柄でもある。体重は九五キロはあるだろうし、がっしりしている。種馬に乗りそうな人。肩幅だけでレイフの三倍はあるに違いない。

馬の引き具が散らかり、競馬狂の紳士たちがときおり押しかける家で育ったおかげで、テスは馬の飼育家をひと目で見分けられた。金回りがよく、馬が快調に走っていれば——そう、飼育家の人生は薔薇色だ。ところが、馬を安楽死させるしかなかったり、草原がぬかるんでいて襲歩《ギャロップ》できなかったりすると――。

テスは父がやけを起こした記憶を忘れようとした。隣にいるハンサムな男性に――いや、どんな男性にも――手っとり早く免疫を作るには、馬の話を訊くことだ。馬に夢中な男性ほどうんざりするものはない。「大がかりな繁殖計画をたてていらっしゃるの？」

「少数だが精選している。どうも、ぼくは馬を大事にしすぎているようだ」

そうでしょうね。「馬のお話を聞きたいわ」テスはルーシャスに潤んだ目を向けた。さあ、きっと彼は微に入り細に渡り馬の説明を始めて――。

「全部で七頭だよ」ルーシャスは言った。「色で分けるか、馬齢か、それとも」ひと息ついた。「性別で？」

「お好きなように」テスは目を潤ませるのを忘れて答えた。

「じゃあ、牝馬から」ルーシャスは言った。「プルーデンスは二歳馬。首が美しくて、体はがっしりしている。次はチェスナット。まつげが長くて、レース中に前が見えるのかと心配になるほどだ」

テスは目をしばたたいた。父の説明とは大違いだ。父だったら、血統、模様、飼育歴などを延々と話したに違いない。お父さまは馬のまつげに目を留めたことなんてあったかしら？

「メヌエットも若い牝馬だ」ルーシャスはテスの顔を見て続けた。「つややかな毛並みの美しい黒馬で、尻尾《しっぽ》をなびかせて走る。まるで坂を流れ落ちる水のようだ。この馬はこそ泥でね、草やとうもろこしをくすねるのがなにより好きなんだ」

「じゃあ、草を食べさせておくの？」

その質問に答える代わりに、ルーシャスはこう訊いた。「きみの父上は馬に特別な飼料を与えていたかい？」

「うちでは大麦しか食べさせなかったわ」テスが言った。「大麦とりんごよ。馬は生のりんごに飽きてしまうから、ゆでてアップルマッシュを作ったの。父はりんごこそ馬の胃を丈夫にして、速く走らせると信じていたのよ」

そんな飼料を与えるのは虐待とは言わないまでもばかげている、とルーシャスは考えた。ミス・エセックスも賛成するだろう。彼女は目を伏せて、餌を食べすぎた雀のように料理をつついている。

ルーシャスは、レイフの被後見人たちを区別できるようになった。アナベルはまばゆいばかり。蜂蜜色の髪と蜂蜜のように甘い声で、目と耳を魅了する。イモジェンはなまめかしい、燃えるような瞳の美女だ。ルーシャスは彼女を見るだけで落ち着かない気分になり、自分がメイトランドでなくてよかったと胸を撫で下ろした。テーブル越しにあれほど強烈な想いを向けられたら、男はいてもたってもいられなくなるだろう。

ミス・エセックス――レイフの呼び方ではテス――も妹たちに負けないほど美しかった。しかも彼女には、ユーモアもある。あのユーモアと唇のどちらがすばらしいのだろう。外見は妹たちとよく似ていた。鼻は上を向き、頬骨は高く、顎がとがり、まつげが濃い。

しかし、テスの唇は個性的だ。ふっくらしてみずみずしく、色は深紅。だが、とりわけ特徴的なのは、口もとにあるセクシーな小さいほくろだろう。これは威勢のいい女の口ではなく、尻軽女の口だ。どう見ても処女で品行方正なミス・エセックスに、国王の情婦になれる女の口がついているとは。高級娼婦《しょうふ》なら、あの口を使ってふたつの大陸で名声を馳《は》せるだろう。

ルーシャスは座ったまま、もぞもぞと身じろぎした。

ダーウェントが荷解きをしなくてよかった。ぼくはレイフが被後見人に捧《ささ》げるいけにえじゃない。ただし、ミス・エセックスのそばでは、思いがけない想像を――。

ルーシャスははっとわれに返った。なにを考えているんだ？　去年あんなことがあっただけに、結婚という先が読めない楽しみはあきらめたんじゃなかったのか？

ぼくには女性に差し出せるものがない。特に、こんな女性には。テスはまた笑っている。処女らしからぬハスキーな笑い声だ。その声がまるで警報を送るように、ルーシャスの背筋をぞくぞくさせた。

彼は顔をそむけた。

7

その夜遅く

「彼と結婚することにしたわ」アナベルが言った。寝巻きにした古いシュミーズ姿で、テスのベッドの支柱にもたれて膝を抱えている。彼女はシュミーズを引っ張って素足の爪先を覆った。四姉妹はずっと前から室内履きを持っていない。

珍しく、ジョージーは皮肉を言わなかった。「公爵のことでしょ?」彼女は肩に毛布をかけ、向かいの支柱にもたれている。夕食後に思い切り泣いたようだが、姉たちは妹の腫《は》れた目を見て見ぬふりをした。

「よく考えたほうがいいわよ」イモジェンが口を挟んだ。彼女はテスのベッドにもぐり込むと、枕にもたれて猫のように丸くなっていた。「われらが後見人は飲みすぎで、体型が崩れてる。はっきり言えば、飲んだくれだわ」

「それは言いすぎよ」テスは妹をたしなめた。「でもアナベル、がっかりさせたくないけれど、レイフは結婚するつもりがなさそうね」

「わたしが言ってるのは、尊敬すべき後見人じゃなくて、メイン伯爵のことよ」アナベルが言った。「ホルブルックがひとりでブランデーのデカンターを空けるところを見ていたら、まだ酔っ払っていない夫が欲しくなったの」

「テスお姉さま、メインにはアナベルお姉さまよりすてきな人がふさわしいと思わない？」ジョージーがなにくわぬ顔で訊いた。

「意地悪ねえ」アナベルはそう言いながらも、にこにこしている。「ねえジョージー、メインが公爵並みに裕福だとわかったら、一日じゅう彼にやさしくするわ。当然でしょ。わたしが我慢ならないのは、貧乏だけですもの。そう、貧乏とスコットランドね」

「わたしはスコットランドがなつかしくて――」だが、ジョージーは言葉を切って唾《つば》をのんだ。

「本気で言ってるの？」アナベルが言った。「あのじめじめした古い家は、雨が降るたびに泥炭の匂いがしたわ。こんなにきれいな掛けぶとんを見たことがある？」彼女は寝具を撫でた。「わたしのシーツもシルクみたいになめらかよ。こんな物を使ったのは生まれて初めて。それに、ほら――」アナベルは上を指した。

ほかの三人は、テスの四柱式ベッドを覆う濃紺の天蓋《てんがい》を見上げた。

「しみがないわ！」アナベルが言った。「屋根が雨漏りしないのよ」

「それはどうかしら」ジョージーが反論した。「この上にもう一階あるんだから」

「うちではわたしの寝室にしみがあったの」アナベルが言い返す。「その上の屋根裏部屋は言うまでもなくね。まあ、天井にしみがない部屋なんてなかったけれど。ときどき、子供部屋には屋根の代わりにふるいがついているのかと思ったわ。どうしてお父さまは——」

「お父さまの悪口はやめて！」ジョージーが言った。唇をきっと結んでいる。「ぜったいに！」

アナベルは妹の爪先をつねった。「はいはい、がみがみ屋さん、もう言いません」

「お父さまはもう言い訳できないんだもの」ジョージーはばつが悪くなるほど声をうわずらせている。「ああ、お父さまがここにいてくれたらいいのに。きっとレディ・クラリスを目の前であざ笑ったでしょうね」

イモジェンはかすかにほほえんだ。「わたしの未来の義母よ。口を慎んで」だが、彼女がドレイブンと結婚するというおなじみの冗談は、もう笑えなくなった。ここで本人や母親と会い、ほかならぬ彼の口から婚約者の話を聞いたからだ。

テスは唇を噛んでイモジェンににじり寄った。彼女の恋が実らないことはみんなも前からわかっていたが、はっきりとは言いにくい。

アナベルと目が合い、妹も同じ考えでいるのがわかった。あの欲深い母親と、持参金がたっぷりある婚約者がいては、イモジェンはドレイブンと結婚できないだろう。彼が自由の身だとしても、イモジェンと結婚したがるとは思えないが。殴り書きした手紙数通と一度のキスを与えたきりで、けっして——。

イモジェンがテスの考えをさえぎった。「ドレイブンが夕食の席で無作法に振る舞ったのは、悩んでいるからよ。ミス・ピシアン＝アダムズにどれほど教養があっても、彼女とは結婚したくないの。彼はこのわたしを愛するようになったみたい」

「だったら、ドレイブンは本心を隠しているのね」ジョージーがいつものそっけない口調で言った。「彼は夕食の席でなにをしたの？」

「短気を起こして席を立ったのよ」イモジェンは言った。目に涙を浮かべている。「母親が花嫁を選んだらしいわ。『ロミオとジュリエット』で、レディ・キャピュレットが娘のジュリエットをパリスに嫁がせると決めたみたいに。ギリシア神話のピュラモスとティスベーもそう。ピュラモスの父親は、彼が嫌った女と結婚させようとしたんじゃなかった？」

「それはティスベーがライオンに食べられる前の話ね」アナベルが言った。「わたしは情熱に駆られるたちじゃなくてよかったわ。獣に食べられるなんてまっぴら。恋そのものが性に合わないの」

「わたしもお姉さまみたいだったらいいのに」イモジェンは潤んだ目で天蓋を見上げた。

「このほうがずっと楽よ」アナベルは言うとおりにしなさいとばかりに、イモジェンの足を軽く叩いた。「わたしが恋をする見込みはまったくないけれど、条件のいい結婚をする見込みは十分あるわ。傷つかずに済めば、人生はとても楽になるわよ」

「わたしは――愛のない人生を送るしかないようね」イモジェンは声を詰まらせている。

一瞬沈黙が流れた。イモジェンは長年ドレイブンと結婚するという考えにとらわれていた。もう恋をしていない彼女など想像できない。

「期待を持たせてしまってごめんなさい」テスはイモジェンの髪を撫でながら言った。「夢をあきらめるよう言うべきだったわ」

「なんだか夢のなかで生きてきたみたい」イモジェンは涙で息を詰まらせた。「どうして彼は、あのときわたしにキスしたの？　どうしてわたしをあんなふうに見た――見るの？　婚約を破棄できないとわかっているくせに」

「彼は間違っているわ」アナベルは思い切って言った。

「ドレイブンはイモジェンお姉さまを口説かずにいられなかったのね」ジョージーが言った。

「ロミオもジュリエットとの仲を家族に許されないとわかっているのに、情熱のせいでわれを忘れたわけでしょ」

だが、イモジェンは背筋をしゃんと伸ばして枕にもたれた。「ロミオがジュリエットを愛したようにドレイブンがわたしを愛していたら、告白するでしょうね」きっぱりした言い方だ。「彼はいやいや婚約したのかもしれないけれど、母親には逆らわないわ。だって――食事中、レディ・クラリスがミス・ピシアン＝アダムズのことをあれこれしゃべっていたのを止めなかったもの。彼女がわたしに釘《くぎ》を刺していたのは明らかよ。ドレイブンが怒ったのは、母親がわたしをいじめたせいじゃなくて、ほかの理由でいらだっていたからじゃないかしら」

「そうね」テスはイモジェンに腕を回した。

「初め、ドレイブンが母親につれなくて嬉しかった」イモジェンが続けた。「でも、からかっていただけだと気づいたの。彼は本気でわたしをかばうつもりじゃなかったのよね」

「いつかすてきな人が現れるわ」テスはイモジェンを抱き寄せて揺すった。

「いいえ」イモジェンはシーツで涙を拭った。「現れないわ、わたしには。ドレイブンと結婚できないなら、誰とも結婚なんかしないもの」

「じゃあ、わたしと大金持ちの夫と一緒に暮らせばいいわ」アナベルがイモジェンにほほえみかけた。「一年じゅうシルクのドレスを着て、毎晩のように踊るの。夫なんていなくても平気よ」

「誰とも結婚しない」イモジェンは繰り返し、深く息をついた。「わたしはそういう女なの」

「じゃあ、決まり」アナベルはてきぱきと言った。「メイン伯爵との結婚をみんなは冗談だと思っているかもしれないけれど、わたしは本気ですからね。だいたい、ホルブルックはわたしたちを社交界へデビューさせる段取りをつけていないと思うの。彼はあの有名なオールマックス社交場へ行ったことがあるのかしら。ロンドン社交界の既婚女性のうち十分の一でも知っていたら驚きだわ。どうやって彼にシーズン中にデビューさせてもらえるの？」

しばし沈黙が漂った。テスはレイフに好意を抱いているが、アナベルの言葉は的を射ている。

「わたしのメイドの話では、メインは婚約していないそうよ」アナベルが続けた。「明らかに趣味も育ちもいい人だわ。お酒も飲みすぎない。彼はわたしたちを上流社会へ導き、あなたたち三人がふさわしい夫を見つけられるようにしてくれるはずよ」

「庶民のミスター・フェルトンはどうなの？」テスは尋ねた。

「わたしたちには不十分だわ」アナベルが言う。「レディ・クラリスも爵位は大事だと言っていたでしょう。男爵より下を相手にしてはだめよ」

ジョージーがテスの考えたとおりのことを口にした。「こうなると、世間知らずは誰かしら？」やじるように言う。「そもそも、爵位で家は暖まらないと言ったのは、アナベルお姉さまじゃない。ミスター・フェルトンは公爵と伯爵を合わせたぶんより資産があるのに。厩舎にはどんな馬がいるか知ってる？」彼女は声を落とした。「彼は去年パンタルーンを買ったの。ロイヤルオークも所有してるわ」

「ふん」アナベルは軽くあしらった。「それを聞いただけで、ミスター・フェルトンをよけて通るわ。競馬狂と結婚したくないし、夫がダービーに勝てない背中の曲がった牝馬を買うために土地を売り払うのを見たくないもの」

ジョージーの声はとげとげしい。「それって、お父さまの馬の買い方じゃないわよね、アナベルお姉さま」

アナベルはベッドを降りた。「事実を言ったまでよ」彼女は戸口で立ち止まった。「一頭の馬に何千ポンドも払ったりせず、わたしにルビーを買ってくれる夫が欲しいの。メイン伯爵は条件にぴったりの人物だと思うのよ」

「それで、あなたは彼のことが好きなの？」テスは膝を抱えて興味ありげに尋ねた。ときおり妹のほうがはるかに年上で、世慣れているように思えてしまう。正直に言って、テスはメインが怖かった。あの上品な物腰のせいだ。彼は上品で大柄で優雅に装っている。アナベルがいたずらっぽく笑った。その目には翳《かげ》りがない。「メインのことはじっくり見たわ」彼女は澄まして言った。「前からも、うしろからもね。彼でけっこうよ」

「アナベル！」テスは声をあげた。

だがアナベルはドアから出ていき、三人に聞こえるのは廊下にこだまする笑い声だけだった。

8

深夜

「テスと結婚する男がワントンを手に入れるというのかい?」メインが声をあげた。

「英国諸島にパッチェムの血を引く馬は四頭しかいない」レイフが説明した。「うちの弁護士によれば、わたしの被後見人たちが持参金代わりに一頭ずつ持っているらしい。年上のワントンはテスの持参金だ。あとは子馬で、牝《めす》が二頭に牡《おす》が一頭さ」

「持参金代わりの馬か」ルーシャスが言った。「変わった取り決めだな。そのブライドンという男は変人だったと見える」

「馬を処分した金を持参金にするよう指示してもよかったはずだ」レイフが言った。「だが、遺言書には馬が持参金だと明記してある。自分と同じくらい馬好きな男に娘たちを嫁がせたかったんだろう」

「不届き者が娘と結婚してから馬を売るかもしれないじゃないか」ルーシャスが指摘した。

「四頭とも、ロンドンの馬市場に出せば八〇〇ギニーはするぞ。ワントンは去年のアスコットで勝てそうだったから、もっと高値がつくだろう」

「夫は妻の馬を一年間売ってはいけないことになっている」レイフは手もとの書類に目を戻した。「それでも、きみの言うとおりだが」

「ワントンか！」メインが言った。それから満面の笑みを浮かべる。「きみたち、ぼくが妻を探していることを知っていたかい？」

「実はきみかルーシャスを言いくるめて、テスと結婚させようかと思ったんだ」レイフは言った。「テレサ――テス――は美人だよ」

「魅惑的だ」ルーシャスがぽつりと言った。

「きみとテスならお似合いだろう」レイフがルーシャスを見て言った。「彼女はとても聡明だから、きみに癇癪《かんしゃく》を起こさせることもないに違いない。目下きみには意中の女性がいなかったよな」

「こんな話はもってのほかだよ」ルーシャスが言った。

「そんなにお上品ぶるなって」レイフが切り返す。「結婚したいなら、そう言えばいい」

「きみは運がいいよ、レイフ」メインは椅子の背にもたれた。「ぼくはテスとの結婚を考えている。実際、ためらう理由はなにもない。彼女はきれいだ――金髪のアナベルほど華やかじゃないが、十分に美しい。うちの妹が妻を見つけろとうるさく言っていたが、ここに理想の妻がいた。馬を持っている美女だ」彼はもうひと口ブランデーを飲んだ。「ただ、社交上の常識を少し覚えてもらわないと。あの娘たちはあまり家庭教師に習わなかったようだ。だが、テスがそれほど聡明なら、すぐにのみ込むだろう。ぼくが教えるとも」

レイフは怪しむように目を細めた。メインは愛人にと望んでいた伯爵夫人に拒まれて以来、放縦な生活を送ってきた。「テスを愛していると思うのか?」自分で言っておきながら、愛という言葉は妙な感じがした。だが、後見人である以上、花婿候補にはこの質問をしなくてはなるまい。

「愛している……とは思わない」メインはグラス越しに壁紙を見つめた。「でも、この結婚に愛は必要ない。ぼくは浮気をしないし、それが無理でも慎重に行動する。テスも貞淑な妻になるし、それが無理でもやはり慎重に行動するだろう。ふたりでたびたび同席を楽しむうちに、ぼくがどこかの溝へ落馬するのさ」

「テスの父親とそっくりだな」ルーシャスが横やりを入れた。警告するような声だ。

「まさしく」

「それとも、逆上したどこかの夫に撃ち殺されるか?」レイフが訊いた。

「それも十分考えられる」そんな不吉な話を聞いてもメインは平気らしい。

レイフはメインをまじまじと見つめた。どうすれば旧友の力になれるだろう。メインは人妻のベッドからベッドへ渡り歩いて、相手を悲しませるほど長居はしない。夜はもっぱら遊び歩いている始末だ。ますます神経質で辛辣《しんらつ》な男になっていき、目には嫌悪すべきみだらな光を浮かべている。

しかし、いったいどうしていいのやら。

「テスを傷つけたら」レイフはまたしても自分の言葉に驚いた。「いくらきみが友人でも、ただじゃおかないぞ、メイン。わたしをぐうたらな男だと思っているだろうが――」

「ぐうたら?」メインが口を挟んだ。あざけるように眉を上げている。「いいや。ブランデー漬けの膝でのんびり歩く男と思っているだけだ」

「どういう意味かわかっているくせに」レイフはルーシャスのほうに向き直った。「きみはテスに求婚する気はないんだな?」

「ぼくに対して偏見を持っているようだな」メインは金色に輝くグラスを何度も回した。

「そうとも」レイフは答えた。「わたしはルーシャスこそテスの立派な夫になると思う」

「ばかばかしい!」メインは言い捨てた。「ぼくは彼女との結婚を望んでいるが、ルーシャスにはその気がない。それでいいじゃないか。さあ、次の花嫁候補の美点を披露したらどうだい? イモジェンは黒髪の美女だ。結婚市場に乗り出す娘があと三人もいるんだぞ、レイフ。悩んでいる暇などあるか」

「なぜ四人とも未婚なんだ?」ルーシャスが尋ねる。「年齢を考えると妙な気がする。三人はもう二〇代で、イングランドでは売れ残りも同然だぞ」

「スコットランドの男はみんな去勢されているのさ」メインが言った。「ぼくはあの国自体が大嫌いだ」

「家族の不幸が続いて、社交界デビューが遅れたとか?」ルーシャスはメインを相手にせず、レイフに訊いた。「母親はいつ死んだんだ?」

「父親には娘たちを社交界に出す財力がなかったんだろう」レイフは言った。「わたしの秘書のウィッカムの話では、地所はひどい荒れようらしい。彼はしばらく滞在して新しい子爵を手伝っている。現子爵はずっとケースネスに住んでいて、ロクスバラシャーの地所を何年も見ていなかった。どうも気味が悪かったようだ。地代が取れそうな限定相続外の土地は、とっくに処分されていた。屋敷は崩れかけている。馬が娘たちに遺贈されたと知って、子爵は呆然《ぼうぜん》としていた。ここ一〇年で地所から上がった金は、すべて厩舎に注ぎ込まれていたからね」

「ブライドンは有り金を馬に使い果たしたのか?」メインが尋ねた。

「娘たちに金を出し惜しみしたわけじゃない。馬を売らないかぎり、なにもしてやれなかったのさ。夕食の席でテスから聞いたが、ブライドンは競馬で大もうけしたら娘たちを社交シーズンにロンドンへ連れていくつもりだったらしい」

「そのときが来るまで、四人の娘はぼろ屋敷で未婚のまま朽ちていく運命だったのか?」ルーシャスが言った。

「ブライドンが紳士でなかったのは明らかだ」レイフは言い、グラスを空にした。頭痛がひどくなってきた。ブランデーの飲みすぎだ。飲めば人生も悪くないと思えるが、そのうち酒をやめるしかあるまい。激しい頭痛に襲われる間隔が、だんだん短くなってきたようだ。

「三人の妹たちに求婚しようと、男たちが列を作るぞ」メインが言った。「社交シーズンが始まるころには、父親の喪も明けているだろう。メイトランドはイモジェンに惹《ひ》かれているようじゃないか。あの男は相当な金持ちだ」

レイフは首を振った。「彼はミス・ピシアン＝アダムズとの結婚が何年も前に決まっている。そのうえ、父親が死んで以来やりたい放題で、最近は行状がひどくなるいっぽうだ。競馬に夢中になり、年じゅう田舎で馬をやみくもに走らせている。いずれ地面に叩きつけられるぞ」

「けっこうな死にざまだ」メインがぼんやりと言った。

「ばかを言え」レイフはぴしゃりと言った。「テスと結婚する気なら、生き方を改めろ。二度と既婚女性と火遊びをしたりするんじゃない」

「慎ましい夫になると誓うよ」メインは言ったが、いかにもうんざりした口調だったので、レイフの目がけわしくなった。

だが、メインは続けた。「火遊びはもう卒業した。知らなかったのか？」

「ああ」レイフはそっけなく答えた。

「とにかく、そういうことさ」メインは顔を上げず、長い指でひたすら羽根ペンを弾いている。「レディ・ゴドウィン――しかも、ものにはできなかった――が最後の相手で、もう四カ月も前のことだ。だから、つまらん男だが、テスはぼくをひとり占めできるよ」

「損な買い物ではないな」レイフの低い声が静けさを破った。「きみは損だと思いたがっているようだがね、ギャレット」

メインが顔を上げた。「ぼくが洗礼名を嫌っているのを知っているくせに」

「その名前で呼ぶと、きみがしゃきっとするからさ」レイフは言った。「目を覚ましたからには、ビリヤードの一〇〇点勝負で一〇点おまけしよう」

「ぼくはもう寝る」ルーシャスが伸びをした。

「日曜までにお目付け役が見つかるといいな」メインはレイフに言った。「クラリス・メイトランドがここに居座るなら、ぼくはテスと駆け落ちするしかない。まったく、あの女にはむかむかするよ」

「フローラおばに手紙を送った」レイフが言った。「セント・オールバンズからここに着くのは、早くて来週だろう」

「じゃあ、賛成してくれるんだね？」メインが迫った。「ぼくは明日から求婚するつもりだが？」

「テスの喪が明けるのを待つほうがいいと思わないなら、そうすればいい」レイフは言った。

「待てないよ」メインはぼそりと答えた。「一カ月以内にリッチフィールド杯が控えている。そこにワントンを出そうと思ったら――」彼は肩をすくめた。

「電撃結婚にはふさわしくない理由だな」ルーシャスが言った。

「紳士らしいたわごとを」メインはグラスを空けた。「きみを見ていると、ロンドンをうろついている偽善者どもを思い出す。ぼくを道楽者だと当てこするくせに、面と向かっては言わないんだ」

「で、きみは道楽者じゃないのか？」ルーシャスは声を抑えて尋ねた。

メインは考えた。「いいや。たしかにぼくは好色で、多くの女性と寝る――寝たさ」彼は言い直した。「でも、卑劣な男じゃない。旧友に言い訳するなんてまっぴらだが」

「それは、きみが馬を手に入れて直近のレースに出したいばかりに、結婚をもくろんでいるせいだろう」ルーシャスが言った。

「なにが悪いんだ？　結婚は資産の交換にすぎないし、テスはぼくから一頭の馬よりはるかに多くを受け取るんだぞ。ルーシャス、きみがいくら礼儀をわきまえるよう言っても、素直に聞くことはできない」

ルーシャスは歯を食いしばった。「どうして？」

「きみ自身、社交界の常識を破っているからだ。株に手を出しているどころか、国の株式市場を動かす勢いじゃないか。ぼくの型破りな求婚など、きみの型破りな資産運用に比べればなんでもないと考える向きもあるだろう。高貴な生まれの者は商売をしてはいけないはずなんだから」

「きみの考え方はうちの両親とそっくりだ」ルーシャスが言った。一瞬、不穏な空気が流れてから、メインがため息をついた。

「きみが自分の金でなにをしようとかまわないよ、ルーシャス。きみだって、ぼくが誰のベッドに入り浸るか関心はなかったはずだ。ぼくはまじめになると言っているのに、なぜ急に悪魔の申し子になったみたいな気分にさせるんだ？」

「とにかく、ふたりとも体型は保っている」レイフは不機嫌そうに言った。先ほどから部屋にみなぎる怒りなど気にする様子もない。「わたしの親友は好色漢と商人だが、少なくとも彼らは――」

「小粋な三人組だね、ぼくらは」メインが口を挟んだ。「飲んだくれと好色漢と商人。イングランド社交界の華だ。罪をきちんと……先祖から受け継いでいるのはたしかだな」

「父の生まれを思い出させても、母はきみに感謝しないよ」ルーシャスは皮肉たっぷりに言った。「ぼくの計算の才は父方の一族譲りだと、かなり前に決め込んだからね」

「きみの母上は愚かだ」メインは言ったが、毒舌は吐かず、ブランデーを飲み干した。「父上からの相続財産が大金ではなくその顔だったにせよ、きみはこのなかで最高の男だ。まあ、ぼくも真人間になりつつあるけどね！　まずは結婚して、それから子供をもうけ、あっという間に貴族院議員になるぞ」

怪しいものだ、とレイフは思った。だが玉《たま》の輿《こし》に乗るという意味では、テスはこれ以上の縁組を望めまい。それこそ後見人が気をつけるべきことだ。「教会では式を挙げられないぞ。テスはまだ喪中だから」

「特別結婚許可証を取らないと」メインは言った。「おじは主教なんだ。許可証を出したうえ、ここで式も挙げてくれる。この屋敷には礼拝堂があったよな？」

「ああ。だが、テスの了解を取るのが先決だ。わたしは彼女に早まった結婚をさせる気はないぞ」

メインはかすかな笑みを見せた。「それは問題にならない。ぼくは女性の愛を得る達人だ。

せいぜい二日で落としてみせる。少しばかりお世辞を言って、いくつか詩を贈れば、うまくいくさ」彼は自分の地位と手管を自認しているだけで、得意げな様子ではなかった。

レイフはたじろいだ。「結婚するまでは不道徳なことをするなよ」思ったより荒々しい声が出た。

メインは驚いた顔をした。「そんなことをするつもりはない。どのみちテスはぼくの妻になるんだし」

「ちゃんとしたお目付け役がいないから、わたしが釘を刺したまでだ」レイフはばつが悪かった。

「なあ」メインが切り出した。「妹のグリセルダが、街道を数キロ南へ行ったメイドンズロウに滞在しているんだが、お目付け役をやらせてみないか？　なにぶん気楽な未亡人だ、きみの被後見人たちに社交シーズンを経験させる時間はたっぷりある。グリセルダは昔からきみが好きだったしね、レイフ。彼女が娘たちに街の話をしてやれば、ぼくの求婚など騒がれもしないだろう」

「グリセルダがお目付け役を引き受けてくれるなら」レイフは言った。「それはなによりだ。フローラおばは、若い娘の服装を指南する柄じゃない。独身を通しているから、適任者かどうかもわからないだろう」

「その点は妹のほうが腕が立つ」とメイン。「若い未亡人がかたくなに再婚を拒むうちは、縁結びに打ち込むのが決まりらしいね。明日の朝いちばんに使いを出すよ。グリセルダは服のセンスと同じくらい好奇心が豊かだから、昼食までに姿を見せると思う。そのころには、ぼくは求婚を済ませているかもしれないな」

「そういうことなら」レイフが言った。「幸運を祈る」

「ぼくは寝るよ」ルーシャスは静かに言った。

「ロンドンに戻るのを先延ばしにできないか?」メインがルーシャスを見上げて尋ねた。「花婿の付き添いになってほしいんだ。遅くともあと一週間で話を決めるから」

ルーシャスはためらってから、こう言った。「いいとも」

レイフはルーシャスに続いて戸口に向かったが、友人の翳りを帯びた目からはなにも読み取れず、静かにドアを閉めた。

9

翌朝

テスは男性に夢中になったためしがない。男性には驚かされるだけだ。ほどなく彼女は、自分がメイン伯爵の求愛の対象になったことに気づいた。朝食のテーブルでクランペットにバターを塗りながら、妹たちはまだかしらと考えているところへ、伯爵がいかにも意気込んだ表情で部屋に入ってきたのだ。

メインはアナベルを探しているのよ。テスはとっさにそう考えたけれど、彼の口から妹の名前は出てこなかった。「麗しのミス・エセックス、お目にかかれて光栄です」なんとも大仰な挨拶。となると、彼はわたしに結婚を承諾してほしいのか――ほかに狙いがあるのかが問題ね。

テスが口のなかのクランペットを食べ終えると、メインは彼女の隣にさっと腰かけた。全身を黒でまとめて首もとに白をあしらった、とびきりエレガントな装いだ。なにより、彼がテスに向けているまなざしは――見誤りようがない。

「おはようございます」テスはメインを励ますようにほほえんだ。相手の思惑がわからないうちはつんけんする必要はない。これまで競馬狂のスコットランド人を何人袖にしたことか。彼らは、貧乏子爵の娘は新しいドレス数着のために体裁をかなぐり捨てると考えていた。「ミス・エセックス」メインは言った。テスには彼の意図が読めなかったが、朗々と名前を呼ばれて――早くもわが物顔に――身構えた。

求婚者といってもいろいろだ。経歴に汚点がある者もいれば、伯爵の称号を持つ者もいる。だが、後者の求婚はまず断られない。特に、その横顔が端整で好ましく、顎が引き締まっていたら。つまり、そんな紳士が取り乱しても、礼儀を忘れた言い訳をしなくていいのだ。テスはクランペットを皿に置き、求愛の言葉を聞こうとした。

メインは合図に飛びついた。「ゆうべよりけさのほうがずっときれいだ」彼はテスの手を取ってキスをした。彼の巻き毛はみごとにもつれている。おそらくわざとそうしているのだろう。

メインはテスの沈黙に勇気づけられたらしい。「あなたの目の美しさを語らせてくれないか。なんともすばらしいブルーだ。濃いブルーだが、もっとくっきりした色合いの、ラピスラズリの色と言ったほうがふさわしい」

テスは朝食を済ませてしまいたかった。メインのお世辞を聞きたくないとは言わないが、言葉では満腹にならない。「おやさしいのね」彼女はメインから手を引いて、再びクランペットを取った。これではアナベルが面白くないだろう。ゆうべのはしゃぎようからして、妹はメインとの結婚を決意したに違いない。それなのに、彼はわたしと結婚したがっているなんて。

メインはブリンクリーに顎をしゃくった。執事はサイドテーブルの前で忙しく働いている。

「これは異例なお願いなんだが。ここにお目付け役がいないので――」

思わずテスの眉が上がった。まさかメインは、この場で結婚を申し込むつもりなの？　記憶力がよくなかったら、わたしは彼の名前も忘れていただろうに。つまり、その程度の知り合いなのよ。

だが、メインの誘いは庭を散歩しないかというだけのことだった。レディ・クラリスは午前中は寝ているので、ふたりにはお目付け役がいないことになる。「屋敷が見えるところを歩けばいいさ」メインはテスに言った。

テスはあえて話さなかったが、四姉妹は子供時代、地所を自由に歩き回っていた。ときおりいた家庭教師も、ひとりで四人には付き添えなかったからだ。

「喜んで」テスは答えた。声に熱意が足りないと気づいたが遅すぎた。

「なかにいたいなら話は別だが。ただ、レイフは当分起きてこないよ。朝は頭痛に苦しんでいるんだ」メインはいたずらっぽいまなざしで言った。

「なぜ彼をレイフと呼ぶの？」テスは尋ねた。「イングランドの紳士は洗礼名を呼び合わないと思っていたわ」

「レイフはホルブルックと呼ばれるのが嫌いなんだ」メインは言った。「兄上が亡くなったあとに爵位を継いで、わずか五年だからね」

「まあ」テスはすぐさま事情をのみ込んだ。「お兄さまの爵位ばかりか、名前まで受け継がなくてはいけなかったのね」

メインがうなずいた。彼は見かけほど冷淡でも当世風でもないのだろうとテスが思い始めたとき、また手にキスをされた。彼女はジョージーがきのう、キスを断った気持ちがよくわかった。ここ一年ほど馬の世話をしていなくてよかったわ。キスを何度受けても平気なほど、手は白くやわらかい。

メインが顔を上げた。思ったとおり、レイフの話をしていたとき目に浮かんでいた同情心が消えている。今度は、最高級のクラバットを見るような目をテスに向けた。こんなに急いで求婚するところを見ると、彼はわたしたちがここへ来る前から妻を探していたのね。適齢期の四人姉妹の登場に気もそぞろになり、結婚相手としてふさわしいかどうかを確かめもせず、長女を選んだのかしら?

「あなたのそばにいると危険だな、ミス・エセックス」メインは言った。

「それはさぞ不愉快でしょうね」

メインはやや驚いたようだが、気を取り直した。「あなたのような美女のそばでは、胸が締めつけられて痛むのさ」

「胸が締めつけられて痛む?」テスは片方の眉を上げた。なんだか病気の話でもしているみたい。

メインは話が脇道へそれたと気づいたようだ。テスの手を握り締め、再び口もとに近づけた。「真の美は心に一片の悲しみをもたらす。ギリシアのすばらしい大理石の彫刻群やイタリアの名画を鑑賞すると、そう感じるよ」

「そんな経験はしたことがないわ」テスは手を引き抜いた。ひとりで自分の部屋にいられたらいいのに。「ちょっと頭痛がするので」彼女は立ち上がった。「散歩はまたの機会にして下さい」

メインはまたしてもテスを驚かせた。愉快そうに目をきらめかせたのだ。この人は放蕩者かもしれないけれど、ユーモアのセンスがあるんだわ。

「お別れの挨拶には手に口づけをしないから、お辞儀をしていいかな?」メインは尋ねた。どう見ても目が笑っている。「気持ちはよくわかるよ、ミス・エセックス。われわれイングランド人はやけに形式ばっているから」

メインはテスのことを、手にキスされて動揺し、上品なお辞儀を見てくすくす笑う、無学な田舎娘だと思ったらしい。

テスはメインのお辞儀を眺めてから、声にわざと皮肉っぽい調子をまじえた。「どうもご丁寧に。このひとときで、いろいろと学びました。あとは部屋に引き取り、優雅な会話ができるまで自分を高める方法を勉強するだけですわ」

メインが口をあんぐりと開けるのを見ても、テスは平気だった。あの容貌は彼をだめにするる。たぶん彼は、ゆうべのアナベルのような、媚《こび》を売る女性に慣れっこになっているのだろう。

まあ、メインはわたしの無作法ぶりに幻滅して、アナベルに乗り換えるかもしれないわね。

テスは向きを変えて部屋を出た。

10

午後

「明日の昼食後に仕立て屋が来るよ」レイフが階段を昇っているテスに声をかけた。

「そんなことをしてもらっては困るわ」テスはばつが悪かった。レイフはわたしたちのみすぼらしい服を見るなり、貧乏だとわかったに違いない。

「ばかなことを」にっこりすると、レイフはとても若々しく見える。「きみたちはぼくの妹じゃないか。妹たちにそんな喪服を着せておけない。昔ここにいた料理女を思い出すからね。お玉でぶたれそうで怖かったよ」

「あらあら」テスは言った。喪服の件はレイフに同感だけれど、文無しというのはみじめなものだ。

「服喪期間も最初の三カ月が過ぎた」レイフは続けた。「黒い服ばかり着る必要はないさ。話は変わるが、レディ・クラリスからお誘いがあった。明日、シルチェスターにあるローマ時代の遺跡へきみたちも一緒に行かないか？　別のお目付け役が見つかるまで、ミス・ピシアン＝アダムズがここに滞在する。遺跡を見たかったら、今回は絶好の機会だよ」

ドレイブンの婚約者のことを考えただけで気がめいるが、彼が同行するならイモジェンは行くと言い張るだろう。こんなチャンスは逃せない。「レディ・クラリスもご親切に」テスは鼻にかすかに皺を寄せた。

「どうやら」レイフはテスの鼻をちょんと突いた。「レディ・クラリスはきみたちに教養がなさすぎると言いたいらしい」

「そのとおりですもの」テスは言った。「わたしたちはあまり家庭教師に教わらなかったから」

「じゃあ、ミス・ピシアン＝アダムズのことは明日の夕方、詳しく話すとしよう。きみが彼女に会ってからだ」レイフは声を落とした。「彼女を見習いたくなったら、すぐに家庭教師を雇ってあげるよ」

「遠まわしな嫌味だこと。その嫌味はミス・ピシアン＝アダムズに対して？　それともわたしに対してかしら」テスはそう言い、寝室へ続く廊下へ曲がった。「とにかく口を慎むようにするわ。後見人さまがいらいらしないように」

レイフは笑った。

部屋ではアナベルが待っていた。「彼はお姉さまに求婚しそうなのね？」テスがドアを閉めたとたん、アナベルは訊いた。

「誰のこと？」

「公爵に決まっているでしょ」

「いいえ」テスは古びた手袋が破けないようにそっと外した。

「なあんだ」アナベルは暖炉のそばの椅子に座り込んだ。「きのうの夕食中はふたりで仲よくしていたし、今も彼の笑い声が聞こえたから」

「レイフは結婚する気がないそうよ」

「伯爵がいてよかったわ」アナベルは暖炉の前で爪先を揺らした。「まさにそういう感じだもの」

「公爵夫人になることを夢見たけれど、伯爵夫人でも満足よ」

テスは唇を嚙んだ。

「なんてこと！」アナベルは目を鋭く細め、「お姉さまはこの屋敷で最高の求婚者をさらったのね」

「好きでそうしたわけじゃないわ」

「わたしがメインと親密にならなくてよかったわね。ロマンチックなところがなくて、わたしは幸運よ。イモジェンはゆうべのレディ・クラリスの毒舌を、どれほどまじめに受け止めたことか」

それを聞いてテスは思い出した。「さっきレイフから言われたんだけど、明日レディ・クラリスやミス・ピシアン＝アダムズと一緒にローマ時代の遺跡めぐりをすることになったわ」

「まあ、いやだ」アナベルは声をあげた。「頭痛がすると言おうかしら。このひどい服で出歩きたくないもの」

「誘いを断ってもいいのよ。だって、ミス・ピシアン＝アダムズがレディ・クラリスの言う半分でも才色兼備なら、イモジェンも悔しいだろうし」

　アナベルは首を振った。「ミス・ピシアン＝アダムズが行くなら、わたしたちも行かなくちゃ」

「どうして？　その〝貞淑さの砦《とりで》〟に会ったら、イモジェンはよけいにつらくなるんじゃないかしら」

「砦ですって？　それはまずい言い方ね」アナベルは言った。「いくらドレイブン・メイトランドがならず者でも、イモジェンの隣にその才女がいたらぎょっとするでしょう」

「でも、そんなのいやよ！　イモジェンがドレイブンと結婚するのだけはごめんだわ」

「この際、お姉さまの気持ちは関係ないの。愚かなイモジェンは彼と結婚したいのよ。わたしが知るかぎり、人の望みを抑えつけていい結果が出たことはないわ。ミセス・バンブリーの娘さんがどうなったか覚えてる？」

「ルーシーのこと？　熱病で亡くなったわ」

「あら」アナベルは言った。「お姉さまに真相を話し忘れていたなんて。ルーシーは身ごもっていたのよ。村のミセス・メグリーに聞いたの。ルーシーがお産で死んだのは、好きな人との結婚を母親に許してもらえなかったせいだって」

「かわいそうに」テスは言った。「ファーディ・マクドナーはルーシーとお似合いだったのに。ミセス・バンブリーはふたりの仲を裂くべきじゃなかったのよ。でも」彼女は付け加えた。「どうしてルーシーの死を母親のせいにするのかわからないわ」

アナベルはいらいらと手を振った。「問題はそんなことじゃないの。女がルーシーみたいに固い決意を持っていたら――イモジェンもそう――望みをかなえてやったほうがいいってこと。ドレイブンが本当に婚約者と結婚する気なら、どうしようもないけれど。でも、ゆうべの怒りようからして、彼はミス・ピシアン＝アダムズとやらに惹かれていそうもないわね。レディ・クラリスがすすめる縁談を、財産目当てに受け入れたんでしょう」

「彼は婚約を破棄するかしら。訴訟となれば大変な出費よね？」

「メイトランド家なら払えるわ。レディ・クラリスのドレスを見たでしょ？」

「やっぱり、イモジェンにはドレイブンと結婚してほしくないわ」テスは言い張った。「彼は手に負えない夫になるわよ。あの癇癪の起こしようときたら。礼儀作法をなおざりにする夫なんて我慢できないわ」

「でも、相性で夫を選べるのは、わたしたちみたいに幸運な女だけ」アナベルは炎に爪先をかざした。「考えてもみて、お姉さま。結婚したら、もう繕った靴下をはかなくて済むのよ！」

「その靴下が繕ってあるとはね」テスは目を細めて妹の爪先を見た。「みごとな出来ばえだわ」

「この腕前も喜んで捨てるわよ」アナベルが言った。「帳簿つけや、庭仕事や、一ペニーを数える腕と一緒に。お父さまがくれたのは半ペニーだったけれど」

「ジョージーの前ではお父さまの悪口を言わないでちょうだい」テスは化粧台の前に腰を下ろし、髪からピンを抜き始めた。ピンが一本、スツールの端に落ちた。

「ジョージーはここにいないわ」アナベルは言った。「今はわたしたちだけでしょ。わたしはお父さまが死んだ悲しみに浸るふりなんてしない。お父さまは娘たちに目もくれなかったんですもの」

なんとも辛辣な言い方だ。いつものアナベルらしくない、とテスは唇を噛んだ。「お父さまはわたしたちを愛していたはずよ」彼女はブラシで髪をとかした。「ただ問題を抱えていただけ――」

「娘たちより馬のほうを愛していただけ」アナベルが口を挟んだ。「でも、お姉さまの言うとおりね。感じやすいジョージーを傷つけないようにするわ」

テスはブラシを置いた。「お父さまがあなたに帳簿つけをさせたことはかわいそうだったと思うわ、アナベル」

「別にかまわなかったのよ」アナベルは暖炉の火に見入った。「お父さまがわたしたちのことを、わたしたちの将来を、少しでも考えていてくれたのなら」声が小さくなっていく。

「お父さまはちゃんとわたしたちの将来を考えていたわよ」テスは反論した。

「考えが足りなかったわ」アナベルが言った。たしかにそのとおりだ。ブライドン子爵は娘たちに身のまわりの世話をさせ、求婚者を近づけなかった。立派な結婚ができるよう、いつか全員をロンドンに連れていくと約束していたからだ。

「お父さまはわたしたちを愛していたわ」テスはブラシを取り直して断言した。

「わたしにとって肝心なのは」アナベルが言った。「馬とロバの区別もつかない男性を見つけること。メインがお姉さまに求婚すると決めたなら、わたしも大賛成よ。彼はゆうべ馬の話ばかりしていたし。夫には蹄鉄《ていてつ》よりダンス用の靴に関心を持ってほしいの。ねえ、お姉さまも乗り気なら、わたしたちがロンドンへ行けるようにメインと結婚してちょうだい。彼は街に豪邸を持っているわよね？」

「たぶん」

「彼は趣味もいいし」アナベルが続ける。「ブーツについた房飾りを見た？　スコットランドではあんなに上品な靴を見たことがないわ。ロンドンで流行している婦人服についても、彼なら知っているはずよ」

「あなた自身がメインを射止めようとがんばらないなんて意外だわ」テスはいらだたしげに言った。「彼のことをとびきり趣味がいいと思っているのに」

「メインの黒いベルベットの服は申し分ないし」アナベルは心底驚いたようだ。「ぴったりしたパンタロンをはいた脚もすてきだけれど――」彼女は頭を下げ、テスが放ったクッションをよけた。「ロンドンにはあの程度の男性は大勢いると思うの。メインはお姉さまを選んだ。脚の好みで相手を決めないように、という教訓ね」

「どんな話も俗っぽくするんだから」テスはため息混じりに言い、再び髪をとかした。

アナベルはにやにやしている。「わたしが夫を選ぶときは、脚に目をつぶる気はないけれど」

「いいかげんにしなさい！」テスは妹を叱った。

「さあ、行かなくちゃ」アナベルはぱっと立ち上がった。「メイドのエルシーに髪の編み方を教えようとしているの。それがもう大変で。あの子はいい子守だったかもしれないけれど、髪は結えそうにないわ」

「きっとガッシーの妹なのね」テスは憂鬱《ゆううつ》そうに言った。「わたしはガッシーが部屋を出ていくのを待って、あわてて髪をとかしてピンを留め直しているわ」

アナベルはあきれた顔をした。「わたしは自分でピンを留めたりしないわ——ぜったいに！　エルシーが一二回やり直しても気にしないわよ」

そのとき噂のガッシーが現れて、アナベルは出ていった。ガッシーは体格のいい娘だ。母親が子供を七人産んだ姿を見て子守になったのだが、メイドになる覚悟はできていなかった。

それでも、彼女はよく働いている。「お嬢さまのおでこをカモミール水で洗うようにと、ミセス・ビーズウィックに言われました」陽気な声だ。ガッシーは躊躇《ちゆうちよ》することなくテスの頭をのけぞらせ、濡れた布で額を洗った。

冷たい水がテスの首を伝った。厳しく注意したほうがいいのかしら。でも、ガッシーが大好きなおしゃべりを始めたのに、さえぎるのは失礼だという気がする。

「レディ付きのメイドは大忙しなんですよ」ガッシーが打ち明けた。「仕事はこのお部屋だけじゃ終わりません。階下《した》ではいちばんいやな仕事が待ってます。恐怖のアイロンかけが！」

「ごめんなさいね」テスがつぶやくと、びしょ濡れの布が唇に張りついた。

「お嬢さまのせいじゃありません。お勤めですから。それに、これはすごい働き口ですもんね！」

「よかったわ」テスはつぶやいた。冷たい水が少しずつ鎖骨へ流れていく。「本当によかった」

11

翌朝

レイフは苦い味を感じて目を覚ました。まぶたが開かず、いやな予感がする。二分後、彼はその理由を思い出した。今日は才女のミス・ピシアン＝アダムズがやってくる。被後見人たちを連れて、ローマ時代の遺跡とされる穴ぼこへ出かけるんだった。メイトランドも婚約者に同行するなら、レディ・クラリスとのあいだにひと悶着《もんちゃく》ありそうだ。これでは、日が高くなるまで酒を飲まないという決まりを破りたくなる。

レイフはうんざりした気分でベッドを出て、顔を洗った。今のところ、被後見人、特にテスとはうまくやっている。だがイモジェンは別だ。正直に言って、好きになれない。メイトランドを見ただけで震え出すなんて、いずれ情熱で身を滅ぼすだろう。あの娘には誇りがないのか？　あんな男に惚《ほ》れること自体、不可解だ。やつは事業より競馬に金を注ぎ込む遊び人じゃないか。

部屋に入ってきた従者が、泡立つ飲み物を黙って差し出した。レイフはそれを一気に飲み干した。そろそろブランデーを控えなければ。ただし、今日からではないが。

どんなにがんばっても、レイフは一度会ったはずのミス・ピシアン＝アダムズを思い出せなかった。赤毛だったような気はするが。兄のピーターに死なれ、公爵になって以来、なるべく適齢期の女性を避けてきたので、彼女を覚えていなくても無理はない。

もちろん、ミス・ピシアン＝アダムズのことを考えているのはレイフだけではなかった。

「彼女がどうやってドレイブンの気を引いたのかわからないわ」イモジェンがテスに言っている。姉妹はガッシーを台所に使いにやり、彼女がテスの頭に差したピンをイモジェンが抜いていた。「ドレイブンに文学の素養があるわけないし。彼は母親の指図でミス・ピシアン＝アダムズに求婚したのかしら？」

「さあ」テスは言った。

「きっとそうね」イモジェンはブラシを置いた。「親は子供に結婚相手を押しつけるものよ。ねえ――彼女、わたしより美人だと思う？」

テスは鏡に映った妹の不安げな目を見た。どんな形であれ、イモジェンを励ますのは酷な気がする。かといって、妹の希望をくじくこともできない。「ミス・ピシアン＝アダムズがあなたより美人だとは思わないわ、イモジェン」テスは切り出した。「でもね、彼女のとりえは美貌じゃないの。相続人であり、レディ・クラリスの同意を得ていることよ」

「ドレイブンがお金目当てに結婚するっていうの！」

「彼がミス・ピシアン＝アダムズに求婚した理由はわからないと言っているの」テスはうん

ざりした口調で言った。「でも、彼が求婚したことは事実よ。あきらめがつくなら、それがいちばんだわ」

「あきらめるのはもういや!」イモジェンはテスの髪にピンを留めていった。「ドレイブンはわたしを愛しているはずよ。わたしとミス・ピシアン＝アダムズが並んでいたら、ドレイブンはわたしのほうを向くわ」

「それはどうかしら」

「いいえ」イモジェンが勢いよくピンを押し込んだので、テスはピンクッションになった気がした。「ドレイブンが才女を愛するものですか。この婚約には裏があるのよ。レディ・クラリスが糸を引いているんだわ」

ところが一時間後、イモジェンは自信満々ではいられなくなった。

ジリアン・ピシアン＝アダムズはがりがりにやせた才女ではなかった。青白くもなく、髪をひっつめてもいない。それどころか、赤褐色の巻き毛をボンネットからのぞかせ、グリーンの目で落ち着いてあたりを見ている。ちょっぴりユーモアまで漂わせて。

「初めまして、ミス・イモジェン」ジリアンが言った。教養のある女性にえくぼができるなんて、法律で禁止するべきだ。あのねたましいライラック色のマントは言うまでもなく。

「どうぞよろしく」イモジェンは唇をきつく結んだまま答えた。

「遺跡見物はとても楽しみですわ」ジリアンが言った。その声はやわらかく、耳に心地よい。

「それに親しくなれそうな若い女性が四人もいらっしゃるなんて、嬉しいかぎりです」

「レディ・クラリスのお話では、あなたのスケッチが婦人雑誌に載ったそうですね」テスはイモジェンに歩み寄り、腰に手を回した。「とてもうらやましいですわ。画才がおありなんですね」

「そういうわけではないんです」ジリアンは恥ずかしそうにほほえんだ。「レディ・クラリスは、うちの父がその雑誌社の役員だと言わなかったようですね」

ジリアンは謙虚な人でもある。しかも好感が持てる。イモジェンは胸が張り裂けそうになった。

「メイトランド卿は今日いらっしゃるんですか？」テスがジリアンに尋ねた。

「来ないと思います」ジリアンはてきぱきと答えた。「メイトランド卿に会っただけではわからないでしょうが、彼は厩舎のことに夢中で――」

だが、そのときドレイブン本人が戸口に現れ、つかつかと歩み寄ってきた。

テスはじっと様子をうかがった。ドレイブンの姿を見たとたん、イモジェンは顔を輝かせた。ミス・ピシアン＝アダムズは彼が手にキスするのを許したものの、浮き浮きしてはいない。ドレイブンはどちらかをひいきにするそぶりは見せなかった。それどころか、未来の妻の手も、テスの手も、扱い方はまったく同じだった。

やがて一行は馬車で遺跡へ向かった。エセックス姉妹はレイフと同乗した。

抜けるような青空が広がり、とても暑くなりそうだ。テスは薄い雲が消えていくのを眺めた。「今日はボンネットを脱がないでね」とジョージーに注意した。彼女はボンネットを脱ぎ捨てて日焼けをする癖がある。

ジョージーは姉たちの顔を見回した。「わたしたち、ノスリの群れみたい！」彼女は笑い転げた。

「ボンネットをかぶるのはノスリの貴族だけさ」レイフが言った。あきれたことに、銀の細口瓶を手にしている。

それでもテスはほほえまずにいられなかった。「それでおだてたつもりなのね、公爵。みっともないと駄目押ししたのではなくて。あなたは女たらしみたいに、お世辞を振りまく人ではないんだわ」

「公爵と呼ぶのはやめてくれ」レイフはうなるように言った。「ちなみに、わたしは女性にのぼせた経験がないんだよ」

「どうして？」ジョージーは興味津々だ。「まだそれほど老けていないのに」

「ジョージー！」テスは妹を叱り、レイフのほうを向いた。「ジョージーが失礼な質問をしてごめんなさい。姉妹のあいだでは、礼儀などおかまいなしにしゃべるものだから」

「それはいいね」レイフは落ち着いたものだ。「ミス・ジョセフィーン、わたしはまだ老けていないかもしれないが、もう老いぼれの気分なんだ。幸い、わたしを少年に戻せる女性にもめぐりあわなかった」

「アナベルやテスにのぼせないなら」ジョージーはきっぱりと言った。「一生結婚しない運命なのよ」

「では、運命を受け入れるとしよう」レイフは嬉々《きき》としている。

「あなたにはがっかりだわ」アナベルが彼に言った。

「最初は母で、今度はきみか」レイフはわざとため息をつくふりをした。

「あなたは女性の視線を避ける達人かもしれないわね」テスは言い、レイフがアナベルにほほえむ姿を見た。美しい盛りを迎えた妹に、兄はこんな笑顔を向けるのだろう。

「ロンドンのご婦人には、つかみどころがないと思われているようだ」レイフは嬉しそうに認めた。「でも、わたしは現状を変えたくはないんだよ」

馬車が音をたてて止まった。「着いたぞ」レイフは細口瓶を上着の内ポケットにしまった。

「さあ、教養をつけに行こう」いやにとげとげしい口調だ。

「そのためには」アナベルがくすくす笑った。「ミス・ピシアン＝アダムズにローマ帝国のことを一から一〇まで教えてもらわなきゃ！」

遺跡は、干し草用に刈り取られた牧草地の真ん中にあった。地主のミスター・ジェソップは、みずから門のなかに一行を迎え入れ、遠く離れた草深い丘を指さした。

「遺跡はあっちです」彼は言い、レディ・クラリスとジリアンにけげんな目を向けた。ふたりとも優美な室内履きをはいているのだ。「草はよく乾いてるから、泥はつかんでしょう。でも、その靴はどうなっても知りませんよ」

テスの古いブーツは頑丈にできていたが、やはり干し草の上を歩くと足首が痛くてたまらなかった。ミスター・ジェソップはレイフと並んで歩き、彼の父親や〝地面の穴ぼこ〟〝ローマ人ども〝〝ロンドンの連中〟の話をしている。声はそよ風にかき消され、牧草地の彼方《かなた》に運ばれていくようだ。テスの耳には、〝ロンドンの連中〟を罵倒《ばとう》する言葉がとぎれとぎれに届くだけだった。〝連中〟とは、彼の土地を掘り返そうとする歴史協会を指すらしい。「ここはおれの土地ですよ」ミスター・ジェソップはそう繰り返していた。

困ったことに、ジリアンは婚約者と未来の義母を避けて、テスのかたわらを歩いていた。イモジェンを慰めたかったのに、これでは無理だわ。ジリアンはわたしのそばを離れない。やっとのことで、一行は干し草の上を歩き通した。これでは無理だわ。そこからは草がエメラルド色に茂り、あちこちに野生のにんじんが生えている。境界に立つ柳の幹は曲がり、草地にくっきり影を落としていた。

レディ・クラリスがすぐさま下僕に命じ、柳の木の下に毛布を敷いてバスケットを置かせた。「休憩しないと」彼女は言った。「でも、わたくしは体力がないし、遺跡見物もここまでかもしれませんわ。ふだんは暑いさなかを歩いたりしませんもの。その点、スコットランドの女性は違うのね。みなさんは草地をどんどん歩けるようで。やはり、あちらのほうが草地が多いのかしらねえ」

「イングランドのほうが農民は多いですよ」メインはレディ・クラリスがもたらした気まずい沈黙を破った。

「でも、あなたは農民ではないわ!」レディ・クラリスはほがらかに言った。「メイン卿、ほかの方々がどんどん歩いていっても、あなたはわたくしのそばにいて下さいな」

ちょうどテスの腕を取ったメインは、しぶしぶといった様子で放した。

「お気の毒に」ジリアンは未来の義母に同情するように言った。「どうぞ休憩して下さい」

そして、あっという間にテスの手を引っ張り、遺跡へ向かっていった。

残った者もそれぞれあとを追った。だが、ジリアンが全速力で歩いたので、彼女とテスは先に遺跡に着いた。そこにはいびつな壁が続き、地面より低いところに部屋がある。ジリアンは歓声をあげ、傾いた石壁を見つめた。さらにレティキュールからスケッチブックを出して、なにやら描き始めた。テスは空を見上げていた。二羽の椋鳥《むくどり》が日の光を浴びて輪を描き、身をくねらせ、舞っている――。

「交尾しているのよ」ジリアンがテスの視線を追って話しかけた。

テスはぎょっとした。もちろん、〝交尾〟の意味は知っているけれど――。

「うろたえさせてしまったならごめんなさい」ジリアンが言った。「でも、あなたはスコットランドの方だから、あいまいな言い方をしなくていいと思ったの。わたしは社交上の常識より正確な言い方のほうが好きなのよ」

「あいまいに言う必要はありませんわ」テスは弱々しく答えた。ジリアンのまっすぐな視線は、人を驚かせるのが好きだと告げている。椋鳥は牧草地の向こうへ飛び去った。飛ぶ喜びに酔いしれているようだ。あるいは、ほかの喜びに。

遺跡の中心部は、わずかな部屋と小さな丘へ続く古代の石段らしきものにすぎなかった。崩れた壁を乗り越えると、ジリアンの目が輝いた。

ふたりは小さなくぼみへ降りた。苔《こけ》で覆われていて、とても美しい、とテスは思った。子供のとき、ここでアナベルとままごとをしたら楽しかっただろう。

「この部屋は無傷だわ」ジリアンが小部屋を見下ろして息をのんだ。

「ここは食堂でしょうか？」テスは言った。

「浴場ではないかしら」ジリアンは部屋の片隅にある岩を降り始めた。

「待って下さい」テスは言った。「どうしても行くんですか？」

どうやらそうらしい。テスもジリアンに続いて崩れた岩を這《は》い降りていった。

「そうよ、やっぱり浴場だわ！」すぐにジリアンは得意げに言った。「古代ローマ人はお湯を配管で浴場へ引いていたのをご存じよね？　あちらに水道橋《アクアダクト》が延びているわ」

「アクアダクト？」テスはおうむ返しに言った。

「ラテン語のアクアイダクトスからできた言葉よ」ジリアンが答える。「ローマ人が水を通した導管という意味。現代の水道管ね」

「お湯はどこから来るんでしょう？」テスは浴場の小さな穴をのぞこうと、底を縁どる敷石へ近づいた。

「水道管は台所で温められていたと思うの」

「他人の浴室に立っているなんて、妙な気分ですね」テスは顔を上げた。壁は二メートル足らずなのに、雲間にのぞく紺碧《こんぺき》の空が見えるだけ。それに、二枚の栗の葉が浴場にひらひらと舞い落ちる様子。まるでさっきの椋鳥のようだ。交尾している葉っぱかしら。

「ローマ人が今でもここにいたら、もっと妙な気分がしたでしょうね」ジリアンが言った。「この大きさからして、ここは蒸し風呂だったようだから。彼らは裸で腰かけ、おしゃべりしていたのよ」

テスは連れのほうを見た。ミス・ピシアン＝アダムズは重ね着をして日焼けを防いでいる。ボンネット、手袋、ブーツ……。まさしくイングランドのレディの見本なのに、交尾中の椋鳥や裸のローマ人の話をするなんて。

「イングランドのレディはあなたのような方ばかりですの？」テスは尋ねた。

「驚かせてしまった？　だとしたら、ごめんなさいね」

「気にしないで」テスはため息をつきたかった。ドレイブンの婚約者は赤褐色の巻き毛と強い好奇心の持ち主で、すこぶる魅力的だ。かわいそうなイモジェン。

「ところで、妹さんはメイトランド卿に夢中なのかしら？」ジリアンが唐突に訊いた。

「なんですって？」テスはぎょっとして、ぽかんと口を開けた。

「わたしはかまわないのよ」ジリアンはうなずいた。「彼の性格では誰にも愛されないと決めつけるのは早計だもの。〝割《わ》れ鍋《なべ》にとじ蓋《ぶた》〟ということわざもあるし」

テスはまたもや開いた口をあわてて閉じた。

「ミス・エセックス、あなたも聞いたことがない？」

「そういう話がないとは言えませんけど」テスは慎重に答えた。こんな事情でなければ、ミス・ピシアン＝アダムズを大好きになっていただろう。

ジリアンは空を見上げ、それからテスに近づいた。「失礼だけれど、妹さんがわたしを婚約者から解放してくれると思っていいかしら？」

テスは唇を噛んだ。「つまり、あなたは……」

「〝それこそ願ってもない終わりではないか〟」ジリアンは歯切れよく答えた。「『ハムレット』第四幕のせりふよ」

「まあ」

「ねえ、ミス・エセックス、わたしは婚約者をはねつけようと手を尽くしてきたの。ドレイブンの前でシェイクスピアの戯曲を延々と暗誦《あんしょう》してみたりして。でも、効果はなかったわ。わたしはあの癇癪持ちと結婚することになるの？　妹さんがその役目を引き受ける見込みはある？」

「でも、あなたがメイトランド卿との結婚を望まないなら」テスは言った。「なぜ婚約を破棄しないんですの？　女性側が婚約解消をしても非難されないと思っていました」

ジリアンは苦笑した。「父親の家屋敷を未来の義母の手で抵当に取られていては、無理な話よ」

「でも、あなたは相続人だとばかり思っていましたわ！」

「そのとおりよ。結婚したら、祖母の遺産を相続するわ。でも、この国の法律では、女性の相続で得をするのは父親ではなくて夫のほうよ。残念ながら、レディ・クラリスが有利な立場にいるの」

「そんな」

「ドレイブンを教養攻めにすれば、婚約を解消されると思ったわ。父は婚約不履行の訴訟を起こす代わりに、屋敷の抵当権を取り戻せるし、めでたしめでたしよ。でも、息子は無関心なのに、母親は教養のとりこになってしまったの」

「やあ！」上から声がした。ルーシャス・フェルトンが小部屋の端に立っている。隣にはレイフとレディ・クラリスもいた。

ジリアンは意味深長にテスを見やった。「見ていて」ほとんど唇を動かさずに伝える。「ようこそ、わが友人たちよ、ローマの民よ、同胞よ！」

「ああ」ルーシャスがそっけなく言った。「『ジュリアス・シーザー』ですね」

レディ・クラリスは頰を紅潮させた。「この場にぴったりのせりふを心得ているのね、ミス・ピシアン＝アダムズ！　あなたの話を聞くだけで賢くなる気がしますわ！」

ジリアンは岩を登り始めていた。ルーシャスがすかさず降りていき、彼女を草地に引き上げるなり、浴場へ取って返した。次はテスを助けるのだろう。

テスは狭い浴場が急に縮んだ気がした。ルーシャスが空間を独占したように感じられる。彼が身をかがめて配管用の穴をのぞいた拍子に、広い肩がテスの肩をかすめそうになった。

「これは風呂だろうね」ルーシャスが言った。

「わたしたちもそう思ったわ」テスは言った。岩を登ったほうがいいかしら。みんなが離れていき、声が遺跡にこだましている。でも……ここにいよう。

ルーシャスはぴかぴかのマホガニー材のステッキで、突き出た岩をつつきながら歩き回っている。おかしな話だが、ここにふたり分の空気はないような気がした。どうしてローマ人たちは服を着ずに、こんな狭い場所で座っていたのかしら？

まあ、もしミスター・フェルトンが服を着ていなかったら……。

「ミス・ピシアン＝アダムズはここが蒸し風呂だったようだと言うの」テスは頭に浮かんだばかげたイメージを押しやった。

「なるほど」ルーシャスは言った。「そうかもしれないね。あの石は横になるためのものだろう」

一瞬、ふたりの視線が浴場の片側にある石棚に向かった。

テスは頬を赤らめた。「みんなのところに戻らないと」彼女は岩を登ろうとして、スカートの裾をつかんだ。

ルーシャスは小さくほほえんだ。「動揺させるつもりはまったくなかったんだ、ミス・エセックス」

あやふやな態度で世渡りする男性は大嫌い！　ミスター・フェルトンの表情のなさより、ドレイブンのすねた顔のほうがましだわ。「動揺はしていないわ」そう言いつつ、テスはあとずさりした。彼はとても大柄な男性だ。こちらへ向かってくるあの笑顔にはどこか……。

「なにしろ」ルーシャスはテスの前で立ち止まった。「スコットランド娘もイングランド娘も、寝室を連想させるだけでまったく同じ反応を示すからさ」

わたしをからかっているのね。皮肉っぽい顔とは裏腹に、若い女性をどぎまぎさせたいんだわ。ひどい人。

「まさか」テスは鋭く言い返した。「わたしは史跡が大好きよ。ローマ人たちがここで横になって――」

「ぶどうを食べていた姿が目に浮かぶ？」ルーシャスはテスの目の前に迫っていた。金色の髪は風で乱れている。

「ええ。ぶどうを食べたり、詩を書いたり。ローマ人が――したことはなんでも」エセックス姉妹はろくな教育を受けていなかった。テスがローマ人について知っているのは、進軍中以外は裸でぶどうを食べることだけだ。たぶん、アナベルの大好きな詩を聞きながら。詩のタイトルを口にするのはよそう。〝裸で〟ぶどうを食べるとも言わない。それから――。

きみの考えていることはお見通しだと言うように、ルーシャスの目がきらめいた。テスは自分の頬がピンク色に染まっていくのがわかったが、その場を動かなかった。

「詩？」ルーシャスが尋ねた。「きみはどんな詩が好きなんだい？」

わたしをばかにしているのかしら？　テスはきっと顎を上げた。「カトゥルスは高く評価された古代の詩人だわ」

「きみはすばらしい家庭教師に教わったんだね」ルーシャスは心底驚いたようだ。

テスは黙り込んだ。エセックス家に家庭教師がいたのは短い期間だけだった。だが、あるとき彼女とアナベルは、父親が蔵書を売り払う前に読んでおこうと決心した。そうしないと、社交界に出られたとしても無知なままだからだ。

「若い女性がウェルギリウスを読んだと聞いても驚くが」ルーシャスは言った。「カトゥルスとはね！」

彼の仰天した顔を見て、テスは事情を説明するしかなかった。「カトゥルスは頭文字がCだから、すぐに読めたの。でも、ウェルギリウスはVだから、無理だったわ」

ルーシャスはこの話にとても興味を持ったらしい。「それで、きみとミス・アナベルはアルファベットのどこまで進んだんだい？」

テスは顔をしかめた。「アナベルとわたしだけじゃなく、四人全員で読んだのよ。結局、Hまでしか読めなかったわ」

「シェイクスピアは読まなかった？」

テスはかぶりを振った。「読んだわ。全集《コレクテッド・ワークス》はCに分類されていたから」

ルーシャスは笑った。彼は気まずいほど接近している。「ぼくが好きなカトゥルスの詩を紹介しよう。でも、きみみたいなちゃんとしたお嬢さんは、これを読んだことがないだろうな。〝きみは問う。幾たび口づけをすれば、ぼくが満ち足りるのか〟」

テスは頬を薔薇色に染めた。ルーシャスは一糸まとわぬローマ人顔負けの厚かましさで、テスのほうへ顔を傾けてくる。この人を押しのけなくちゃ。叫び声をあげて――。

ルーシャスはテスの唇にそっと唇を重ねた。ただ彼女を味わい、唇を触れ合わせたかっただけだというように。すぐそばでかがみこんでいることをのぞけば、しぐさも控えめと言っていい。彼の上着と髪は牧草地と干し草のすがすがしい匂いがする。

無意識のうちに、テスはルーシャスの豊かな髪に指を巻きつけた。すると、たちまちキスが変わった。ゆったりしたキスではなくなったのだ。テスの唇をかすめていただけの唇が傾いた。彼女はあえいだ。

「きみにあの詩を読ませた家庭教師がいたとは思えないな、ミス・エセックス」ルーシャスはどこか愉快そうだ。テスは彼の髪をつかんでいた手を止めた。わたしは軽くキスされただけでぼうっとするだろうと思ったのね。うちには家庭教師がいなかったと踏んだから、彼は大胆になったんだわ。教育のないわたしを世間知らずだと考えて。

テスはそろそろと身を引いた。ルーシャスの瞳は見たこともないほど濃いブルーに染まっている。テスは口もとにうっすら笑みを浮かべてみせた。「〝きみは問う。幾たび口づけをすれば、ぼくが満ち足りるのか〟」彼女は自分のかすれた声を聞いてはっとした。「〝焼けつくジュピターの託宣所と神聖な墓地のあいだに横たわるリビア砂漠の砂の数ほどか……〟」テスは口ごもった。彼の目を見ていたら、続きが出なくなった。リビアの砂の次はなんだったかしら？

ルーシャスはもう皮肉っぽい顔をしていない。ただ驚いているだけだ。行かなくちゃ。こんな親密な雰囲気には耐えられない。

「残念だわ」テスは再びスカートの裾をたぐって岩のほうを向いた。「続きを忘れてしまって。この話はまたの機会にしましょう」ルーシャスはすぐに彼女の背後に近寄り、岩を登る手助けをした。

「〝星の数ほどか〟」彼はさりげなく言った。園芸やローマ人のことなど、世間話をしているかのように。「〝夜が森閑として、人のひそかな恋を見下ろす星の数ほどか〟」

「そうだったわね」テスは再び広々とした緑の牧草地に立っていた。そういえば、メイン伯爵の求婚を受けることにしたんだったわ。そんなときにミスター・フェルトンとキスをしてはだめよ。

遺跡の外れに下僕が控えていた。浴場での出来事をのぞかれた気配はないものの、テスは顔を赤らめた。「みなさまが軽食の支度をしてお待ちです」下僕は手袋をはめた手をきちんと重ねている。

ルーシャスが腕を差し出し、テスはそれを取った。一行は柳の木陰で休憩していた。アナベルの金髪は日の光に輝き、レディ・クラリスの日傘がふらふらと傾いて誰かの目をつつきそうだ。

おしゃべりな村娘みたいに唇を許すなんて、安っぽいことをしてしまった。家庭教師に礼儀作法を教わった令嬢は、もっと慎み深いだろう。わたしはミスター・フェルトンに跳ねっ返りだと思われたんだわ。

ふたりは黙って歩いた。

ルーシャスのほうは良心と驚きのふたつと闘っていた。正直に言うと、驚きのほうが大きい。ぼくはどうしてあんな真似をしたのだろう？　怠惰に暮らすこと以外は紳士の規範を厳守するのが自慢だったのに。今日はなぜその習慣を捨てたんだ？　ただ若い女性にキスをしただけじゃない。友人のメインが結婚しようと決めた女性にキスをしたんだぞ。ますますずいじゃないか。

しかも、さっきの行為の後始末が残っている。紳士が古代ローマの浴場で若い女性にキスをしたら（たとえ控えめにでも）、求婚する義務がある。若い女性にキスをするのは、近いうちに結婚すると思わせることなのだ。

なるほど、ミス・エセックスは結婚に興味がないらしい。こちらをしきりに盗み見ているわけではないし、引き返すときに腕を組んでも嬉しそうではなかった。

ルーシャスはふと思いついた。ミス・エセックスがぼくの求婚を受けたら、メインは怒り狂うだろう。ただし、お詫びに馬を譲れば話は別だ。彼は花嫁より馬のほうを歓迎するはずだから。

そこでルーシャスは、その件を考えすぎないようにして、自分は生粋の紳士なのだと思い起こした。「ミス・エセックス、あなたに結婚を申し込みたいのですが」

ルーシャスはこれまでに一度しか求婚したことがない。そのときは気恥ずかしくなるほどの勢いで承諾された。だが今回は、隣を歩いている女性は彼の言葉を聞いたそぶりも見せない。

「ミス・エセックス」ルーシャスは大きな声を出した。

テスがびくっとして振り向いた。ルーシャスは一瞬足を止め、彼女の目や唇を見下ろした。

なまめかしい、官能的な唇。ぼくにとって、あのキスは間違いでもなかったようだ。そう考えてから、彼はどきりとした。本気でそう思っているのか？

「あなたに結婚を申し込みたいんです」ルーシャスは繰り返した。

テスの顔に喜びはあふれなかった。それどころか、彼女はルーシャスに向かって鋭く目を細めた。「さっきの出来事にきっちり片をつけようというのね？」

ルーシャスは歩みを止めそうになった。「きみと一緒にいると楽しいんだ」彼はテスを見ながら慎重に言った。ふたりの目が合い、視線が絡んだが、テスはすぐ横を向いた。

「楽しもうとして、下品になったわけじゃないわ」

「きみは下品じゃなかった。すべてぼくのせいだ。とんでもない真似をしてしまって」

「そう言ってもらえてよかった」テスは言った。「でも、そんな根拠のない求婚はお断りします」顔にかすかな笑みが浮かんだ。

ほっとするべきだとルーシャスは思った。彼女が結婚したがらない理由が気になってしかたがないのは困ったものだ。

「どうかご心配なく、ミスター・フェルトン。あのキスは忘れるわ。誰にも見られなかったから、あんなささいなことを気にする必要はないの」

ささいなこと？　あれがささいなことだって？　ぼくならもっと違う言い方をするね。

「ただの空騒ぎよ」テスは言った。聞く耳を持たないという調子だ。

テスはやや歩調を速めた。ぞんざいで、精いっぱい皮肉っぽい言い方ができたことで、悦に入っていた。ミスター・フェルトンもこうして結婚の申し込みを断るのかもしれない。女性から男性に求婚はできないけれど。でも、もしどこかのレディに求婚されたら、彼はどっちつかずの顔でその相手を見るだろう。皮肉な目で。

「こんな場合、お互い少しは気兼ねするものだろうね」長い沈黙のあとで、ルーシャスが言った。

もう少しでピクニックの場所に着く。テスはルーシャスにちょっとほほえんでから、一行に手を振った。「そんな必要があるかしら」

「やっとお出ましね」レディ・クラリスはようやく現れたふたりに不機嫌な顔を見せた。「あれが遺跡だとしても、どこがそんなに面白いのかしら。地面に穴が空いて、岩がごろごろしているだけなのに。ミスター・ジェソップは岩をどけるのにひと苦労ね」

メインがぱっと立ち上がり、テスにほほえんだ。「ミス・エセックス、手を貸しましょう」

「まあ、イングランドの紳士はやさしいのね」テスはちらりとルーシャスを見た。それからメインの手を取り、彼の隣のクッションに腰を下ろす。ルーシャスは無表情に戻ると、アナベルの隣に座り、りんごの皮をむこうかと声をかけた。

「遺跡はなんとも退屈でしたわ」レディ・クラリスが言った。

「たしかに興味を引かれませんね」ルーシャスが言った。

テスが伏し目がちに盗み見ているのを感じたのか、ルーシャスは閉じかけた目を上げて、表情を変えずにゆっくり話し出した。「もっとも、訪問者がロマンチックな気分や柄にもない情熱を感じそうな場所もありましたが」

「崩れかけた階段のこと？　それとも、壁かしら？」アナベルが尋ねた。

ルーシャスはまだテスを見つめている。愚かにも、彼女は目をそらせそうもなかった。

「どちらでもないよ」彼はそう言い、眉ひとつ動かさずにアナベルのほうを向いた。

同時にメインがテスに声をかけ、サーモンパテを手渡した。妻より夫のほうがまつげが長いなんておかしいわ、とテスはちらっと考えた。

アナベルはルーシャスの話を聞いて笑っている。テスはメインのほうに向き直ってにこにこした。

「礼儀作法をよくご存じなのね」テスはルーシャスの耳にも届くように高い声でしゃべった。

「教えていただけると嬉しいわ」

ルーシャスはなにやらささやきながら、いっそうアナベルのほうに身をかがめた。彼女が笑い出すと、レディ・クラリスが言った。「その冗談を教えてちょうだいな」

「少々ユーモラスなだけですよ」ルーシャスは言った。

テスは目を伏せて、ゆっくりと苺《いちご》を食べた。アナベルがずっと前に気づいたことだが、苺を食べると唇がとびきり魅力的な赤に染まるのだ。あいにく、ルーシャスはテスに目もくれない。彼女は苺をもうひとつ食べた。なぜわたしはこんなことをしているの？　どうしてミスター・フェルトンがわたしの唇に目を留めたかどうかが気になるの？

なぜなら……あの人にキスされたからよ。テスはまた苺を食べながら、先ほどのキスに思いをめぐらせた。結婚にも。レディ・クラリスは気の毒なレイフにしつこく迫り、ぺらぺらとしゃべっている。でも、レイフは心配ないわ。細口瓶の中身を飲み干したと見え、だるそうに柳の幹にもたれて、相手の話など聞いていない。テスが再びルーシャスのキスのことを考えていると、ジリアンの声が聞こえた。

「そんな人はいませんわ」彼女が話している。「ローマ人がどんな統治制度のもとで世界の大部分を征服できたか、知ろうとしない人なんて」

ドレイブンはイモジェンに次々ぶどうを食べさせていて、婚約者には見向きもしない。彼は古代ローマ帝国の歴史など知りたくないのね、とテスは思った。

ぼんやりした日光が柳の葉から差し込み、ごちそうにまだらな影を作った。イモジェンのクリームのような肌とつややかな黒髪が際立つ。ジリアンは背筋をぴんと伸ばして、ローマ人の話を続けている。

だが、イモジェンは勘でわかったようだ。ローマ人がぶどうを食べさせ合ったのは、空腹を満たすためばかりではないと。ドレイブンにぶどうをもらうたびに礼を言う彼女の声は、今にもとろけそうだった。

テスはため息をついた。やっぱりミスター・フェルトンの求婚を断って正解だった。恋に燃える（イモジェンのように）わけにいかない者は、楽な生活をしなくては。わたしがミスター・フェルトンのそばにいない理由をひとつあげるとしたら、楽ではないからだ。彼はうっとうしく、表情に乏しく、皮肉っぽく……いやがる女性にキスをする。テスが再びルーシャスを盗み見ると、目が合った。

もうひとつ苺を差し出され、テスは驚きの目でメインを見た。彼のまなざしは、ミスター・フェルトンの射るような視線とは大違いだわ。ミスター・フェルトンはこちらを見るたび――さっと目をそらしてしまう。

それに引きかえメインは……。そう、まずは断然ハンサムだ。顔には貴族らしい優雅な皺が刻まれている。司祭の助手役の少年が成人したような容貌。彼の目は笑いやお世辞――ありとあらゆるすてきなもので輝いている。わたしたちは夫婦としてうまくやっていけるだろう。めったにけんかもせず、お互いにやさしくできるはず。そのうち本物の愛情が、恋愛感情は無理でも、育《はぐく》まれるかもしれない。

メインはうつむいてテスのためにりんごの皮をむいていた。黒い巻き毛がリネンのクラバットにかかった。そのとき彼が顔を上げ、ふたりの目が合った。メインにはうっすら笑い皺がある。いい顔だわ。きりっとしていて美しい。長年眺めていても飽きない顔ね。

ミスター・フェルトンの顔とはまるで違う。彼の顔はほっそりして鋭く、その瞳にはメインの目のようなお世辞が浮かばない。

それでも、ミスター・フェルトンはわたしにキスをした。

通りがかった若い女性に片っ端からキスをするのかもしれないわ。テスはそう自分に言い聞かせ、メインからりんごを受け取った。ミスター・フェルトンが癇癪を起こしたら、大変な剣幕に違いない。さぞかし恐ろしく、辛辣で――。

選ぶ余地などないのだ。

テスはメインのほうを向き、甘い笑みを浮かべた。これまでの彼のどんな笑顔にも負けない笑みを。

12

翌日の午後、興味深い出来事があった。村の仕立て屋ミセス・チェイスが四姉妹に晩餐会《ばんさんかい》用のドレスを届けたついでに、テスに手紙を渡した。メイン伯爵の妹が、シルチェスター競馬でお目付け役を務められるようにやってくるという。

レディ・グリセルダはひとつの理由から、そのためだけにここへ来るんだわ。きっとメインが結婚すると家族に知らせたのよ。彼はだんだんわたしにかまうようになってきた。ゆうべはあのおしゃべりにのせられてチェスをした。なにも言わなくても、彼が本気なのはわかる。好意が顔に表れていた。それに、髪や目や——ほめてくれたところは数え切れない。メインは詩にも詳しいらしく、I以降の頭文字を持つ詩人の名前をたくさんあげた。わたしはどれも知らないけれど、いつか詩集を読破しよう。

アナベルは喜んだ。「レディ・グリセルダが着いたとたんに、メインはお姉さまに求婚するんじゃないかしら」彼女は自分のドレスを手に取った。今回は一着ずつだが、仕立て屋はできるだけ早く乗馬服を届けると請け合った。「お姉さまのドレスも着ていい？」アナベルはそう言うと、返事も待たずに姉のドレスを頭からかぶった。

テスは鏡に映った妹にしかめっ面をした。ガッシーが着替えを手伝いに来る前に髪をまとめようと、前のほうにピンを留めていたのだ。髪を結うことに関して目をつぶれば、ガッシーは気のいい娘で、何時に風呂の支度をさせられてもいやな顔をしない。

テスは好きなときに温かい風呂に入れるのが嬉しくて――しかも、下僕が湯を運んでくれる！――一日に数回入浴していた。

「ねえ、聞こえたの？」アナベルが言った。「メインは今夜か、明日にもお姉さまに求婚するわ。競馬場にはイモジェンのボンネットを借りていったほうがいいわよ。あれがいちばんいい品だから。メインがお姉さまのうしろに立っているとき、求婚したくなるかもしれないでしょ。どこから見ても魅力的にしておかなくちゃ」

「そうね」テスはつぶやいた。「メインはわたしの肩甲骨にぐっときた紳士ですもの」

「乗馬服が間に合わなかったのは残念だわ」アナベルが言った。「お姉さまのドレスを見て。わたしより胸が大きくなったのね」

テスのドレスは、紫色の薄いシルクのゆったりしたローブだ。下には白いサテンのスリップを着る。仕立て屋によれば、最高級の半喪服だとか。身ごろは体にぴったりしていて、襟ぐりが深く、胸の谷間をたっぷりのぞかせる。テスはアナベルから自分の胸に目を移した。

「このドレスはたまたま大胆にカットしてあるだけよ」

アナベルは左右を見ながら確かめている。「ドレスを交換してくれない？」彼女は尋ねた。

「お姉さまのドレスはわたしのデコルテを引き立たせるわ！　留め金が前にあるのも好きだ

し。胸が巨大に見えそう」

「巨大なんて、建物にふさわしい言葉でしょ」テスは言った。喪服を着ていたら、メインに求婚されるかどうか怪しいものだ。だったら、あでやかなドレスを着てはいけない理由はない。そのとき、テスはあることを思いついた。「その巨大な胸でミスター・フェルトンをうっとりさせたいの?」

「いいえ」アナベルはぼんやりと答えた。「ああ、コルセットがあればいいのに! そうすれば、ここまで胸を高く上げて――」彼女は乳房を鎖骨のあたりまで押し上げた。

テスはにんまりした。「ロンドンの市であなたを見世物にできそう。〝胸を――〟」彼女は口をつぐんだ。「だめよ。すごく下品だわ」

だが、アナベルは下品な言葉を避けるたちではない。「〝胸を耳まで上げた女〟」彼女は鏡をのぞき込んだ。「わたし、みっともないわね。コルセットはいらないわ」

しかし、なぜかテスは、自分がおとなしいドレスを着るのにアナベルが胸を見せびらかすのは気に入らなかった。「ごめんなさい、アナベル。わたしは自分のドレスが着たいの」

アナベルがなにか言おうとした。

「メインは今夜わたしに求婚するかもしれないでしょ」テスは言った。「いちばんいいドレスを着ていないときに、求婚させるわけにいかないわ」ミスター・フェルトンにはみすぼらしい喪服姿のままでも求婚されたが、それはどうでもいい。

どういうわけか、テスはルーシャスの求婚やキスについてアナベルには話さずにいた。

アナベルはため息をつき、ドレスの留め金を外した。「そのとおりね」彼女は言った。「お姉さまと旦那さまがドレスをたくさん買ってくれるのを当てにしているわ。できれば薄手のシルクで、くたびれた放蕩者を誘惑できるくらい襟ぐりを深くして」

「くたびれた放蕩者？」テスは妹を見てにっこりした。「今度は面白い人を夫にしようというのね」

「そういうこと。お姉さまは村の噂話にあまり関心がなかったわね。でも、わたしが聞いた話では、夫は経験豊富なほうがいいけれど、家で満足できないほど精力的では困るんですって。だから、くたびれた放蕩者はまさに理想の伴侶《はんりよ》というわけ」

テスはくるりと目を回した。「ジョージーの言うとおりだわ。あなたは例の八〇歳の公爵を狙っているんでしょ？」

アナベルはまた自分のドレスを着て、身ごろを引き下ろした。「もちろん。ただ、どの年配の紳士が独身なのか、まだわからないのよ。ブリンクリーに貴族年鑑の最新版を出してもらおうと思って」

その晩、テスは新しいドレスをまとい、メインを結婚する気にさせたはずが、当てが外れてしまった。唯一嬉しかったのは、メインの妹が到着するので、レディ・クラリスが翌朝帰宅すると告げたことだ。メインはテスをほめたものの、求婚はしなかった。

レディ・グリセルダ・ウィロビーを見て、テスは愛くるしい陶器の羊飼い女を思い出した。

それは父が新婚時代に母へ贈った品だ。その像は長い巻き毛を垂らし、はにかんだ笑みを浮かべ、小さな室内履きにくっきり皺を寄せていた。八歳のときに母が死ぬと、テスは母の部屋に忍び込み、遺品を抱きしめたものだった。ヘアブラシ、羊飼い女の像、小さな祈禱書《きとう》。ところが数カ月のうちに、価値のある物は消えていった。ある日テスが部屋に入ると、炉棚の上に羊飼い女の像はなかった。晴れやかな陶器の笑みも、ブルーの瞳も、父のポケットにおさまって市に出されたのだ。

言うまでもなく、その羊飼い女はいつも物静かだった。テスが泣き叫び、熱い涙が冷たい陶器の頰を伝ったときも、羊飼い女はひたすらほほえんでいた。かたやレディ・グリセルダはしゃべりにしゃべる。彼らは朝食の間でお茶を飲んでいた。グリセルダはライラック色の壁紙を見て、〝これでは顔色が最悪に見えるわ。黄疸《おうだん》が出ていると思われそう〟と断言した。今は部屋の脇にある長椅子にもたれている。琥珀色《こはくいろ》のクレープ地のドレスは裾に同色のひだ飾りがつき、レースの縁取りまであった。ドレスの影響で、髪はかすかにブロンズの色合いを帯びている。肌は本物の乳しぼり女のようなクリーム色だ。目はテスが見たこともないほど明るいブルー。黄疸が出た病人には思えない。それでも、グリセルダはこう言った。「みなさん、レイフが怠け者の使用人に壁紙を替えさせるまで、この部屋を暗くしないようにしましょう」

ジョージーは目を丸くした。「じゃあ、どこで朝食をとるんですか？」

グリセルダは軽く手を振った。「自分の部屋で食べればいいの。紳士にいつも顔を見せる必要はないのよ。ダーリン」彼女は兄をダーリンと呼ぶ。「レイフを殿方の娯楽に連れ出してちょうだい。兎《うさぎ》を探して木の上に追いつめるとか」

テスが嬉しくなったことに、メインは妹をとても愛しているようだ。彼は寝椅子の背もたれにかがみこみ、グリセルダの巻き毛をつまんだ。「くだらないレディの掟《おきて》を吹き込んで、ミス・エセックスと妹たちを堕落させる気だな？」

「わたしは社交界でいくらか経験を積んだのよ」グリセルダが傲然と言い放つ。「それに、このお嬢さんたちのお目付け役を務める以上、経験から得たものを伝えるつもり」

「わたしはすごくためになると思うがね」レイフが口を挟んだ。彼はグリセルダのことも笑いたいのだ、とテスは思った。だがグリセルダは気にするどころか、レイフにも兄と同じ気さくな態度で接した。「ここにいたほうがいいぞ、メイン。席を外したあいだに悪口を言われないように」

「ふたりとも、出ていって」グリセルダがぴしゃりと言った。「にやけないでちょうだい、公爵。うちの兄を結婚させしだい、あなたのことも考えますからね」

「そう言われてもびくともしないさ」レイフはドアから出ていきながら言った。「いくら脅しても、グリッシー、きみの兄さんは結婚しないまま高齢になったんだからね！」

メインの背後でドアが閉まってから、グリセルダはエセックス姉妹のほうを向いた。肝心なのは、やはりテスだ。彼女なら、結婚したがらない兄を祭壇に連れていけるだろう。彼女は喪服を着ていても美しい。本当に美人だ。

　グリセルダの口もとがゆるんだ。願ってもないわ。「さあ、お話ししましょう」彼女は体を起こした。体を傾けるときれいに見えるので、なるべく背筋は伸ばさないことにしている。だが、そのルールが当てはまるのは――ほかの多くのルールと同様――紳士と同室しているときだけだ。

「お目付け役を引き受けて下さって、ありがとうございます」テスは不安げにグリセルダを見ながら切り出した。メインの妹は手ごわそうだ。

「どういたしまして。本当にかまわないのよ」グリセルダがテスにほほえみかけると、陶器の羊飼い女に命が宿ったようだった。「大事な兄が結婚する望みはないとあきらめかけていたけれど、また希望が湧いてきたわ」

　テスは頬がほてり、メインには求婚されていないと言おうとしたが、アナベルが割って入った。

「姉が伯爵のお目に留まったようで光栄ですわ」

「ざっくばらんに話してちょうだい」グリセルダが言った。「四人を結婚市場に出すには、はっきりさせておかなくちゃいけないことがあるの。四人の夫を一気に捕まえるのは、たとえそのひとりがうちの兄でも、簡単ではないわ。もっとも、あなたは結婚するにはちょっと早すぎるけれど」彼女はジョージーを見た。「年齢を知らなくてごめんなさい。もう勉強部屋を出たの？」

「いいえ」ジョージーがすかさず答える。「まだよ。レイフが雇ってくれた家庭教師は明日の朝やってくるの」

　テスはなにか言いかけてから、考え直した。ジョージーに社交界へ出る気がないのなら、強制するわけにはいかない。妹はまだ一五歳なのだから。

「それはよかったわ」グリセルダはてきぱきと言った。「なにしろ、その体型なら、紳士がぞろぞろと訪ねてきそうだから。あなたと張り合わせずに、お姉さんたちから売り出すのがいちばんよ」

　ジョージーは疑うように目をしばたたいた。「わたしはでぶなのに」やっとのことで声を出す。

「いいえ、違うわ」グリセルダは自信満々だ。「いいこと、殿方はやせた女を見て、やせこけた女だと思うの。やせこけた女はみっともないわ。幸い、わたしたちはそうじゃないけれど！」彼女は寝椅子にしとやかに横たわった。「ねえ、ジュリエット――ジュリエットでよかった？」

「ジョセフィーンだけれど、家族にはジョージーと呼ばれているの」

「わたしたちはもう家族よ」グリセルダは目配せした。「ねえジョージー、どう考えても、わたしをでぶとは言えないでしょう？」

「ええ、ぜったいに」ジョージーは息をのんだ。グリセルダの体はルネサンス期の貴婦人のように官能的なカーブを描いている。貴婦人たちの体型は、ウエストへ向かって絞られ、丸い腰回りへ（糊《のり》の利いたペチコートの助けもあって）膨らむドレスで強調されていた。当時のドレスは、女性の体は木の幹も同然だとばかりにほっそりした形に作られていたのだ。「ふくよかだなんて言う人もいるかもしれない」グリセルダはあいかわらずジョージーだけを見つめている。「でもね、そんな意見に同調する男性はいやしないわ」彼女の目に悩ましい表情が浮かぶ。曲線がどれほどものを言うかわかっているので、やせるつもりはこれっぽっちもないのだ。

これでテスはグリセルダが大好きになった。

グリセルダは最後にもう一度ジョージーにほほえみかけると、背筋を伸ばした。「では」彼女は言った。「ジョージーが社交界にデビューするのは一年後にしましょう。ジョージーのすぐ上のお姉さんは誰？　あなたじゃないかしら、ミス・イモジェン。よかったら、年齢を教えてちょうだい」

「わたしのこともイモジェンと呼んで下さい」

「あなたがわたしをグリセルダと呼んでくれるなら」グリセルダはさらりと言った。「グリッシーはやめてね。兄にこう呼ばれるたびに、縮れ毛になった気がするの」

「年齢は二〇歳です」イモジェンが言った。「わたしもまだデビューしたくありません」

グリセルダは片方の眉を上げた。「それは困ったことになりそうね。あなたはもう小娘ではないのよ」

だが、イモジェンは平然としている。「結婚する気がないのに、そうではないふりをして社交界へ出るのは詐欺でしょう」

「なぜ結婚する気がないの？」

イモジェンはつんと顎を上げた。「心を捧げた方がいるので」

「あら」とグリセルダ。「運のいい子ね。わたしにはそんなことできそうもないわ。しょせん、相手はたかが男性でしょ？」

テスはものも言えず、アナベルはくすくす笑ったが、イモジェンはいっそう顎を上げた。

「ドレイブンに心を捧げてもつらくなんかないわ。彼を愛しているんだもの！」

「そのドレイブンはあなたの気持ちに応えてくれるの？」グリセルダが尋ねた。

「メイトランド卿は婚約しています」テスは割って入った。彼がイモジェンをどう思っているかを訊かれないようにするためだ。

「メイトランドですって？」グリセルダが言った。「ドレイブン・メイトランドのこと？」

イモジェンはうなずいた。

グリセルダはイモジェンを見てなにか言いかけたが、口をつぐんだ。「苦しい立場ね」ようやく言った。「わたしは社交上の問題が大好きで、夢中になるの。でも、あなたの場合はちょっと厄介ね」

イモジェンは目を丸くして聞き入っている。

グリセルダは続けた。「どこで聞いても、ドレイブン・メイトランドはならず者よ。いい夫になりそうもない。なぜなら、彼は競馬狂で――」彼女は上品に咳《せき》をした。「これも不愉快な噂かもしれないけれど、女が夫に望む知性がほんの少し足りないの。まあ、競馬好きのほうが厄介ね。男性に知性がなくても、かならずしも欠点にはならないから。それより、彼はほぼ一日じゅう競馬場で過ごすんじゃないかしら?」

「ええ」イモジェンはしぶしぶ答えた。

「それではっきりするわね」グリセルダが言う。「ああ、馬の話はうんざりするわ。いいこと」彼女はテスに話しかけた。「兄は気が乗ればしゃべりまくるのよ。それも厩舎のことばかり」

「馬の話ならかまいません」テスは少し嘘をついた。「父もそうでしたから」

「お父さまも」グリセルダは言い、また口をつぐんだ。「じゃあ、そのうちお父さまのことを教えてちょうだい。あなたたちの持参金が馬だということは知っているのね?」

テスはうなずいた。

イモジェンが言った。「あなたはドレイブンが夫として好ましくないと言うけれど、そんなの的外れよ。彼には婚約者がいるんですもの!」

「ええ」グリセルダは考え込むように言った。「そうですってね」彼女はアナベルのほうを向いた。「あなたにも想い人がいるの?」

「とんでもない」アナベルはにっこりした。「爵位を持つ貴族がいいけれど、どんな男性でも考えてみるわ」

「お目付け役を務めるのは今回が初めてなの。でも、あなたたちの誰かが庶民と結婚しようとしたら、がっかりするでしょうね」グリセルダとアナベルは完璧《かんぺき》に理解しあえたというように顔を見交わした。

「さて」グリセルダはテスを見た。「兄があなたに夢中でも、あなたにその気がないなら、わたしが味方しますからね。兄は誰にでも好かれるわけじゃないもの。その証拠に、去年の春には捨てられ――」

グリセルダはふいに口をつぐんだ。

よく口を滑らせる人だ、とテスは思った。頭より先に舌が回るらしい。「捨てられた？ では、伯爵は婚約していたんですね？」

グリセルダはちらっとジョージーを見た。「いいえ。それに、兄があなたに求婚しそうなら、過去の話はどうでもいいじゃない」

「たしかに」テスはつぶやいた。ほかの女性に振られたとなると、メインの魅力は増すのか減るのか、いったいどっちかしら。グリセルダのうろたえぶりからして、相手は既婚女性だったようだ。魅力は減ったわね。

「こうなると問題は」グリセルダが言った。「フェルトンね。彼も屋敷に滞在していることだし、願ってもない機会よ――イングランドじゅうのレディが、その機会だけでも欲しがっているんだから」

アナベルが訊いた。「どうして？」

「あら、フェルトンが何者か聞いていないの？」

四人ともグリセルダに驚きの目を向けた。

「彼は爵位を持つ男性より条件がいいのよ」グリセルダはアナベルのほうを向いた。「地代だけで年収二〇〇〇ポンド以上。ボンド街の大半を所有しているという噂もあるわ。つまり、株を持っているどころじゃないの。投機をしているのよ」

「ああ」アナベルの目がきらめいた。

「そういうこと」グリセルダがうなずいた。「フェルトンはいいときに来てくれたわ。彼は爵位はないけれど、貴族の優雅な作法を身につけていて――その作法は王族公爵よりはるかに洗練されているの。わたしがイモジェンとメイトランド卿の問題を片づける前に、あなたもテスも順調に話が進めば嬉しいわ」

「わたしのドレイブンへの気持ちを片づけられるはずないでしょ」イモジェンはむっとして言った。「わたしは彼以外の人とは結婚しません。彼のほうはその気がないから、一生独身を通すことになるわ」

グリセルダはイモジェンに冷ややかな目を向けた。「それなら、お姉さんや妹さんの邪魔だけはしないでちょうだいね」

「邪魔なんかするものですか」イモジェンは言い捨てた。

「それならいいわ。だけど、社交シーズンのことは考え直してほしいの。結婚相手が見つからなければ、来年の行事に出なくてもなにも訊かれない。でも、デビューさえしないとなると、好奇心を持たれるわ」

イモジェンは口を開いたが、グリセルダが傲然と手を上げた。

「上流階級の人たちが好奇心を持つと、想像力がどんどん膨らむの。エセックス姉妹が適齢期だと知れたら、なぜひとり足りないのか不審に思われる。不審が憶測を呼び、いつのまにかあなたは片脚しかない娘にされていたりするのよ。あるいは容姿が悪いとか」

イモジェンはショックを受けたようだ。

グリセルダはアナベルのほうを向いた。「ミスター・フェルトンの条件がいいことはわかったわね？」

アナベルの顔がほころんだ。「もちろん」

「フェルトンは変わり種よ」グリセルダは考え込むように言った。「血も涙もない商取引をすると、彼を責める人もいるわ。たしかに、紳士らしく株式市場から離れていたことはないし。そこが母親にも嫌われている点なの」

「どういう意味です？」テスが訊いた。

グリセルダは肩をすくめた。「あくまで噂よ。フェルトンの母親がそういう問題に敏感なのは、自分より身分の低い男性と結婚したからですって。彼女は伯爵令嬢だけれど、夫は男爵の次男坊あたりにすぎない。息子には商売で華々しく成功してほしくなかったんでしょう」グリセルダの口もとがカーブを描いた。「ロンドンの女性はひとりも賛成しないけれど」

「フェルトンが投機をしているから、親子は疎遠になっているの？」アナベルが尋ねた。

「彼の両親はそんなに裕福なの？」

「田舎に広い屋敷を持っていて、悠々自適に暮らしているわ」グリセルダは答えた。「不和の主な原因はフェルトンの金融取引だと思うけれど、はっきりしないの。彼が不法に得たお金を両親に分けるのを断ったという噂は聞いたから、そのせいかもしれない」

グリセルダはアナベルを見据えた。「どれもつまらないことよ。夫が母親と口をきかないなら、義母がいないも同然だわ。いいこと、それは大変な幸運なの」

テスに言わせれば、ひどく悲しい話だ。彼女が別の質問をしようとすると、グリセルダが話し出した。「あの親子は近所に住んでいるのに口をきかないのよ。本当に面白いわ。でも、嘆かわしい一家の話はもうやめましょう」

「わたしたちの縁談は決まったみたい」アナベルが言った。「お姉さまはあなたのお兄さまと結婚しそうね。わたしのほうは、ミスター・フェルトンが少しでも従順なら、彼と結婚できそう。午後のレースから、彼にがんばって気持ちを伝えていくわ」

グリセルダは思案するようにアナベルを見た。「こう言ってはなんだけれど、楽しみにしているわ。いくつになっても名人から学ぶことはあるものだから」

「身に余るおほめの言葉ありがとうございます」アナベルはにっこりした。「保証のかぎりではないけれど」

「ドレイブンとお母さまもレースに同行するの」イモジェンが口を挟んだ。「ミス・ピシアン＝アダムズは馬車でついてくるのよ。馬に乗らないから」彼女は唇をゆがめた。

「わたしもよ」グリセルダはイモジェンの軽蔑《けいべつ》するような目もまったく気にしていない。「埃《ほこり》だらけの馬の背中で揺られるのは、退屈でしかたないもの。おまけに、どの馬も歯が黄色いし。あれは大嫌い。義父の歯も黄ばんでいたから、ウィロビーの歯がどんどん黄ばんだらどうしようと怯《おび》えていたの。そうなる前に夫が亡くなって、幸いだったかもしれないわ」

「ご主人はウィロビーというお名前でしたの？」テスは訊いた。

グリセルダはうなずいた。「先立たれて一〇年になるわ。日ごとにさびしさが募るのよ。でも、こんな話はやめましょう。わたしはお目付け役を精いっぱい務めるわ。つまり、なるべくあなたたちを放っておいて、声をかけられやすくするつもり。ワルツを踊れるようお膳《ぜん》立《だ》てするわね。腰の重い男性を善行へ導くには、抱きしめさせるにかぎるわ。善行って、結婚のことよ」グリセルダは説明した。テスが目を白黒させているからだろう。

グリセルダはイモジェンにけわしい目を向けた。「男性に望ましくない婚約を破棄させるには、わざとすげなくするしかないの。おわかり？」

イモジェンはうなずいた。

グリセルダは立ち上がった。「これから二週間くらいが楽しみだわ。どちらが見ものかしら。兄がきれいなお嬢さんに求婚する姿と、つかみどころのないミスター・フェルトンが誘惑される姿と。そこにわたしも居合わせることができれば、フェルトンに娘を嫁がせようとしたロンドンの未亡人全員に一部始終を教えられるわ」

グリセルダは唇に手を当てて考えた。薔薇色のボンネットからシルクの室内履きに至るまで、実に上品で女らしい。

「ミスター・フェルトンね」彼女はドアのほうを向いた。「いっそ噂を立ててしまったほうが、男性も腹を決めるんじゃないかしら。なんなら、手伝ってもいいけれど」

アナベルはテスの腕を取って部屋を出ると、ささやきかけた。「メインに求婚させるおかげで、お姉さまがどれほど責任を逃れたかおわかりだといいけれど。このわたしは、キスしただけでロンドンじゅうの噂になりそうな相手に求婚するのよ」

「ミスター・フェルトンは求婚もせずにキスする人じゃないわ」テスは言った。

「あら、そんなしかめっ面をしなくてもいいじゃない」アナベルは階段を昇り出した。グリセルダはもう廊下の角を曲がって自室へ向かっている。「フェルトンが紳士らしく振る舞えば、わたしの作戦もそれだけ楽になるわ。前々から思っていたけれど、礼儀作法をかたくなに守る男性ほど尻に敷きやすいのよ」

テスのしかめっ面はますますひどくなり、頭痛までしてきた。

13

ホルブルック・コートの中庭

ルーシャスはひとりっ子であるうえ、両親は年に数回彼とでくわせば十分だと考えているので、家族が揃うのを待つ習慣はなかった。しかも独身を通しているため、若い女性が身支度にかける時間も知らない。馬でシルチェスターの村へ出かけるくらいで、なにが必要だというのだろう。

それでも、退屈な待ち時間は予想していた。だからこそ家族連れを敬遠してきたし、個人宅でのパーティの招待もうまく断ってきたのだ。

いや、ぞっとするのは待ち時間ではない。女性は繊細な神経と華奢《きゃしゃ》な手足の持ち主にふさわしい、足の遅い乗用馬に乗るものだ。母は馬に乗ったことがないだろうな。あったとしても、背中がバックギャモンのボード並みに広く、乗り手にヒステリーを起こされても平気なほどおとなしい馬でなくてはだめだったろう。

ところが、エセックス姉妹は違うようだった。少なくとも、乗馬ができる三人は。ジョージーは家庭教師と一緒に屋敷に残ることになっていた。

どうやら、三人はみごとなサラブレッドに乗るらしい。三頭の馬は跳ね上がったり、しきりに耳を押しつけあったりしている。どの馬も高く足踏みして、自分のほうが速いと女主人に訴えている。大きな丸石が敷き詰められた中庭では蹄《ひづめ》の音が響き、火花が散るので、なおさら目を引く光景だ。

まずイモジェンが外へ出てきた。「わたしたち、馬の扱いがとびきり上手なのよ」彼女はルーシャスの疑り深い目を見て、乗馬服の腰に鞭《むち》を差し込んだ。「わたしのポージーはダービーで勝てそうだと言われていたのに、二年前にひどい捻挫《ねんざ》をしたの。回復してから、わたしの馬になったわ」

ポージーは虫に刺されたかのように小走りし、大きな門を飛び越えそうなほど興奮している。「花束《ポージー》という華やかな名前は似合わないね」ルーシャスは馬のたくましい後ろ足にぶつからないよう脇によけた。

「気取り屋《ポージア》だから、ポージーとつけたのよ」イモジェンは使い古した乗馬用の手袋をはめた。「ポージーはペテン師なの。競走馬のふりをしてみせるけれど、現実には乗用馬だわ。ちゃんと言うことを聞くくせに、手こずらせるふりをするの」

「美しい馬だ」レイフがルーシャスのそばにやってきた。「アスコットのレースで見たことがある。足を痛める前の年に。すばらしい馬だよ」

ルーシャスは眉をひそめた。レイフは被後見人の身をちっとも気遣っていないじゃないか。

アナベルも中庭へ出て、耳が垂れた去勢馬に声をかけている。彼女はルーシャスにほほえんだ。「これはスイートピーよ。けさはちょっと気が立っているみたい。故郷に帰りたいのかも」スイートピーは歯をむき出して身を震わせた。戦いに臨む軍馬のようだ。

「ポージーはテスお姉さまの馬とは比べものにならないわ」イモジェンがレイフに話している。「ほら、お姉さまが来たから、じかに話を聞いて」

ルーシャスは振り向いた。

テスが中庭の日だまりを歩いてくる。ほっそりした彼女には、厩舎でいちばんおとなしい乗用馬が似合いそうだ。

「お姉さまは四人のなかでいちばん勇ましいの」イモジェンが言った。「ベルワージーの子、ミッドナイト・ブロッサムに乗るんだから」

「ミッドナイト・ブロッサムに？」ルーシャスの口調は厳しかった。「三年前にニューマーケットで男を振り落とした去勢馬だね？」

「そうよ」イモジェンは答えた。「メイトランド家の人たちはもうすぐ来るかしら？　なんだかポージーが落ち着かないわ」

落ち着かないどころではなかった。ポージーは悪霊に憑《つ》かれたように跳ね回っている。だがルーシャスが手を伸ばすと、ポージーはおとなしくなった。

「あなたが好きなのね」イモジェンが意外そうに言った。

「馬には好かれるのさ」ルーシャスは言った。馬丁がテスを真っ黒《ミッドナイト》な特大の馬に乗せた。ポージーと違って、ミッドナイト・ブロッサムは跳ね回ったりしなかった。この馬は競走馬のふりをする気取り屋ではない。疾走するために育てられている。

しかし、テスはそんな馬に不安定な横乗りをしても、びくともしない。

「彼女をあの馬に乗せちゃだめだろう！」ルーシャスはレイフに言った。「ミッドナイト・ブロッサムは男を振り落とした前科があるんだぞ」

イモジェンが眉を吊《つ》り上げた。「お姉さまが心配なの、ミスター・フェルトン？　そんな必要ないわ。お父さまが言うには、お姉さまは馬を完全に理解しているんだもの」

「わたしの被後見人たちは、ちゃんと馬を操れるとも」レイフが太鼓判を押す。「立派な大人だし、自分の馬に不慣れな者はいないようだ」

「後見人なら、もっと気をつけてやれ」ルーシャスはうなり声を出した。ミッドナイト・ブロッサムは立ち上がっていたが、テスに話しかけられ、繕い跡だらけの手袋で首を叩かれても、耳をぱたぱた動かしただけだった。

ルーシャスは憤然として自分の馬に歩み寄り、つややかな背中にひらりとまたがった。とにかく、ミス・エセックスの馬が乗り手から逃げ出すといけないので、つねに近くにいるようにしよう。

そのときドレイブン・メイトランドがホルブルック・コートのアーチ型の門を馬で駆け抜け、急に止まらせたので、馬は勢い余って前足をあげた。

ルーシャスはちょうどテスのそばに寄り、ふたりの馬は仲よく息をかけ合っていた。

「愚かな人！」テスは声を落として言った。ドレイブンは馬から降りると、ポージーに近づいてしきりにほめそやした。

ルーシャスは肩越しに振り向いた。

「無茶な乗り方をするのが愚かだと？」ルーシャスが尋ねた。「人のことは言えないんじゃないか？」

「ミッドナイトはわたしの手に余るというのね」

「ぼくでも無理だろう」ルーシャスは穏やかに言った。

「それはどうかしら。これはおとなしい若馬じゃないわよね」テスは手を伸ばしてルーシャスの馬の首を掻《か》いた。

「パンタルーンというんだ」ルーシャスは言った。「ホウボーイの子だよ」

「みごとな馬だわ」

テスが耳のうしろを撫でると、パンタルーンは大きな頭をじっとさせ、機嫌よく鼻を鳴らしていた。

残りのメイトランド家の人々が中庭に入ってきた。レディ・クラリスは小さな牝馬に乗っている。二、三キロは快調に進んでも、帰りは難儀しそうな馬だ。もっとも、レディ・クラリスのうしろから馬車がついていくらしい。彼女が疲れるといけないからだ。

「疲れますもの！」レディ・クラリスは身を震わせた。「疲れると肌の色が悪くなるわ。ミス・ピシアン＝アダムズはもう馬車に乗っていますのよ。馬に乗った感じが好きじゃないんですって」

ドレイブンがテスに近づき、彼女の馬を見た。欠点は数々あれど、彼が競馬を熟知しているのは確かだ。「ミッドナイト・ブロッサムに会ったのは一年ぶりかな」彼はにっこりしながら言った。「もう少しできみの父上に賭けで勝って、この馬が手に入るところだったんだ。あれはミッドナイトがバンステッド・ダウンズのレースに勝った直後で、引退に追い込まれる前だった。ぼくならアスコット競馬に出してやれたのに」

ルーシャスはテスの頬がピンク色に染まったのを見た。「あなたがその賭けに勝たなくてよかったわ」

「ぼくが勝ったのさ」ドレイブンは愛想よく答えた。「ブライドンは、雄鶏はかならず柵の支柱で鳴くと言った。あの賭けは楽勝だったね」

ルーシャスは笑いを嚙み殺した。ドレイブンはテスの目に浮かぶ表情にまったく気づいていない。それどころか、ミッドナイト・ブロッサムが売り物だというように歯を調べている。

「当ててみましょうか」テスが感情のこもらない声で言った。「あなたは雄鶏を肥やしの山で鳴くようにしつけて、それを父に見せたんだわ」

「もっとうまくやったよ」ミッドナイトが耳をうしろへ倒すと、ドレイブンは飛びのいた。「雄鶏の足の腱《けん》を切ったんだ。支柱に上がれなくなると、鶏はどこででも鳴くのさ。でも、知ってのとおり、ぼくは馬を受け取らなかった。きみの父上は賭けを真剣に考えていたからね。いくらぼくが冗談好きでも、彼からミッドナイト・ブロッサムを巻き上げることはできなかった」

テスはちょうどミッドナイト・ブロッサムを落ち着かせたところだった。彼女はまだ馬を撫でながら、冷静に言った。「父はあなたの心遣いに感謝しているわ」

「だろうね」ドレイブンは陽気に言った。「さあ、ミッドナイト、ちょっと奥歯を見せてくれないか――」

だが、馬はドレイブンになつかず、口のなかをのぞかれるのもいやがった。テスが懸命になだめても、馬は蹄で地面を打ち、後ろ足で立った。

「じっとしなさい！」テスはミッドナイト・ブロッサムの首に身を乗り出した。怒っているというより、面白がっている声だ。それに一瞬たりともバランスを失っていない。

ルーシャスはあぶみに足を掛けて立ち上がり、テスの手綱を引こうとしたが――手助けは無用だった。か細い腕に撫でられた馬はおとなしくなり、ドレイブンの背中に鼻息を吹きかけて目をむいた。今にも嚙みつきそうな勢いだ。

レディ・クラリスが馬を歩かせながら、甲高い声でひとりひとりに挨拶していく。

「ねえ、ミス・エセックス」彼女は声をかけた。「あなたはこの……けだものを乗りこなせないんじゃないかしら。公爵、彼女が心配じゃありませんの？　馬は礼儀正しい人間を嫌うものでしょう。うちの息子を見る目つきをご覧なさいな。あれではまるで……」

レディ・クラリスの声が消えていった。ドレイブンの尻に嚙みつきたい者など、いるわけがない。

レイフはレディ・クラリスを相手にせず、自分の馬に乗った。「行くぞ！」彼は叫んだ。「今度こそ、みんな馬に乗っているな？」

ルーシャスは笑いをこらえた。言うまでもなく、レイフもやはり家族連れに慣れていない。

「まだだ」落ち着き払った声がした。メインが戸口で手袋をはめていた。脚に張りつく乗馬ズボンの上からブーツをはき、ブルーの上等な毛織物の上着を着ている。ルーシャスは驚いた。メインが着飾っている姿を見慣れていないのだ。三人の友人が集まるときは、みな革のズボンとくすんだ色の上着を身につけることが多い。だが、あのメインの上着は──まるで王子だ──仕立てと飾りボタンが絶妙で、ズボンは体にぴったりしている。

メインは一行を見渡すと、馬をまっすぐテスのほうへ進めていった。

ルーシャスはかすかに唇をゆがめた。メインの結婚の計画をすっかり忘れていた。またしても。

「ミッドナイト・ブロッサムか」メインが言った。馬が好きでたまらないという口ぶりだ。「ミス・エセックス、あなたはこの世代で並ぶ者がない乗り手になったらしい！」

テスはメインにほほえみかけている。栗色の髪が日差しを浴び、赤褐色の布地を織る飴色《あめいろ》や金色の糸に染まっていく。ルーシャスは馬を操って中庭を出ていった。

ぼくの思い違いでなければ、メインは歯が浮くようなお世辞にわずかに本当の気持ちをこめていた。あの陶然とした言い方には真実味があった。

ふたりは似合いの夫婦になるだろう、とルーシャスは思った。メインはロンドンじゅうの人妻の半分と関係したとはいえ、すばらしい男だ。結婚すれば悪い癖はなくなるさ。ベッドでテスを抱ける男が、不倫という下品な喜びを求めるわけがない。

メインがテスに恋をせずにいられるだろうか？　あのひたむきなまなざし、好奇心あふれる質問、巧みな乗馬の技術、愛すべき人柄。それにメインが女性を愛するときは――とことん愛し抜く。ある女性との別れに動揺し、立ち直った姿を見てわかった。かつて彼が愛した女性、レディ・ゴドウィン。

もちろん、あの伯爵夫人はメインを愛してはいなかった。だが、不倫のむなしさを彼に教えたようだ。

ぼくに言わせれば、メインは伯爵夫人に振られたおかげで、本当に恋ができるようになった。テスなら彼の想いに応えてくれるだろう。情熱的な唇とやさしいまなざしで――夫に恋をするはずだ。それには数カ月、いや一年かかるかもしれないが、この結婚は――。

ルーシャスはそんな考えを押しやった。よけいなお世話だ。

パンタルーンが立派な石造りのアーチを静かにくぐった。ルーシャスのあとにテスとメインが続き、馬の蹄の音にふたりの笑い声が重なっている。

彼女はメインのものだ。

14

シルチェスター競馬

テスにはよくわからなかった。なぜ自分は『クイーンズ・アロー・イン』の狭い厩舎のなかを、ミスター・フェルトンとふたりきりで歩いているのだろう。本当は、午後じゅうなにかとわたしに気を配ってくれたメインに隣にいてもらうべきなのに。ミスター・フェルトンは、やはり彼に気を配っていたアナベルと歩けばいいいんだわ。

だが、いびつな形の厩舎でテスはいつしかルーシャスの隣になり、ふたりは角を曲がった。あるいは、ほかの人たちが曲がったのかもしれない。今、ふたりはお互いの求婚者から離れて歩いていた。ばかげた話だが、テスは勉強部屋から逃げ出した子供のように浮き浮きしていた。

厩舎は細長く、茎の緑が濃くなって発酵が始まったアルファルファの匂いがする。これはテスの大好きで大嫌いな匂いだ。故郷の家と父親を思い出す。同時に、自分たちから父親を奪ったものも。実際、わたしたち姉妹はずっと前に捨てられていたのだ。

ふたりはひとつの馬房の前で立ち止まった。「これはフィンスター卿の馬、ラマビーだ」ルーシャスがテスに教えた。「今度のレースには出るんだろうか。うちの馬たちはラマビーに勝ち目がないな」

「今回は出ないわ」テスは馬の鼻の下を掻きながら言った。「ラマビーは勝てそうな気がしないのよ、そうよね、ラマビー？」

ルーシャスは忍び笑いをした。ラマビーはテスの言葉を聞き漏らすまいと、耳をぴくぴく動かしている。「おや、きみはスコットランドの魔女かい？」彼は尋ねた。「そんなことを言って、哀れな馬に魔法をかけるとは」

「とんでもない」テスはラマビーの右耳のうしろを掻き始めた。「でも、わたしのように厩舎で育つと、いやでも馬の気持ちに気づいてしまうの。ラマビーは勝てる気がしないのよ。今回は」彼女は最後にもう一度馬を叩いて離れた。

ふたりは藁《わら》が散らばった通路を歩きながら、ほかの馬房ものぞき込んだ。ルーシャスは自分の歩調が遅いことに気づいていた。光の差し込む、一行がふたりを待つ大扉に向かいたくない。そこでは当然ながら、テスをメインの熱烈な求婚にさらさねばならない。

「馬が空腹かどうかもわかるのかい？」ルーシャスは尋ねた。

「わかることもあるわ」テスが答える。「わたしは読心術者ではないけれど」

「でも、現にそう見える」

「まさか。心を読んだりしないわよ。馬は愛らしい動物だけど、しょせんは動物ですもの。

人間とは違うわ。本心をさらけ出すこともなければ、真意を隠すこともない」

「言葉も話さないしね」

テスはルーシャスに見られてどきりとし、また別の馬房の前でふと立ち止まった。以前に、彼の表情は読み取れないと思わなかった？　「この馬も勝てないわ」

「それはぼくにもわかる」ルーシャスは言った。「この馬は妊娠中だからね」

「まあ」テスはばつが悪くなった。「それはわからなかったわ」

「じゃあ、わかったことは？」ルーシャスはテスの腕を取って自分のほうに引き寄せ、ふたりでつややかな栗毛の馬を眺めた。

「眠そうね」テスが言った。「見て、伏し目がちになっているでしょう？」

案の定、テスの小さな手で耳のうしろを掻かれると、馬は大きくため息をついて完全に目を閉じた。

「とにかく、すこぶる便利な才能だね」一瞬の沈黙のあと、ルーシャスは言った。

「才能は必要ないの」テスは気まずそうに言った。「みんなのところに行きましょうか」

「いいとも、ミス・エセックス」じきにふたりは肌寒い戸外に戻った。

走路の周囲に設けられた粗末な座席が、傾いた日差しを浴びて輝いている。屋台でソーセージを焼く匂いが漂い、聞き慣れたスコットランド訛りが響いていた。大勢の男性が馬たちの品定めをしているのだ。

「うちの馬が来た」ふいにルーシャスが言った。

毛布を掛けられた二頭の馬が、優雅な首をそらして手綱を引かれてきた。ルーシャスがなにも言わないので、テスも黙っていた。

「以前、わたしは父にこう言ったの。次のレースでは、間違いなくハイブラウという馬が勝つと」テスはルーシャスの顔を見ずに言った。「父はわたしたちの持参金に貯めたお金を、そのレースに注ぎ込んだわ。わたしの言うことはいつも正しかったから」

ひとしきり沈黙が流れたあと、ルーシャスが切り出した。「たしか、そのニューマーケットのレースでは、ペチュニアが勝ったと思ったが」

「ハイブラウはゴールできなかったの」テスはルーシャスの馬を見ながらぼんやりと言った。

「そう、転んで足を折ったんだ」ルーシャスは思い出した。「射殺されてしまったね」

「だから、あなたの馬についてはなにも言いたくないのよ、ミスター・フェルトン。結局はたわごとですもの。レースではなにが起きるかわからないわ」

「聞かせてくれないか」

テスはルーシャスを見上げた。彼の顔はとても印象深く、静かで、落ち着いていた。彼は人との交流を求めていないように見える。その平静さは外面だけではない。「みんなを探さないと」テスは声にいらだちをにじませた。なんといっても、わたしはメインに口説かれているのだから。今この瞬間、彼は求婚するつもりだったかもしれないのに、わたしはミスター・フェルトンとぶらつき、たわいもない話をしている。

「ミス・エセックス」ルーシャスが言った。その穏やかな低い声を聞いて、テスの神経はいよいよ高ぶった。

「席に戻りたいの。妹たちが心配しているでしょうから」だが、テスはフェアに振る舞いたかった。「まあ、いいわ。あなたの馬の気持ちはまったくわからない。だけどね、あの馬の――」

「ロイヤルオークだ」

「ロイヤルオークの歩き方を見て。暑くてたまらないのよ。落ち着かないようね。空腹なのかも。おたくの馬丁が汗をかかせているのかしら？」

「馬に贅肉をつけさせないためらしいが」ルーシャスは眉間《みけん》に皺を寄せた。

「下剤を使うのも、汗をかかせるのも野蛮きわまりないわ。そんな方法では馬を病気にさせてしまうわよ」テスは一行が待っているとおぼしき特等席へと歩き出した。

しかし、ルーシャスはテスの腕に軽く触れて引き止めた。「きみの父上は下剤の使用を熱心に支持していたはずだよ、ミス・エセックス。二年前のダービーでは、その利点をまくし立てたそうだ」

「たしかに父はその方法を支持していたわ」テスはしばらくしてから言った。「わたしは賛成できなかったけれど」

ルーシャスのまなざしがあまりに生き生きしていたので、テスは思わず目を閉じそうになった。

席にはアナベルとメインしかいなかった。ふたりは気楽におしゃべりをしていたようだ。

「みんなは食堂へ行ったの」アナベルが言った。「レディ・クラリスがたまたま友人に会って、食堂でおいしいヨークシャーハムが出ると聞いたんですって」

「全員が食堂へ？」ルーシャスは眉を上げた。

「メイトランド卿以外はね。彼は厩舎にいるはずよ」アナベルはいたずらっぽくルーシャスにほほえみかけた。「ふたりとも、お座りにならない？　あなた方もハムが食べたいなら別だけれど」

テスがメインの隣に座ったとたん、彼の黒い瞳はひそかなメッセージを帯びて輝き出した。彼はわたしの乗馬の技術に興味があるんだわ。競走馬を意のままにする力に感服しているのよ。

メインの求愛は、自信にあふれたものだった。お世辞は言わず、自分の厩舎や屋敷について、さりげなくテスに説明している。戯れの達人は影をひそめ、相手に心から関心を抱いている男性がそこにいた。

こうして率直に振る舞うメインのほうがはるかに魅力的だ。それに放浪の民の瞳を持つ美貌があいまって、抗《あらが》いがたい求婚者と言える。それでもテスは、アナベルとルーシャスの会話に耳を傾けずにいられなかった。言うまでもなく、アナベルも抗いがたい求婚者だ。実際、今後はルーシャスを義弟だと考えたほうがいいのだろう。

「母は活発な人でね」メインが言った。「横乗りでも馬を疾走させるんだ。イングランドの若い女性は横乗りしかしないんだよ、ミス・エセックス。でも、アイルランドの女性は馬にまたがることもある。スコットランドの習慣にうとくて申し訳ないが、きみは馬にまたがったことがあるかい？」

「あるわけないわ！」テスはぴしゃりと言い返した。わたしたちは一年以上もそんな乗り方をしていないし、その理由は、彼が率直になったくらいでは打ち明けられない。

ルーシャスがぱっとテスのほうを振り向いた。彼は美しい目をしている。まるで信じられないほど賢い狼《おおかみ》のよう。テスはまばたきをした。どうして彼にはわかったのかしら、わたしとアナベルとイモジェンが馬にまたがっていたことが。もちろん、人目につかない父の土地のなかでだけだった。ルーシャスの目には、テスのはったりを見破ったと言いたげな笑みが浮かんでいる。

ルーシャスはなにも言わず、走路のほうを向いた。テスは彼の広い肩を強く意識した。メインは彼女にプログラムを渡したり、馬を指さしたりして、たまに肩を触れ合わせるが、ルーシャスは指一本触れなかった。

「ヨークシャーにある屋敷の裏手に続く丘陵は美しいよ」メインが言った。「馬を一時間走らせるあいだに、小屋を一軒も見ないことがよくあった。まさに理想郷《アルカディア》だね。俗世間から離れた最高の場所さ」彼はテスの目を見つめたまま、その手を自分の唇に当てた。「ぜひともきみを連れていきたいな、ミス・エセックス。美しい景色を見れば、スコットランドの荒地など忘れてしまうだろう」

明らかに、メインの目は無言で誘っている。「走路の向こうにちょっとしたりんご園がある。どことなくうちの果樹園に似ているんだ。散歩してみないかい？」

テスは頭が麻痺《まひ》したような感じがした。メインの求婚を受けたい？　そのときアナベルがルーシャスの肩越しに振り向いた。妹の目の輝きを見て、テスは確信した。メインはりんご園で求婚する気だわ。わたしは承諾すべきよ。だって、ほかに本気で求婚した人はいなかったし、妹たちを社交界に出さなくてはいけないのだから。

「実は」ルーシャスが声をかけた。「ミス・エセックスに走路を案内しようと思ってね」彼は立ち上がって手を差し伸べた。「よかったら、馬も見せたいが」

「ミス・エセックスはわざわざきみに馬を見せてもらうまでもない」メインは友人をにらみつけた。「ぼくがもう散歩に誘ったんだ」

「お願い、ここにいらして」アナベルが甘い声でルーシャスに訴えた。

テスはいらいらした。ミスター・フェルトンは女性としてのわたしなど眼中にないのが、この人たちにはわからないの？　ふたりにわからなくても、わたしにはわかる。メインはレースに見向きもしなかったけれど、ミスター・フェルトンはいくらアナベルにおだてられても、走路からほとんど目を離さなかった。その点はお父さまにそっくり。そう考えるとぞっとする。

テスの予想どおり、ルーシャスはメインに愛想よくほほえんだ。友人の領地には侵入しないというわけだ。「ほんの二分でミス・エセックスを無事にお返しするよ。馬を買おうと思うんだが、彼女はすばらしい目利きだからね」

メインは片方の眉を上げたが、友人の事務的な口調を聞いて、求婚の邪魔はされないと気づいたらしい。テスに言わせれば、馬への執着という点においてルーシャスと父が違うところは、ルーシャスは彼女の意見を聞く姿勢を見せることだけだ。

妻は夫の命令で動き回るものではないとメインがわかってくれたら、それがいちばんなのに。「すぐ戻るわ」テスは立ち上がってルーシャスの腕を取った。すると、彼はけわしい表情をがらりと変えて笑みを見せた。

この一時間で、メインはテスに一〇〇〇回以上もほほえんだ。ひとつひとつの笑顔が愛撫《あいぶ》や愛の言葉、彼の意志、未来の夫の座を示していた。それでも、ルーシャスの笑みは彼女を動揺させた。

でも、この人はわたしを口説く気などないのよ、とテスは自分に言い聞かせた。その証拠に、ルーシャスはまっすぐ走路へ向かった。「あの馬をどう思う?」

ぶちがある灰色の馬だ。見ていると、その馬は機嫌よく駆け出した。乗っていた馬丁はぐいっと手綱を引いたので、膝の力が抜けたようだ。テスは笑った。

「ぼくもそう思った」ルーシャスが満足げに言った。

テスは彼の顔を見上げた。「まだなにも言っていないのに」

「きみは馬の表情を見て取った。ぼくはきみの表情を見たんだよ」

ふたりの目が合った、胸が締めつけられそうなひとときが過ぎ、テスは顔をそむけた。

「戻らなくちゃ――」

灰色の馬は跳ねるように歩いていく。間違いなく、あの馬が勝つわ。

ふたりはそのまま席に戻った。ルーシャスはテスの腕を取らず、もうほほえみもせず、少しも――。

「果樹園に行こうか」ふたりが戻るなり、メインが甘い声でテスに誘いかけた。

テスは思わずルーシャスを見た。今度ばかりは、彼は走路にオペラグラスを向けていない。こちらを見ている。メインの意図にも気づいているはず――なのに、引きとめるつもりはないのね。

それどころか、ルーシャスは背を向けてアナベルの隣に腰を下ろし、お愛想とくすくす笑う声に迎えられた。テスの目には、彼が喜んでアナベルのほうを向いたように見えた。

テスは立ち上がって、メインの腕にしとやかに手をかけた。彼の上着の高級なウール地は、サテンのような手ざわりだ。「もちろん、喜んでお供するわ」テスは伏し目がちにメインを見た。

ルーシャスのほうは振り返らなかった。

テスとメインはしばらく歩いて、一本のりんごの木で立ち止まった。まるで芝居をしているようだ。

メインが実をもいで渡し、テスは上品に受け取った。彼がテスの手にキスをして、彼女は彼の顔を見上げた。メインが求婚して、彼女は（そっとりんごを落として）承諾した。彼が許しを請い、テスの頬に軽くキスをした。彼女がほほえむと、彼はもう一度キスをした。今度は唇に。心地のいいキスだった。

テスは再びメインと腕を組み、未来の夫婦として引き返していった。というより、未来の伯爵と伯爵夫人と言うべきか。

15

四姉妹はテスのベッドに集まっていた。テスとジョージーは頭のほうの支柱にもたれ、イモジェンとアナベルは足のほうの支柱にもたれている。ジョージーはいつものように、ナイトテーブルに置いた蠟燭で読書中だ。

「信じられない」イモジェンはテスをまじまじと見つめている。「結婚するのね、お姉さま。わたしたち、誰にも結婚してもらえないと心配していたことを覚えてる？　それがイングランドに着いて一週間足らずで、お姉さまはもう伯爵と婚約したなんて。さぞや鼻高々でしょう」

「心配していたのは、お父さまにロンドンへ連れていってもらえなかったせいよ」アナベルが言った。「結婚できるかどうかを疑った人はいなかったでしょ」

「家庭教師のミス・フレックノーには、不穏当な発言だって言われそう」ジョージーが本から目を上げた。「きっとそう言うわ。先生はどんな男女交際も不穏当だって考えてるから」

「話があるの」イモジェンが言った。頰を薔薇色に染め、膝を抱えている。

ほかの三人は彼女のほうを向いた。ジョージーさえも。

「ドレイブンにキスされたの。競馬場で突然。彼、わたしを愛してくれるようになったのよ！」

「お姉さまはいじらしいほどキスを信じているのねえ」ジョージーは意地悪く言うと、読書に戻った。「ミス・フレックノーは賛成しないわ。殿方が愛想がいいときには、下心があるんですって」

「イモジェン、ドレイブンはミス・ピシアン＝アダムズと婚約しているのよ」テスはやさしく言った。

「なんとでも言えばいいわ」イモジェンはつんと顎を上げた。「馬をよく見ようと、彼に走路へ連れていってと頼んだの。ふたりでゴールのほうへ歩きながら、彼は馬についていろいろ話してくれたわ。とても詳しいのよ。それから、彼はそのレースに五〇ポンド賭けると決めたの。そうしたら、彼が勝ったのよ！　彼、わたしにキスしたわ。わたしは勝利の女神なんですって」

テスが唇を噛んでなんと言おうか考えていると、アナベルに先を越された。「ドレイブン・メイトランドはお父さまにそっくりよ、イモジェン。この先一生、夫が全財産を競馬に注ぎ込む姿を見たいの？」

「ドレイブンはちっともお父さまに似ていないわ」イモジェンは言った。

「わたしはイモジェンお姉さまの言うとおりだと思う」ジョージーが言った。「お父さまはお母さまと婚約したあとは、競馬場でほかの女とキスしたりしなかったはずよ。名誉を大切にしていたもの」

「ドレイブンだってそうよ！　気持ちが抑えられなかっただけ」イモジェンは訴えた。「お父さまとドレイブンの違いは、すべて承知のうえで賭けていることよ。彼には自分なりの方式があるし、お父さまには理解できないやり方で馬を理解しているの」

テスは支柱に頭をもたせかけ、藍色《あいいろ》の天蓋を見上げた。お母さまもお父さまに同じ想いを抱いていたのかしら。ドレイブンの〝方式〟と馬に関する知識を話すとき、イモジェンの目は誇りと愛情で輝いている。

「ミス・ピシアン＝アダムズがいるのに、彼を追いかける気なのね？」アナベルはイモジェンを見て眉をひそめた。

イモジェンは顎を上げた。「わたしたちは結ばれる運命なの」

「それなら」テスが言った。「露骨な真似はやめたほうがいいわ。あの人をじっと見つめてはだめ。きっと彼は気まずい思いをしているわよ」

「ほかの人を見つめなきゃ」アナベルも言う。「必要とあらば、レイフかミスター・フェルトンに色目を使うの。男性はやきもちを焼くと発奮するものよ」

「これからはドレイブンのことを――たまにしか見ないようにするわ」イモジェンが言った。自信がなさそうだが、テスは大目に見た。

「テスお姉さまはメインと結婚するでしょ」アナベルがきびきびと言った。「イモジェンはドレイブンを追いかける。ジョージーは勉強していれば満足ね」

「満足ってことはないけど」ジョージーが口を挟んだ。「朝から晩まで生徒をしごくミス・フレックノーに満足できる人はいないわ。わたしは家庭教師に教わらなかったばかりに悪い癖を身につけたと、先生はそう思っているの」

「どんな癖？」テスは気になった。

「読書よ」ジョージーは不満げに答えた。「読書はタブーですって。イモジェンがドレイブンのキスに応じていることが先生の耳に入ったら、魔よけの儀式でも始まるかもしれない」

「じゃあ、このなかのひとりくらいは礼儀正しい女性にならなくちゃ」アナベルが言った。「上の三人はもう手遅れだから、あなたがそうなってね、ジョージー。わたしは下品な証拠に、レディ・グリセルダから聞いたミスター・フェルトンの条件――つまり彼の財産――しか考えなかったのに、だんだん好感を持たれてきたわ」

「なにもミスター・フェルトンと結婚しなくていいのよ」テスが言った。「レイフやレディ・グリセルダから離れたかったら、メインがあなたたちを社交シーズンに出してくれるわ」

「そうね。でも、ミスター・フェルトンはこの屋敷にいるのよ」アナベルが言った。「レディ・グリセルダの言うとおり、彼がロンドン一の花婿ならどうなるの？　わたしは時間を無駄にしただけ？」

「ミスター・フェルトンには爵位がないのよ」テスは肝心の点をついた。「なにより爵位が大切だと、あなたはずっと前から言っていたじゃない」

「それほどこだわらなくてもよかったわね。だって、この世で大切なのはお金だけですもの」

「シーズンが始まるのを待ったほうがいいわ」テスは言った。「こんな犠牲を払う必要はないわよ」

「どんな犠牲を？」アナベルは肩をすくめた。「わたしはほっそりした芸術家タイプの若者には夢中になれないけれど、ミスター・フェルトンは――」

「ミス・フレックノーはお姉さまの言うことに感心しないわ」ジョージーがまた本から目を上げた。

「ねえ、ここでの話を先生に伝えないでよ」アナベルが釘を刺す。「わたしはこう言おうとしただけ。なよなよした夫には見とれないけれど、ミスター・フェルトンの体はうっとりするほどたくましい、って。髪もふさふさしているし。彼と暮らしたら、家でライオンを放し飼いにしているみたいな感じでしょうね」

「ばかみたい」ジョージーが言った。「ミスター・フェルトンはライオンになんか似ていないわ。それより――」ジョージーは言葉を切った。「豹《ひょう》かな。しなやかで危険な感じでしょ」

テスは唇を噛んだ。

「ただし」アナベルはテスを見ながらやさしく言った。「テスお姉さまに反対する理由があるなら、話は別よ」

「どうして反対するの？」イモジェンが訊いた。

「お姉さまはミスター・フェルトンを好きになった可能性があるから」アナベルが言った。

「わたし、前に見た――」

「なにも見ていないでしょ」テスはあわてて言った。「どちらにしても、ミスター・フェルトンのことはなんとも思っていないわ」

「だって、お姉さまがミスター・フェルトンにキスされたってことは――」アナベルが言った。

「ミス・フレックノーがここにいなくてよかった」とジョージー。「いやらしい暴露話が始まりそうだもの」

テスはアナベルに向き直った。「男性がキスしても、結婚の意思を示したことにはならないわ。万が一、ミスター・フェルトンがわたしにそんな無作法な真似を――」テスはジョージーのほうに手を上げた。「万が一、と言ったのよ、ジョージー、皮肉らなくてもいいわ。万が一、彼がわたしにキスしたとしても、たいした問題じゃないのよ。メイン伯爵がはっきり意思表示をしたんですもの」

アナベルはうなずいた。「メインはこれから求婚するとミスター・フェルトンに教えたようなものだったわね」

「それでもミスター・フェルトンは彼を止めなかったわ」テスは自分の声がうつろなことを気にするまいとした。

「がっかりだわ」アナベルが言った。「どうりで、莫大《ばくだい》な財産で国じゅうの女性を惹きつけながら、これまで独身でいられたはずよ。あの人、一生結婚しない気ね」

かならずしもそうとは言えない、とテスは思った。ミスター・フェルトンが結婚すると考えただけで、胃がむかむかする。

「ミスター・フェルトンがお姉さまにキスしておいて、結婚を申し込まなかったとなると」アナベルは姉にけわしい目を向けた。「わたしもそんな人は相手にしないわ」

テスは膝に顎をのせ、アナベルの言葉になぜこれほど安堵《あんど》したのか考えまいとした。わたし自身は非の打ちどころのない伯爵と婚約したのだから。そう――しかるべき結婚相手と。

「まあ、わたしはミスター・フェルトンよりメインのほうがずっとハンサムだと思うわ」ジョージーは本を脇へやった。

「わたしも」アナベルがすかさず言った。

一瞬の間があいて、テスは妹たちが答えを待っていることに気がついた。

「ええ、わたしだって！」テスは言った。明らかに遅すぎたが。

16

テスは磨き上げたマホガニー材の手すりを指でたどりながら、階段を降りていった。胸もとが大きく開いた自分のブルーのドレスではなく、アナベルの濃いルビー色のドレスを着ている。今夜はアナベルがデコルテをたっぷり披露することになっていた。わたしは古い乗馬服姿でもメインに求婚されたのだから、仕立屋に催促する必要はない。そうよ、彼にもう二センチ胸の谷間を見せたところで、結果は同じだったわ。

居間に入ると、アナベルはまだ来ていなかった。それどころか、ルーシャスの姿しか見えない。テスがいちばん会いたくなかった相手だ。

ルーシャスはダークグリーンのすてきな上着を着ていた。なぜアナベルは彼の傲慢そうな態度を見過ごしたのかしら。きみの吸う空気もぼくのものだと言わんばかり。アナベルのようにひたすら条件のいい結婚を目指していると、人をよく見ないのね。

「ここはおめでとうと言うべきだろうね」ルーシャスは深々と頭を下げた。

ごまかすまでもない、とテスは思った。「知っていたのね」彼女はルーシャスをまっすぐ見た。競馬場で、彼は友人の意図に気づかないふりはできず、ましてや身を引かないわけにいかなかったのだ。

「そのとおり」ルーシャスは言った。「きみとメインのためにも嬉しいよ」

「ほっとできれば嬉しいわよね」テスは壁のほうへ歩き、くるみ材の大型キャビネットを眺めた。アーチ型のガラス扉がついた古い家具には、昔の銀製品とおぼしき物が詰め込まれている。

テスがなかをのぞき込んだとき、肩のあたりにルーシャスの気配を感じた。

「いやだわ、音もたてずに歩くのね！」テスはルーシャスを見上げ、怒ったような声を出した。

ルーシャスの目がなにかを訴えている。「きみに求婚を断られたんだ。ほっとなんかしていない」

「いいかげんにして」テスは言った。「本気で申し込んだふりをしないでちょうだい。わたしたちのなかで、自分は苦しんでいると主張していいのはイモジェンだけよ」

「たしかに、ぼくは苦しんでいない」

ルーシャスは人形のように無表情だが、テスは彼の顔から感情を読み取ろうとした。面白がっているんだわ。テスは必要以上に力をこめてキャビネットの扉を開けた。「まあ、すてき」そっけなく言うと、手持ちぶさたなので箱を手に取った。

「ぼくの気持ちが？　その箱が？」

「箱よ」

いる。

「結婚箱だ」ルーシャスは言った。「たぶん、一〇〇年くらい前の品だな」

「結婚箱?」テスは箱を見つめてオウム返しに言った。てのひらほどの箱には、どの面にも人生のあるひとこまが彫刻されていた。蓋には、女性の手を取っている男性の手が彫られている。

「昔の習慣だよ」ルーシャスが蓋を取ると、なかは色あせた赤いベルベットで内張りがしてあった。「花婿がこの箱に金貨を詰めて、花嫁に渡したのさ。ほら、ここで――」彼は蓋を指さした。「ふたりは手を取り合った。ここでは――」別の面を指さす。「男が窓の下に立っているから、求愛中だな。彼女のために歌っているんだろう」

テスはほんの数センチのところにあるルーシャスの体を痛いほど意識していた。ふだんはきちんと撫でつけられている髪が額で揺れている。手はわたしの手より浅黒く、三倍は大きい。それに――とてもいい香りがする。香水の匂いではなく――。

「ほら」ルーシャスが言った。「これは新婚生活の様子だ。ふたりが朝食の席についている」

「ええ」テスはうわの空だった。今や箱はルーシャスの手にあり、銀が小麦色の肌に映えて輝いている。

「さぞ落ち着かないだろうな」ルーシャスが言った。またしても愉快そうな口ぶりだ。

「どうして?」

「夫婦の初めての朝食だよ」ふたりの目が合った。「みんな、別々に食べることに慣れ切っているからね。それがいきなり、テーブルの向こうに配偶者がいるんだ」

「わたしはひとりで食事をするのには慣れていないわ」テスは言った。この話はいったいどこへつながっていくのかしら。どこか含みがあるように感じるけれど、隠れた意味がわからない。「朝食のときはいつも妹たちが一緒だからにぎやかよ」

「夫婦の初めての朝食の席はしんとしているようだね」ルーシャスの声には、またいたずらっぽい笑いが潜んでいた。「ふたりは疲れているのさ」箱をよく見るふりをして、頭を下げる。「気のせいか、新妻は椅子の背にもたれている。要するに……ぐったりしているってことかな？」

ルーシャスの顔には茶目っ気が表れていた。ほかの人なら気づかないかもしれないが、テスにはわかった。「そのとおりね」落ち着いた口調で言う。「疲れた一日だったんでしょう。結婚式ですもの」

「ほら――」ルーシャスは銀の箱の向きを変えた。「これは大昔から縁起がいいとされている場面だ。たとえ話だよ」

テスは目をしばたたいた。その面には、野原いっぱいに群れる兎が彫刻されていた。

「多産のお守りだ」ルーシャスの深みのある声がした。間違いなく彼は面白がっている。

「兎は実にたくさん子を産むんだよ」

「気の毒な女性ね」テスは言い捨て、箱の蓋を戻した。「兎と一緒にされるなんて！」

「でも、きみも子供が欲しいんだろう、ミス・エセックス？」ルーシャスは箱をキャビネットに戻していて、テスのほうを見ていない。

「どうして遺跡でわたしにキスしたの？」テスは思わず尋ねた。

ルーシャスが手を止め、それからキャビネットの扉を閉めた。彼はテスの質問に質問で答えた。「スコットランドの女性はきみのような人ばかりなのかい？」

「当然よ」テスはグリセルダの真似をして片方の眉を上げた。

「きみにキスしたかった」ルーシャスのブルーの目は色濃くなっている。「どうしてもキスしたかったんだ。たしかに紳士はそんな衝動に駆られないものだが――」

テスは固唾《かたず》をのんだ。なにも考えず、息を詰め、身じろぎひとつしなかった。

ルーシャスがテスの肩に手を回した。そしてかがみこみ、彼女の唇に唇を押しつけた。なんだかもどかしい。テスは以前から、男性と馬を同じように考えてきた。父親が疲れているのも、癇癪を起こしそうなのも、すぐに見て取った。顔を見ればわかったのだ。だが、感情を表さないルーシャスに肩をつかまれているといらだちがこみあげてくる。腹が立つと言ってもいいくらいだ。

だが、ルーシャスの唇は語りかけていた。テスはキスを通して、彼のなかで燃えさかる感情を味わった。これが欲望というものなの？　わたしにはよくわからないけれど、ルーシャスのキスはやけどをしそうに熱い。まるで――なにかを伝えているみたい。

テスはくらくらしてきた。どうしても訊きたい。なぜわたしにキスしているの？　どうして友人の婚約者にキスしているの？　なぜわたしを手放したの？

いざ口を開こうとすると、ルーシャスがそこにいた。彼とキスをするのは、感情が顔に出やすい人と話すようなものだ、とテスはぼんやり考えた。この人の考えていることはわかる。渇望や欲望、激しい感情。テスは脚の力が抜け、切望感を覚えると同時に奔放な気分になった。

「テス」ルーシャスが言った。真夜中のように暗い声。テスは答えなかった。彼がうなるように言う。「テス」

テスはルーシャスの口から唇を引きはがし、彼を見上げた。唇は赤く腫れ、目はうつろで――それでも、臆病な処女の目つきではなかった。

「なあに?」テスはあえいだ。

だが、ルーシャスには言いたいことが思いつかなかった。もちろん、ぼくたちはキスをしてはいけないと言うしかない。ぼくは名誉を重んじる男で、彼女は良家の令嬢なのに。卑劣にも友人の婚約者にキスしたのだ。

だが、どの言葉も出てこなかった。テスの瞳にきわどい質問が浮かんでいるからだ。

「きみには何度結婚を申し込んでも足りないくらいだ」ルーシャスは体を動かさないようにして、もうテスを抱き寄せまいとした。「以前ある女性に求婚したが、式を挙げる前に自分の本当の気持ちがわかった。ぼくは結婚する気になれなかったんだ」

「結婚する気になれなかった? それなら、今は恋をしているの?」

テスの顔から官能的な喜びが消え、丁寧な問いかけに変わった。キャベツよりにんじんが好きな理由を尋ねているかのようだ。

「ぼくは恋をしたことがない。ふつうの男ほど深い想いを抱かないようだ」これ以上やさしい言い方はできない。「テス、きみのような人には、体だけでなく心から情熱をこめて愛する男がふさわしい」

テスの瞳で燃える炎が消えた。考えるように目を細めている。ルーシャスは自分から折れて、彼女と結婚したくてたまらなかった。メインからきみを奪ってぼくのものにすると言いたい。きみがなにを望もうと、どんなに愛される価値があろうと、かまうものかと。

「気にしないで」テスがひらひらと手を振った。「わたし、あなたと結婚したいとは言わなかったわ。もうあなたの申し出は断ったはずよ」屈託のない、ちょっと愉快そうな声だ。

ルーシャスの背筋がこわばった。心の奥に潜む恐れを口にして、うわべの感情しか自制できないと言ったのに、彼女はぼくを笑ったのか？

どうやらそうらしい。テスのなまめかしい赤い唇がカーブを描くのが見えた。

「あなた、若い女性は自分と結婚したがるものと決め込んでいるの？」

テスの右頰にえくぼができた。ルーシャスはかっとした。あの傲慢な笑いをキスで拭い去りたい。「つい勘違いをしたのさ」彼は荒っぽく言った。「きみほど熱心にキスをする若い女性には慣れていないからね。まあ、イングランドの習慣は、スコットランドに比べて保守的なんだよ」

テスの心臓は早鐘のように打ち、息もつけなくなっていた。彼女は自制心を総動員して、ルーシャスのように無表情を保った。「スコットランドの女性があなたに結婚してくれと頼まないのは事実でしょう」テスは彼の腕を軽く叩いた。「幸い、あなたの話では、イングランド女性がその役を引き受けそうね」怪しいものだという響きが、ぜったい信じられないという口調になった。

「なるほど」ルーシャスはお辞儀をした。「ぼくは無礼きわまりなかった。お詫びするよ」

「メインは、未来の妻にあなたが愛想よくするのを喜ばないと思うわ」テスは言った。鼓動が落ち着き、寒気がしてきた。

ルーシャスはまたお辞儀をした。「メインにもお詫びしよう」

またしても、テスのなかに怒りが湧いた。わたしにキスしておきながら、自分は結婚に向かないなんてよく言えるわね。「謝らないで」彼女は陽気に言いながら、ルーシャスから離れた。「これくらい――遊びじゃないの。なんでもないわ」テスはわれを忘れると、父親に直されたはずのスコットランド訛りが飛び出す。

いっぽうルーシャスは、ぞっとするほど低い声になる。「友人にきみの妻は尻軽女だと教えるかどうかは……道徳の問題じゃないか？」

テスはスカートをひるがえして振り向いた。壁に立てかけられた金縁の大鏡に自分の姿が映った。頬は紅潮し、目はきらめき、胸は膨らんで見える。「お好きなようにすればいいわ」

「好きなように？」ルーシャスは再びテスに寄り添った。「好きなようにしていいのかい、テス？」

「ええ」そう言ったとたん、答えに潜む二重の意味に気がついた。

これからどうなるのか、わたしも、彼も知っている。

「じゃあ、好きなようにさせてもらう」ルーシャスが言った。

「ええ」テスはささやいた。

ルーシャスはテスをゆっくりと抱き寄せ、唇を重ねた。テスの体は燃え上がり、たちまちルーシャスに応えた。今度のキスは怒りといらだちの味がする。欲望は言うまでもなく。いらだちは――たしかに感じる。心の痛みも。わたしはこの人を傷つけてしまった。だから、口にお仕置きをされているのよ。彼はキスがわたしを狂わせると知っているみたい。

「あなたを傷つけるつもりじゃなかったの」テスはルーシャスの唇につぶやいた。まるで自分ではなく、彼の口が言葉を並べたようだ。なぜか彼女の手はルーシャスの胸へ這い上がり、彼の鼓動をてのひらに感じていた。

やはりルーシャスの顔からはなにも読み取れない。「それはわかっている」彼は言った。けれども、テスはキス――ルーシャス・フェルトンとのキス――をめぐる大切なことに気づいていた。キスは馬の顔に似て、嘘をつかない。それは直感でわかった。その直感は同時に、彼女の弱点は膝の裏で、荒い息遣いは厄介ごとのしるしだと告げている。「あなたが独身でいる理由を忘れていてごめんなさい」テスはあとずさりをした。

ルーシャスはお辞儀をしたが、なにも言わなかった。もどかしいほどの想いは彼の目から消えている。その顔には上品なよそよそしさしか見えない。

ドアが開き、グリセルダがおしゃべりをしながら飛び込んできた。「まあ、テス！」彼女は声をあげた。「この知らせを聞いたら悲しくなるでしょうけれど、兄は急用でロンドンへ出かけたわ。なるべく今夜のダンスまでに戻るそうよ」

「ダンス？」婚約者が出かけても、テスはちっとも悲しくなかった。

「身内だけの催しよ」グリセルダは言った。「わたしたちとメイトランド一家との。ブリンクリーに三重奏団を探させたら、ちゃんと手配してくれたわ」たしかに、彼女に続いて入ってきた下僕たちが居間の家具を片づけてダンスフロアを作り始めた。

ふと、テスはグリセルダの計画を思い出した。そういえば、ワルツを踊る場を作り、ルーシャスが求婚するよう仕向けるとか。アナベルが彼を口説くのをやめたことを考えて、テスはやけにほっとした。

ルーシャスはふたりから離れ、窓から暗い中庭を見つめていた。テスには薄暗いガラスに映る彼の顔が見えた。厳しい面持ちだ。慎みと礼儀作法を重んじる男性の顔。

初めて会ったときに思ったような、天使ではないわ。

17

ほどなく居間は人でいっぱいになった。レディ・クラリスとジリアン・ピシアン＝アダムズが、ジリアンのレティキュールの話をしながら入ってきた。イモジェンがレイフと腕を組んであとに続く。彼女はうっとりした顔で彼を見ていた。アナベルの助言に従って、ドレイブンを嫉妬《しっと》させる作戦だ。レイフは弱りきった顔をしていた。おそらく一杯飲みたい心境だろう。

「びっくりさせるものを用意したの！」グリセルダがレディ・クラリスに熱心に話している。「ささやかな楽団よ。シェイクスピアが書いたように、ダンスは神々に捧げるものだから」

彼女は一瞬ためらった。「神々に捧げるものは音楽だったかしら？　いつも忘れてしまうのよ」

レディ・クラリスはジリアンと腕を組んだ。「ねえ、教えて下さる？」

「〝音楽が恋の糧《かて》であるなら、演奏してくれ〟」ジリアンは素直に答えた。「『十二夜』のせりふですわ」

「なんて教養があるのかしら」グリセルダが感心すると、レディ・クラリスは得意げな母親のようにほほえんだ。

ジリアンはレディ・クラリスに作り笑いをしてから続けた。「〝うんざりするほど聞いたら、恋にも嫌気がさし、思いも尽きるだろう〟これも『十二夜』です」数日前とは打って変わって、ジリアンは婚約者の腕にすがっている。「あなたはすばらしいオーシーノ公爵を演じるでしょうね」ジリアンはドレイブンに言った。「結婚したら、まずはあなたを主役にしたお芝居を上演しなくては！」

「暗記は苦手でね」ドレイブンが言った。そうに違いない、とテスは思った。

「あら、暗記など簡単ですわ！」ジリアンが強調した。「わたしはオーシーノのせりふを全部暗記していますの」彼女はドレイブンの腕を放し、芝居がかった調子で話し始めた。「〝その曲をもう一度！　はかない調べだった。ああ、耳に届いた甘い音。すみれの花が咲く丘を吹く風が、香りを盗んできたようだった〟」

テスはしばらく様子を見るうちに気がついた。ミス・ピシアン＝アダムズは婚約者に次々と文学を語って、婚約を破棄させる気なのね。

「毎日午後にはあなたのせりふを読んでさしあげます。いいえ、夜にも読みましょう。一カ月ほどで、あなたはシェイクスピアを演じられるようになるわ！」ジリアンは請け合った。

ドレイブンはどう見ても未来の妻を嫌っている。だが、そのとき部屋の奥で音合わせをしていた弦楽器がぶうんと鳴った。

「まさか夕食前には踊れませんわ」レディ・クラリスが顔の前で扇を振った。

「踊れますとも！」グリセルダが明るく言った。「老けた気分になってはだめよ、レディ・クラリス。知らないうちに本当に老け込んでしまうわ！」

レディ・クラリスはきっと歯をむき出した。

レイフがブランデーのグラスを片手にテスに歩み寄った。「どうしてイモジェンはあんな振る舞いをしているんだ？」彼は小声で尋ねた。

「あら、なんの話？」テスは目を丸くしてみせた。

「なんの話かよくわかっているくせに」レイフは言った。

イモジェンが部屋のいっぽうで手を振り始めた。「レイフ！　ねえ、レイフってば！」

「妹の振る舞いのどこがまずいというの？」テスは笑いをこらえながら言った。

レイフは困り果てた顔で肩越しに振り向いた。「あれをやめさせてくれ、テス」

「無理よ」テスは慎みをかなぐり捨てた。レイフはわたしたちの後見人なのよ。ドレイブンからイモジェンを守る役目を果たしてくれなくちゃ。

「どうして？」レイフは酒をあおった。

「イモジェンにメイトランドを避けてほしいから」テスは声を落として言った。

「だからイモジェンはわたしにつきまとうのか？」

「これも後見人の務めだと思って」テスは言った。そしてレイフが文句を言いかけると、だめ押しをした。「妹はメイトランドの前で面目を保たないといけないのよ、レイフ！」

「なるほど」

「レディ・クラリスはイモジェンがメイトランドに寄せる気持ちを快く思っていないわ」テスは小声でささやいた。

「ああ」

レイフはなんて鈍感なのだろう。テスがこれまで会ったなかで、勘の悪さは一、二を争う。彼は鼻を鳴らして、どこかへ向かった。イモジェンのところだといいけれど。

全員が踊るには男性の数が足りないので、テスは最初にふた組のカップルがカントリーダンスとワルツを踊るのを見ていた。

アナベルの胸はテスのドレスの襟ぐりからこぼれ落ちそうだ。彼女はルーシャスと結婚したくないと言ったくせに、気が変わったと言わんばかりに彼にほほえみかけている。

「夕食後にまた踊りましょう」グリセルダがテスに声をかけた。「ねえ、あなたも踊ってね。そのころには兄もロンドンから戻ってくるわ！」グリセルダが思わせぶりにほほえみ、テスはメインが外出した理由をはたと思いついた。

ロンドンへ婚約指輪を取りに行ったのだ。たぶん、一家に伝わる指輪を。来るべき結婚の象徴。メインの財産と、ふたりが――お互いに寄せる愛情を表すもの。

音楽の演奏は続いていたが、テスは部屋の隅を歩いて、そっとドアから出た。

テスは廊下を歩いていった。とにかくスコットランドの素朴な生活に戻りたい。そこには大好きな妹を、ミスター・フェルトンはもちろん、周囲の男性の目を引く妖婦《ようふ》に変えるシルクのドレスがないのだから。父の家に戻りたい。磨かれた大理石やローズウッド材の家具や上品な微笑を見ないで済む場所に。涙で目がひりひりする。背後で居間のドアが開き、急に音楽が大きくなった。

テスはさっと向きを変え、右手のドアを開けてなかに入った。その小さな部屋はかつて音楽室だったらしい。片隅にハープが置かれ、大きな椅子にはコントラバスが立てかけてある。小型のハープシコードはいっぽうの壁に押しやられていた。突き当たりには出窓があり、真紅のベルベットのカーテンが掛かっている。

テスは出窓の腰掛けに座り込んで、外を見下ろした。中庭の石は雨に洗われ、夕闇《ゆうやみ》にぼんやりとして見える。彼女はごくりと唾をのみ込んだ。なにを泣くことがあるの？　わたしの顔と性格をほめてくれる男性と結婚するのに。これは結婚の出発点としては申し分ない。あの見え透いたお世辞を聞くと、メインの頭がからっぽに思えることは気にしないで――。

わたしは未来の夫のことをそんなふうに考えてしまうの？

テスは首を振った。自分がどんなに幸運か思い出すのよ。妹たちは良縁に恵まれそうだわ。アナベルがイングランドでいちばん裕福な男性と結婚したら、誰よりも幸せになれる。そうよね？

突然、戸口で物音がした。頬を伝う涙を見られると思い、テスはぞっとした。カーテンを閉め、出窓に身を隠す。部屋をのぞいた人がすぐに立ち去ってくれるといいけれど。

ドアが開き、再び閉まった。部屋を横切る足音。かき鳴らされたハープの弦が空気を震わせる音。テスはまたもやこぼれた涙を拭った。壁紙にはたわわに実るりんごの木々が描かれている。テスはそっと息を吸おうとして、壁のりんご園に頭をもたせかけた。ひと晩じゅう、喜んでここにいるわ。アナベルがミスター・フェルトンを誘惑する姿を見るのは癪にさわる。そう、癪にさわるだけよ。

　そのときカーテンが引かれ、テスは飛び上がった。

誰が来たかはわかっていた。たとえ自分をだましていても、彼が部屋に入ってきたとたんにぴんと来たのだ。

　彼は翳りを帯びた目で彼女の目をのぞき込んだ。「やあ」

　テスはなにも言わなかった。

「ぼくはきみを追いかけているように見えるんだろうな」

　ふと、テスは体じゅうが息づいたような気がした。血液が全身を駆けめぐり、頭がくらくらする。それでも彼女はなにも言わず、彼が目尻に皺を寄せる様子を見ていた。

「またぼくにキスされると思っているんだね」

　しゃべるのよ、とテスは自分に言い聞かせた。「あなたはそれが特にお好みだったもの、ミスター・フェルトン」

「たしかに」ルーシャスはつぶやいた。今の彼はさほど鈍感にも、無表情にも見えない。どこかけげんそうな目をしている。

　ルーシャスは音もなく、猫のようにテスに近づいた。彼女は壁に背中を押しつけ、ひたすら呼吸をした。ルーシャスの唇——彼の体——が迫っている。でも、顔をそむけられない。「もうキスはしないよ、テス」ルーシャスは言った。「きみは他人のものだ。悪い癖をつけたくない」

失望感がテスの指先まで伝わった。「癖になったら困るわね」彼女も目を伏せて同意した。「結局、きみはほかの男の求婚に応じたんだから」ルーシャスはテスの頰にかかる濃いまつげを見ながら言った。

そのとき、ドアが開く音がした。ルーシャスはますますテスに近寄った。彼の肩に掛かっていたカーテンが垂れ、ふたりを出窓に閉じ込めた。テスの評判を守るには、ルーシャスが目の前に立ち、お目付け役がいないことを隠すしかないのだ。

カーテンの向こうで女性が勢いよく話し出した。

部屋のなかは王立証券取引所のようににぎやかになったが、ルーシャスは気に留めなかった。窓の外が暗くなるにつれ室内も薄暗くなったが、彼にはテスのなめらかな頰が見えた。華奢な顎へ続くライン。まつげの落とす影。猫のようにじっとして、静かに消え入りそうな様子。

ルーシャスはゆっくりテスにかがみこみ、彼女の耳に唇を当てた。「もちろん」背後でおしゃべりが続くなかで、彼は言った。「きみがぼくにキスをしてもいい」

テスはしぶしぶ笑みを浮かべた。カーテンの向こうの会話が聞こえてくる。

ある男性——誰あろう、ドレイブン・メイトランド——が話している。「なぜぼくをここに連れ込んだんだ、ミス・ピシアン＝アダムズ？　母がよく思わないだろう」

「お話があるからですわ。先ほど言ったとおりです、メイトランド卿」

　重苦しいため息。

「どうでしょう」ジリアンはゆっくりと言った。「わたしたちはお互いにふさわしくないことを、お母さまに話してもらえませんか？」

「でも、ぼくらが合わないとは思えないが」ドレイブンはぶっきらぼうに言った。「きっとうまくやっていけるだろう。ただ、詩を読む回数は減らしてほしい。特に夕食中は食欲が失《う》せるから。それ以外はかまわないよ」

「わたしたちが結婚しても幸せになれません。わ、わ、わたしは幸せになれないんです」

　しばし沈黙が流れた。「きみがそう感じるなら、きみのほうから婚約を解消すべきだ」

「無理です」ジリアンは言い切った。「お母さまが父の屋敷の権利書を握っていることは、あなたもよくご存じでしょう」

「それを言うなら、ぼくがこの婚約を破棄したら、母は厩舎への援助をやめてしまうだろう。つまり、ぼくらは祭壇へ向かう運命なんだよ」

「でも、メイトランド卿――」

「これ以上話し合っても無駄だ」ドレイブンはそっけなくさえぎった。「ぼくはきみとの結婚がどうしてもいやなわけじゃない。だから、このままやり通したほうがいいんだ。さもないと、まずいことになるからね」

「あなたには感情ってものがないの？」ジリアンが言った。

「ないね」ドレイブンは平然と答える。

「あなたはイモジェン・エセックスと結婚したほうがはるかに幸せになれるのに。彼女も馬に興味を持っているわ。もっと大切なことに――あなたを愛しているのよ！」

「それはわかっている」ドレイブンの声にかすかなうぬぼれが混じった。「だが、彼女はほかの男を探すしかないさ」

「それでも気がとがめないの？」

またしても沈黙。続いて、ドレイブンが「別に」と言った。テスはイモジェンがこの場にいればいいのにと思った。ドレイブンの答えはいやに説得力がある。イモジェンがほかの男性と結婚しても、彼は本当に平気なんだわ。

「ミス・イモジェンは持参金代わりの馬を持っているんですって」ジリアンは別の手を試してみた。「とても有名な馬だとか。あなたの厩舎にすばらしい補強ができるでしょうね」

「もうたくさんだ」ドレイブンは言った。「母はぼくたちの結婚を決めた。たしかにイモジェンは美人だが、厄介な妻になりそうだ。ぼくはあの手の感情をごく短いあいだしか受け止められない。その点、ぼくときみはお似合いだろう。イモジェンはぼくに過剰な献身を求めるはずだ」

テスが声をあげようとすると、ルーシャスが彼女の唇に指を当てた。

だが、ジリアンはあきらめなかった。「お母さまの言いなりで、よく恥ずかしくありませんね」せせら笑うような声だ。「結婚生活が楽しみですわ！　昔からわたしは、母親の財布の紐に引きずられる軟弱者と結婚するつもりでしたの！」

「まあ、きみが青白い顔の魔女でなければいいか」ドレイブンは初めて嫌味な言い方をした。

「そうですわ」ジリアンは冷たく言い返す。「あなたのように浅はかな男性と結婚すれば、わたしもかなりおとなしくなるでしょうね。じゃじゃ馬の矯正法は、つねに思いどおりにさせることですもの。わたしが家計を握ったら、賭博《とばく》は控えてもらいます。お義母さまはまかせて下さるでしょう。わたしに好意的ですもの」

ジリアンがひと息ついても、ドレイブンはなにも言わない。

「お義母さまもお気の毒に」ジリアンは続けた。「未亡人が全財産を管理しているなんて、珍しい話ですこと。それでも、お義父さまの判断は責められません。お義母さまも納得されているようですし。あなたはポケットに二ギニーあれば一ギニーを賭けに使わずにいられないと、お義母さまは思っていらっしゃいますもの」

「きみは教養を振りかざすことで本性を隠していたのか。母をだましたな！」ドレイブンはあきれ返ったように言った。ルーシャスの目が笑いできらめいた。

「きみは――ぼくのこともだましたんだな！」ドレイブンは息をのんだ。

「がみがみ女でいるか、教養ある淑女でいるかは、わたしの自由ですもの。結婚したらどちらになるかを賭けます？」ドアが開かれ、人がすばやく出ていく音がした。

ルーシャスはテスの耳に唇を当てた。「ふたりとも出ていったかな？」彼は息を吸った。

ルーシャスの手はテスの背中に当てられている。ドレスを着ているのに背中が熱く、焼けつくようだ。もっと抱き寄せてほしいと思ってしまうなんてぞっとする。

「しーっ！」思ったとおり、じきにブーツが床をこする音がした。続いて不満げにハープの弦が弾かれ、耳障りな音が響いた。再びドアが開かれて、ばたんと閉じた。

ルーシャスの手がテスの背中から離れた。「あのふたりはうまくいきそうもないね」彼はテスから離れようとしないし、ベルベットのカーテンを開けようともしない。「ミス・ピシアン＝アダムズは、メイトランド卿の知能は一一歳で成長が止まったと思っているようだ」

「無理もないわ」テスは言った。「メイトランドがイモジェンを失望させないとわかりさえすれば、妹が思いをかなえられるよう応援するのに」

「やれやれ」とルーシャス。「おとなしいミス・エセックスに意外と残酷な面が現れたな」

「わたしはおとなしくなんかないわ」

「いいや、おとなしいよ」ルーシャスは愉快そうだ。「きみはほかの人を眺めてばかりいるよね。観察しているんだ」

「それはほめ言葉とは思えないわね」テスは言った。

「いいや」ルーシャスの指がゆっくりとテスの頬を滑り降りる。「ぼくはただ、きみが根っからの観察者だと気づいただけさ。騒動に飛び込まず、静まるのを待っている」

テスは眉をひそめた。「なんだか侮辱されているみたい」彼女はカーテンに手を伸ばした。

「たしかに――」

ところがルーシャスに手を握られ、テスはカーテンを引けなかった。突然、彼はテスの両手をつかみ、てのひらを唇に押し当てた。

たちまち、テスの心臓は再び激しく打ち始めた。「じゃあ、ぼくは間違っているのかな？」ルーシャスはテスをひたと見つめた。

「もちろんよ」テスは言ったが、なんの話かわからなくなっていた。

「自分の身に起きることを素直に受け入れないのかい？　ぼくのキス。メインの求婚……」

「しかたないでしょう」テスはルーシャスを見上げた。彼女は両手を引こうともしなかった。

「あなたは、わたしには理解しがたい気まぐれでキスをしたわ。本気で結婚したいという意思は見せなかった。メイン伯爵はわたしと結婚したいと――」

「やはりきみには理解しがたい理由で？」ルーシャスはささやき、テスのてのひらに次々にキスをした。

「たぶん」テスはなんとか返事をした。「わたしは長女だから、妹たちが社交シーズンを送れるような結婚をしなくてはいけないの。わたしの行動は臆病さからではなくて、常識から出たものよ。柄にもないロマンチックな気分のせいだと、あなたは言っているようだけれど。わたしはそんなことができない性分なの」彼女が手を引くと、ルーシャスは放した。キスをされた両手はほてっている。テスは出窓を離れ、切れた弦が垂れているハープを避けて通った。

背中にルーシャスの熱い視線が突き刺さる。そこで、テスはドアを開ける寸前に振り向いた。「いったいわたしにどうしてほしいの？」腹立ちまぎれに言う。「あなたがときどき魔が差してキスしたと、レイフに泣きつけっていうわけ？　わたしは子供ではないわ。それとも、あなたのいやいやながらの結婚の申し込みを受けるべきだったと？　それは伯爵の求婚を受けるより臆病じゃないの？」

「きみがぼくと結婚したいならね」

テスはその言葉を無視した。「あなたはしかたなく求婚したのよ」

「では、きみは熱意を感じれば承諾するのか？　ぼくのキスに応じたのは、ぼくがすっかり夢中になっていたからかい？　メインの求婚を受けたのは――」ルーシャスはためらった。

テスは会釈をして背を向けた。「そうよ。彼がわたしとの結婚を心から望んでいるから。あなたは女性が将来を切り開く力を買いかぶっているようね、ミスター・フェルトン。わたしの考えでは、本当に心を寄せてくれる男性を見きわめ、その人を選ぶことがいちばん大事だわ」

テスは部屋を出た。あとに残されたルーシャスは、うっすら笑みを浮かべてドアを見つめていた。

これまでずっと観察を欠かさなかったテスだが、このときばかりは観察者ではいられなかった。

18

ホルブルック・コート
午後早く

スカートのひだ飾りを怒りで震わせている女性を前にして、レイフは彼女がなにをまくし立てているのか考えようとした。「なんの話だい、レディ・クラリス？」

「申し上げたとおりですわ」彼女は言い捨てた。「あなたの被後見人はうちの息子に媚を売ったんです。あの娘が身を滅ぼすのを放っておかないと思ったら大間違いですよ、公爵。身を滅ぼせばいいんです！　今すぐあの娘をスコットランドへ追い返せば、まあ、あの無鉄砲な行いを勘弁してもいいでしょう」

レイフは深呼吸をした。「いったいミス・エセックスがなにをしでかしたんだね？」

「長女ではありません。落馬でけがをして、こちらの屋敷に運ばれてきた娘です！」レディ・クラリスは金切り声をあげた。

「事故のことは聞いたよ。で、ミス・イモジェンがなにをしたんだ？」

「あの娘は——あの娘は——。ご自分の目でお確かめになって」レディ・クラリスはぶっきらぼうに言った。「ミス・ピシアン＝アダムズが息子の愚かさを許してくれるといいんですけれど。これもすべてあなたのせいですよ、公爵。それを言いに来ましたの。すべてあなたのせい！　あなたは後見人にあるまじき行動を取ったんです。端からわかっていたことでしたけれどね」

「だが——」

レディ・クラリスは部屋を出ようとして背を向けた。「医者の話では、今日はあの娘を動かせませんの。でも、明日の朝いちばんに馬車を寄こして下さい。そうして下さらなければ、こちらの馬車で送り返します。使用人の目など気にしませんわ！」

レディ・クラリスがフランスの香水の香りを振りまき、狐《きつね》の毛皮を揺すって出ていくのを、レイフは目をぱちくりさせて見送った。「ブリンクリー」彼は執事を呼んだ。

「はい、閣下」

あいかわらずブリンクリーは落ち着いている。まるでなにも知らず、なにも考えず、醜聞には耳を貸さないかのようだ。しかし、レイフもばかではない。「いったいレディ・クラリスはなにを言っているんだ？」

ブリンクリーは唇を結んだが、レイフはそこにかすかな笑みを見て取った。「ミス・イモジェンはメイトランド卿の心を射止めたようでございます」

「心を射止めた？」

「メイトランド卿はミス・イモジェンに求婚なさったとか」ブリンクリーが言った。「朝食の席で母上に報告されたようです」

「求婚しただって！」レイフは仰天した。「メイトランドはイモジェンと結婚できないぞ。ミス・ピシアン＝アダムズと婚約しているじゃないか。彼女も朝食の席についていたのか？」

「いいえ、わたくしの知るかぎりでは」ブリンクリーが答える。「ほかにもなにかございますか？」

「ない」レイフは言った。早くも頭痛が始まったような気がする。そういえば、日が高く昇るまで酒は飲まないことにしていた。今日は皆既日食になるかもしれないぞ。

そのときルーシャスが部屋に入ってきた。いかにも彼らしく、レイフの話を聞いても眉を上げただけだった。

「こんな場合、後見人はどうしたらいい？」レイフはルーシャスに尋ねた。「わたしはこの結婚を阻止できると思うんだ。イモジェンが成人年齢に達しているかどうか思い出せないが、彼女がいくつだろうと、わたしには結婚をやめさせる権利があるはずだ。それにしても厄介な娘だな」レイフはしみじみとぼやいた。「レディ・クラリスはかんかんだ。ご機嫌うかがいに参上するしかあるまい」

「後見人の務めだね」ルーシャスはいたずらっぽい目つきをした。「礼儀正しくして、ことを丸くおさめるんだ。この際、きみが犠牲になってレディ・クラリスに身を捧げたほうがいい」

レイフは彼をにらみつけた。「ことを丸くおさめたいよ。できるものならね」

「ミス・エセックスと妹は、いつメイトランド邸から戻るんだい？」ルーシャスはすでに顔をそむけ、テーブルに積まれた本の山に目を通していた。

「明日だよ。明朝わたしが迎えに行く」レイフが言った。「それから騒ぎを鎮めよう」

「騒ぎとはレディ・クラリスのことか？」

「いかにも」

ルーシャスは鼻で笑った。「がんばれよ」

「明日は早起きする」レイフは言った。それだけで立派な犠牲ではないか。「正午には向こうに着かないと」

もっとも、正午を早い時刻とは言わないが。


レイフは問題の屋敷に入っていった。一瞬、彼はわけがわからなくなった。太陽が照りつけ、頭ががんがんする。この時間にこれほど日差しがまぶしいとは。どうりで正午前には起きないことにしたはずだ。

レディ・クラリスは長椅子で体を伸ばしていた。乱れた巻き毛が首に張りついた、実にしどけない姿だ。金切り声をあげてはむせび泣く声が、廊下にいるレイフの耳にも届いた。執事がドアを開けると彼女は顔を上げ、一瞬レイフを見つめてから再び泣き出した。「もう手遅れです！　ああ、わたくしの息子が！」

全身の細胞が逃げ出せと告げたが、レイフはのろのろと部屋に入った。「レディ・クラリス、どこに——」

「あのいまわしい娘」レディ・クラリスは体を起こし、レイフを鋭くにらみつけた。「ひと目でわかりましたわ。ただのあばずれだと！」

「落ち着いて下さい」となだめる声がして、レイフはそこにジリアン＝ピシアン＝アダムズもいることに初めて気づいた。長椅子の端のほうに座っていたのだ。

「あばずれです！」レディ・クラリスはわめいた。「こうなっては——この不名誉は取り返しがつきませんわ！　わたくしはもうおしまい。人生そのものがおしまいです！」彼女の声は鳥がさえずるように甲高くなった。

レイフは室内を見回し、レディ・クラリスの執事に言いつけた。「ブランデーを持ってきてくれ」

「そうですわ！」レディ・クラリスが声を荒らげ、長椅子に倒れ込んだ。「泥酔なされればいいのよ。よりによってこんな——」声がとぎれ、また泣き出す。レイフはジリアンを見たが、彼女は香水をつけたハンカチをレディ・クラリスの額に当てていた。

レイフがあとずさりして部屋を出ると、執事がブランデーを運んできた。レイフはグラスをつかみ、酒を流し込んだ。背後でまたしても大きな泣き声があがった。自分まで泣き出すといけないので、退散するとしよう。

「ミス・エセックスがいらっしゃる居間にご案内いたしましょうか？」執事が重々しい口調で尋ねた。主人の評判は自分の評判と心得ているらしく、レディ・クラリスと同じくらい悲嘆に暮れているようだ。

ブランデーを飲んでいても、テスから話を聞いたレイフは衝撃を受けた。

「なんだって？　ふたりは駆け落ちしたのか？」レイフは怒鳴った。これではレディ・クラリスと変わらない。

「消えてしまったのよ！」テスの頬を涙がとめどもなく流れ落ちる。「ホルブルック・コートへ戻る支度をさせようとイモジェンを呼びに行ったら、部屋に書き置きがあったの」彼女は涙に濡れた皺くちゃの手紙を差し出した。「わたしにも黙って――」

レイフは便箋《びんせん》の皺を伸ばして文面を読んだ。

愛するテスお姉さま、アナベルお姉さま、ジョージーへ

愛しいドレイブンが駆け落ちをしようと言ってくれたから、もちろん申し出を受けるわ。わたしにとって、彼はどれほど大切な人か知っているでしょう。みんなを醜聞に巻き込んだことを許してちょうだい。でも、こんな話はすぐに忘れられるわ。

愛をこめて

あなたたちの姉妹、イモジェン（レディ・メイトランド）

「こんな話はすぐに忘れられる?」レイフは呆然とした。「この言いぐさはなんだ? イモジェンは駆け落ち結婚がどんな影響を及ぼすかわからないのか?」

「ええ」テスは涙を拭った。「わたしたちは誰ひとり、わかっていなかったと思うわ。レディ・クラリスが教えてくれたけれど……」

「やれやれ。ふたりが出発してどのくらいになる?」

「だいぶ経つわ」テスは答えた。「朝食の直後に屋敷を出たらしいの。きのうメイトランド卿はイモジェンと結婚すると言って、レディ・クラリスを驚かせたのよ。でも、レディ・クラリスのほうは息子を説得できる自信があったようね。とにかく夕食のあいだは、思い直させようと懸命だったわ。イモジェンはその場にいなかったけれど、それでもひどく——気まずくて」

「それでドレイブンは駆け落ちしたくなったわけか」レイフは厳しい口調で言った。

「彼は妹を愛していると思いたいわ」テスは音楽室で聞いたドレイブンの中傷を必死に忘れようとした。

レイフは彼女にハンカチを渡した。「おそらくそうだと思うよ」

テスは鼻をすすると、意見を変えた。「メイトランド卿がイモジェンに恋していないことはわかっているの。でも、あの子は彼を愛している。それだけで幸せな結婚ができるんじゃないかしら。あなたはどう思う？」

レイフはためらった。「知り合いの夫婦の多くがこういう関係だと思えば、幸せになれると思わずにいられないね」彼は髪をかきあげた。「まったく、われながら最悪の後見人だ！　きみの父上の頼みを断るべきだった。仕事が始まって一週間足らずで、もう被後見人のひとりの評判はがた落ちだ。しかも駆け落ちの相手は、メイトランドのような道楽者ときている！　父上は今ごろ天国でわたしをののしっているだろう」

テスはレイフに弱々しくほほえんだ。「父がイモジェンにメイトランド卿は金遣いの荒い競馬狂だと話しても、妹の恋を止められなかったの。父はね、メイトランド卿によく似ているのよ」

「イモジェンを部屋に閉じ込めるべきだった」レイフがつぶやいた。「今後、きみたちが外出するときはかならず馬丁とメイドを付き添わせる。いや、馬丁ひとりとメイドふたりだ！」

そのときドアが勢いよく開いた。「わたくしは息子の婚約者に付き添われていますのよ。婚約者にね！」レディ・クラリスは声を震わせた。「あなたの被後見人がうちの息子をたぶらかしたことを、そちらからミス・ピシアン=アダムズに弁解するのが筋でしょう」

ジリアンはレディ・クラリスのあとから部屋に入ってきた。満足しきっているように見える。

レイフがグラスをサイドボードに叩きつけ、ローズウッド材の天板にブランデーが飛び散った。「あなたの放蕩息子がわたしの未成年の被後見人をさらっていくのを、どうすれば止められたというんだね？　これは完全にメイトランドに非がある。世間知らずの娘を言葉巧みに誘惑し、愚かな真似をして彼女の評判を地に落としたんだぞ！　謝罪を受けるべきなのはミス・エセックスだ。妹をあなたのどら息子に奪われたんだから！」

レディ・クラリスはレイフの怒声にたじろいだが、すかさず言い返した。「あの娘こそ泥棒猫だわ。名家の出でもなく、持参金は馬一頭ですよ！　ドレイブンはうんざりするほど馬を持っているのに。わたくしは息子が欲しがるままに馬を与えてきたんですのよ」

テスは部屋の奥へ下がった。なぜイモジェンはみんなをこんな目に遭わせたの？　だが、テスには答えもよくわかっていた。イモジェンが駆け落ちした理由は簡単だ。たとえジュリエットがロミオに愛されたようにドレイブン・メイトランドに愛されなくても、彼女はシェイクスピアが創ったヒロインそのままに情熱的だから。イモジェンは欲しいものはかならず手に入れる。おとなしく様子を見たりしない。ただし、とテスは自分に言い聞かせた。イモジェンはジュリエットよりずっと長生きして幸せになるわ。

「あの尻軽女は」レディ・クラリスが甲高い声を出した。「わたくしばかりか息子の婚約者も悲しませたんですのよ。未来の夫をふしだらな娘に奪われて、どれほどの心痛を――」

「もうたくさんだ！」レイフが怒りを爆発させた。

ジリアンは絞首刑を逃れた死刑囚のような笑みを浮かべ、〝心痛〟をあらわにしていた。レイフがドレイブンのことを延々とこき下ろしている隙に、彼女はテスに歩み寄った。「わたしは今回の件に手を貸していないけれど、どうしてもあなたに謝りたくて。妹さんの評判があまり傷つかないといいわね」

「どうか気にしないで」テスは力なく答えた。レイフはブランデーのデカンターに手を伸ばしている。「レイフ」テスは呼びかけた。「駆け落ち結婚はスコットランドへ行かなくてはできないわ。途中でメイトランド卿に追いつけないかしら？　イモジェンは——事情をわかっていると思えない——まだ子供よ」彼女はすすり泣いた。「メイトランド卿がどんな人かもわかっていないのに」

「ひどい人ではないわ」ジリアンがテスを思いやるように言った。「わたしは婚約を解消できて嬉しいけれど、妹さんはメイトランド卿を心から愛しているのね」

「お願いよ、レイフ」テスはジリアンの言葉が耳に入らなかった。「イモジェンを引き止めてくれない？」

「無駄だね」レイフがうんざりした口調で言う。「メイトランドは猛烈に馬車を飛ばす。ただの旅行でもそうだ。追われているかもしれないとなれば、ますます急ぐだろう。しかも、彼の馬はよく走る。向こうが五時間も先に出発しているのに、追いつけっこないさ」彼はブランデーをあおった。

「せめて、やってみて」テスは言い張った。

「今、イモジェンを連れ戻すのは果たして得策かな」レイフが言った。「彼女の評判はめちゃくちゃだ。恥だけ掻くより、恥ずかしい結婚をするほうがましじゃないか」

テスは怒りをこらえ、ジリアンとレディ・クラリスにお辞儀をした。レディ・クラリスは顔にハンカチを当ててすすり泣き、ほかの三人など見向きもしない。「失礼ですが、ホルブルック・コートへ戻り、妹たちに知らせなければなりません。イモジェンが……結婚したことを」

「わたしは午後になったらロンドンへ戻るわ」ジリアンが言った。「気持ちよく別れられないのは承知しているけれど、ミス・エセックス、ロンドンで再会するのが楽しみよ」

テスはぼそぼそと挨拶をして、その場を逃げ出した。廊下に出たとたん、涙があふれ出した。わたしのかわいい、愚かな妹。長い年月、イモジェンがレディ・メイトランドの称号を追い続けた結果がこれだなんて。

テスは階段を駆け降りていき、ルーシャス・フェルトンの声を聞いて足を止めた。入口に立っているルーシャスは着いたばかりらしく、外套《がいとう》を身につけている。「ミス・エセックス」彼は早足で数歩近づいた。

「だめ――」テスは震える声で言った。やがてルーシャスがそばに来て、大きな白いハンカチを出した。

「しーっ」ルーシャスはテスの濡れた頬を拭った。「話は聞いたよ。これからふたりのあとを、駅馬車街道が続くかぎり追いかける。やってみる価値はあるさ。メイトランドの馬ががでもして、よぼよぼの駄馬を借りて国境を越えるはめになるかもしれないからね」ルーシャスは顎を引き締めた。彼はドレイブン・メイトランドより一枚上手と見える。

「わたしも行くわ！」テスはルーシャスの腕をつかんだ。

「だめだ」有無を言わせない口調だ。「きみも妹さんのように名誉を傷つけたくないだろう、テス」

彼女は唇を噛んだ。「もちろんそうだけど」

「ただ――」ルーシャスは言いかけてやめた。

テスは戸惑ったが、ルーシャスはなにも言わない。そこで彼女はこう言った。「公爵邸に戻って、アナベルとジョージーに報告しなくちゃ。ふたりとも取り乱すでしょうね」

ルーシャスはお辞儀をした。「妹さんを連れ戻すために最善を尽くすよ」

「あの――」だが、テスに言える言葉では気持ちを伝えきれない。「気をつけて」やっとのことでささやいた。

ルーシャスはテスにゆがんだ笑みを見せて歩み去った。

19

翌朝

「きみがこの件を気に病んでしかたないなら」メインはテスの両手を唇に運び、しばしキスをした。「ただちに結婚しよう」

テスは眠れない一夜を明かして疲れきり、自分たちのみじめな状況に困惑しきっていた。とうてい結婚の準備にかかる気にはなれない。

メインはテスを一瞥して、どんな返事が返ってくるか見当がついたようだ。「結婚すれば、ぼくがアナベルとジョージーをロンドンへ連れていき、ふたりをイモジェンの駆け落ち事件から隔離しておける」彼は続けた。「イモジェンの行状が、アナベルの花婿探しに悪影響を及ぼさないといいんだが」

グリセルダが向かいのソファで同情するようにほほえんだ。「今は結婚なんて考えられないのよね」

「ええ、そうなの」テスは感謝して言った。

しかし、グリセルダはすぐにてのひらを返した。「テス、こんなことをごり押ししたくはないけれど、早くアナベルの評判を守ってあげないと。あなた方はスコットランドの跳ねっ返りだと上流社会の面々に思われたら、一巻の終わりよ。北部地方の女性の道徳観は誤解されているの」

テスは顔をしかめた。ロンドンっ子の偏見にぺこぺこするいわれはない。だが、グリセルダの話には続きがあった。

「率直に言うわね」グリセルダはやわらかな物腰で迫ってくる。「アナベルは美人よ。とびきりの美人。好きな相手と結婚できる。でも言わせてもらえば、最高に望ましい女性ではないの」

テスはうなずいた。この話がわたしとメインの結婚にどうつながるのかしら。

「取り返しがつかないわ」グリセルダが言う。「アナベルがイモジェンと同類だと判断されたらね。それに、レイフはあなた方のお目付け役を一日か二日しか用意しなかったという噂が流れたら、アナベルの評判は台無しよ。怒ったレディ・クラリスがうかつなことを言い出すかもしれないし」

テスはグリセルダをまじまじと見た。彼女の顔には固い決意がみなぎっている。

グリセルダは立ち上がった。「アナベルが有利な結婚をするチャンスは消えそうね。長年ロンドンで過ごした経験から断言するわ。ええ、アナベルは結婚するわよ。でも、求婚者はわたしが彼女に望む器の男性じゃない。まあ、この件は当事者のあなた方にまかせるわ。どんな結論になっても、わたしはあなたたち三人を中傷から守るために最善を尽くすわよ、テス」そう言うと、グリセルダは手をひらひらと振り、励ますような笑みを兄に向けて部屋を出た。

「レイフは精いっぱい後見人の務めを果たしているよ」メインが言った。彼はまだテスの手を握っている。「だが、あまり社交界に顔を出さない」

テスにもわかっていた。愛すべき後見人は酒に溺れ、社交界で好印象を与えようとは思ってもいない。

「レイフはアナベルとジョージーの力になれないだろう」メインは静かに言った。「でも、ぼくなら力になれる。テス、きみさえ望めばね。きみが二、三日後にメイン伯爵夫人として現れたら、社交界の連中はすぐに付き従う。グリッシーは、イモジェンが駆け落ちしたときに、ぼくらはもう結婚していたように見せかけるのがいちばんだと考えているらしい」

テスは息を吸い込んだ。「あなたはわたしを愛しているから結婚するわけじゃないわ、メイン卿。それに――わたしの知るかぎりでは――どんな……不道徳な感情に駆られたわけでもない」彼女は頬が紅潮していくのがわかった。

「いや、それは違う」メインは目にいたずらっぽい笑みを浮かべ、テスの手をぎゅっと握った。「ぼくはきみに対して、実に不道徳な感情を抱いているんだ」

なんてこと。答えをはぐらかさないときの、正直なメインはとても魅力的だわ。「お互いに好意を抱いていないことが気にならない？」

「その逆だったら気になるね。ぼくに言わせれば、敬意と心からの愛情だけに根ざした結婚は往々にして災いを招く。ぼくらは相手にちゃんと好意を持てると思うが、すさまじい結婚生活は願い下げだよ」

「つまり、あなたに言わせれば、愛には嵐《あらし》がつきものなのね」テスは片方の眉を上げた。

「愚かでロマンチックな愛にはね」メインは答えた。「きみを心から大切にするのは別に難しいことではない。お互いにそんな気持ちを抱けるといいんだが。でも、ぼくはロマンチックな恋という名の熱病にかかって結婚したりはしない。ぜったいに」

テスはメインが本気なのだとわかった。「なぜそこまでひねくれているの?」

メインは肩をすくめた。「あからさまに言えば、胸をときめかせて結婚した人妻たちと情事を重ねてきたからさ。自分が結婚する場合は、いずれ消える情熱に溺れまいと、もう何年も前に決めたんだ。子供は欲しいが、けんかに明け暮れる両親のもとで育てたくない」

「ご両親のことを言っているの?」

「いがみあう夫婦でね」メインは唇をゆがめた。

テスは返事に詰まった。「すばらしい家庭を築くこつなんて、わたしにはわからないわ。母はずっと前に死んだし、父は再婚にちっとも乗り気じゃなかったから」

「一緒にそのこつを探していこう」メインが言った。「きみが承諾してくれたら、ぼくのおじ、主教が今日の夕方ここへ着く。夜明けに使いを出したんだ」

「そんなに早く?」テスは消え入りそうな声で尋ねた。

再びメインの手に力がこもった。「せかしたくはないよ。でも、きみにまだその気があるなら、ぼくらの便宜結婚で妹さんたちを最良の形で助けられる。もう気が変わったというなら、話は別だが」

メインの目に浮かぶ疑問に、テスはぎくりとした。

「ミスター・フェルトンがまだ戻らないわ」テスは藁にもすがる思いで言った。「彼がイモジェンを連れ戻したらどうなるの？　駆け落ちを止めることができたら？」

「この手の話は漏れる。駆け落ちは殺人事件のようなもので、隠しておけないのさ。ルーシャスがイモジェンをメイトランドから引き離せても、失敗しても、彼女はおしまいだ。こうなったら捕まらないほうが幸せだろう」

「よくもそんな！」テスは声をあげた。「メイトランドは愚か者なのよ！」

「それほど悪いやつじゃない」メインが言った。「イモジェンに耐えられないのは、結婚せずに田舎へ追いやられることかい？　それとも、愛する男と結婚できないこと？」

テスがなにも言わないので、メインはさらに続けた。「イモジェンはメイトランドを愛しているんだろう？　彼を見る様子から、淡い恋じゃないのは明らかだ」

「わたしはいやだわ」テスは両手をねじり合わせるように握った。

「肝心なのは、アナベルとイモジェンをメイトランドのような男と結婚させずに済むことだよ」

「ええ、そうね」

「けっこう」メインは即座に言った。「では、明日の朝いちばんに式を挙げよう。おじは多忙な身だから長居はできないんだ」

「明日の朝？　でも——もしミスター・フェルトンが戻らなかったら——」

「さっきも言ったとおり、それは関係ない」メインはじれったそうに答えた。

「そうだったわね」

「きみはぼくを世界一幸せな男にしてくれる」メインはテスのほうに身を乗り出し、彼女の唇に唇をかすめた。さらに唇を重ねたが、そのキスは軽く、さりげないものだった。とても心地がいい。

20

その日の夜

「喜びとはなにかをお教えしよう」ロチェスターの主教が陽気に言った。「それは、この不《ふ》埒《ちら》な甥《おい》っ子がめでたく妻をめとる姿を見ることです。しかも、あなたのような美女を！　これぞ喜びですよ」

テスは主教にほほえもうとしたが、不安になり、唇を動かす前に笑みが消えた。求婚したときのメインは率直だったので、彼とならら結婚できると思った。そう、なんのためらいもなく。でも、今日の午後のように口先だけのお世辞を並べられたら、うろたえてしまう。メインはしじゅうわたしの手を唇に当て、甘い言葉をささやいている。見ているだけでもううんざり。こんな男性と一生暮らしていけるのかしら。

アナベルはその朝、グリセルダに届いたゴシップ紙を手にして、記事に出ている名前をメインに訊いていた。

「それからレディ・Cって――」アナベルはくすくす笑った。

「ぼくにわかるものか。レディ・コールターかな。レディ・クリスタラムかも」

「誰だろうと」アナベルはけらけら笑った。「愚か者であることは確かよ。フランス人と駆け落ちしたんですもの」

「ははあ」メインは納得したように言った。「その女性はレディ・クリスタラムだね。公爵令嬢にして、今は男爵夫人。社交界にデビューしてから落ちぶれるいっぽうだ」

「嘘みたい！」アナベルは興味を引かれた。「あなたって、誰でも知っているの？　このポルトガルの貴族はどう？」

そこへルーシャスが大股で部屋に入ってきた。テスは小さく声をあげて近づいた。だが、彼はかぶりを振った。メインは気の毒そうな顔をしてから、ゴシップ紙に目を戻した。

「なんとかふたりに追いついた」ルーシャスはレイフに話している。

間近で見ると、ルーシャスはいつもの冷静で上品な男性とは似ても似つかない。マントのひだには埃がたまり、ひと晩じゅう馬を飛ばしてきたかのように疲れ切った様子だ。

「埃だらけの服で屋敷に入って申し訳ない」彼はしゃがれた声で言った。

「ふたりに追いついたの？」アナベルが繰り返した。

「相当馬を飛ばしたんだろう」レイフは言った。「どんな手を使った？」

「道路じゃなくて野原を横断したんだ」ルーシャスは言った。「メイトランドの行動は予測がつく。たしかに速いが、当たり前のことしかしない」

「それで、ふたりはどうなったの？」テスは叫んだ。

「イモジェンは戻らないそうだ」ルーシャスがのろのろと答えた。「そして――」彼はあたりを見回し、声を落とした。「もう手遅れだよ、テス。ふたりを引き離すことはできなかった」

テスは泣き叫びたい気分だった。「やっぱり」呆然とつぶやく。

「ふたりはもう結婚したの？」アナベルが尋ねた。レイフがうなずくのを見て、彼女は言葉もなく部屋の反対側へ戻った。

「今回の件は一生恩に着るよ」レイフがルーシャスに言った。

「わたしも」ルーシャスの目から苦しげな表情を消したくて、テスも言った。彼の顔にも同じ表情が浮かんでいたが。

「よしてくれ」ルーシャスの声はけわしい。「ぼくはしくじったのに」

「ごめんなさい」テスは悲しげに言った。「本当にごめんなさい」

「謝ることはない」ルーシャスはあたりを見回した。「きみたちは楽しくやっているようだ。ぼくは部屋に引き取らせてもらう――」

レイフは友人に鋭い目を向けた。「わかった。でも、すぐに戻ってきてくれ、ルーシャス。テスとメインが明朝に特別結婚許可証で結婚するから、ちょっとしたお祝いをするんだ。ほら――」主教を顎で示す。「メインがおじ上を呼んだのさ」

「ああ」ルーシャスはテスに目もくれずに言った。「そういうことなら、まずメインにお祝いを言わないとな」

テスは笑顔がわななくのを感じ、妹と未来の夫のところへ行った。ルーシャスとレイフもそこに加わった。

アナベルはまたゴシップ紙の記事を読み上げ、グリセルダとメインの意見を訊いていた。

三人の夫に不慮の死を遂げられた、さる精力的な未亡人が、このたび四人目の夫を望んでいる。なにしろ、彼女は外見しか知らない男性たちのことをべらべらとしゃべっているのだ。本紙はここに警告する。この未亡人はこのように結婚制度をもてあそぶべきではない。また、彼女の会話に取り上げられた男性はご用心あれ。

「こんなのあんまりだわ」アナベルが声を張り上げた。「この気の毒なレディは誰かしら?」

「ぼくの愛しい妹だね」とメイン。

グリセルダは扇で兄の頭を叩いた。「ばかなことを。わたしには夫がひとりしかいなかったし、再婚するつもりもないから、この記事は当てはまらないわ。その〝精力的な未亡人《プリスク》〟はミセス・ブリスケットのことじゃないかしら」

「そうとも」メインはにやにやしている。「ほら、人の名前が文中に隠されているんだよ、ミス・アナベル」

「ここに載っている全員と知り合いになる日が待ち遠しいわ」アナベルはため息をついた。「〝オペラ風の伯爵夫人〟なんて呼ばれているのは誰? この人は幸せ者みたいね」

いきなりメインが彼女の手から新聞を奪い取り、紙面を見下ろした。顔がこわばっている。

「メイン卿」アナベルはおずおずと声をかけた。「大丈夫？」

「大丈夫だ」メインはアナベルに新聞を返した。「だが、ちょっと――」彼は仰々しくお辞儀をすると、向きを変えて部屋を出ていった。

全員がびっくりして彼を見送った。

ルーシャスが笑顔を作った。「では、ぼくも失礼して」彼はお辞儀をした。「部屋に行くよ。見てのとおり、ひどい格好だから」

「なにか悪いことを言ったかしら？」アナベルがレイフに訊いた。だが、彼はゴシップ紙を読んでいた。そこへテスとグリセルダも近づいた。

噂によると、さるオペラ風の伯爵夫人は新年に出産を控えている。ここ数カ月、彼女と夫君はかたときも互いのそばを離れようとしないと、もっぱらの評判だった。

「ああ」グリセルダが新聞をそっとサイドテーブルに下ろした。「かわいそうなギャレット」

レイフはなにも言わず、部屋を出ていった。

「この伯爵夫人は何者？」アナベルが尋ねる。「それに、メイン伯爵はどうしてこの記事にあれほど衝撃を受けたの？」

「わたしたちには関係ないわ」テスは妹を窓辺へ連れていった。

「そんな！」アナベルはむっとした。「メインはお姉さまの夫になる人よ。あの女性のことを知りたくないの？　彼はあんなにショックを受けていたのに」

「知りたくないわ」テスはそれが本音だと実感した。「そのレディの正体に興味がないの」

「お姉さまはおかしいわよ。すごく！　彼がわたしの花婿だったら――」

だが、テスは窓から中庭を見ていた。「見間違いでなければ」彼女は言った。「今わたしの花婿が屋敷から出てきたわ」

アナベルが息をのんだ。「いったいどこへ行くっていうの？」

折りしも、メインがレイフの手を振り払った。だが、レイフは彼につかみかかり、すごい剣幕で食ってかかっている。

「レイフがなんとかしてくれるわ」アナベルが言う。「メインはどこへも行けないわよ！明日の朝いちばんにお姉さまと結婚するんですもの」

「そうね」テスは外の様子をじっと眺めた。メインが向きを変えて屋敷へ戻ってくる。その表情は暗く、怒りがたぎっていた。

「やれやれ」とアナベル。「これで一件落着だわ。お姉さまは〝オペラ風の伯爵夫人〟に目を光らせなくちゃ。でも、メインの気持ちがどうであれ、あちらは彼に興味がないようね」

「ずいぶん下品な言い方だこと」テスは辛辣な調子で言った。

　レイフもメインのあとから屋敷に戻り、窓からはもうなにも見えなくなった。

21

昨夜は一睡もしなかったので、ルーシャスは入浴後しばし休憩しようと横になった——だが、闇のなかで目を覚ました。どうやら夕食もとらずに眠りこけ、夜を迎えたようだ。つじつまの合わない夢が頭から離れない。テスは笑いながら踊っていたが、扇子を落とした。するとその扇子が兎に変わる。彼女にあげたい、かわいい茶色の兎だ。ところが、彼が兎を追いかけると……。ルーシャスは暗闇に目をこらし、悪態をついてベッドから足を下ろした。

メインはもっと用心しないと、レディ・ゴドウィンにのぼせあがっていることがテスの耳に入ってしまうぞ。

蠟燭に火をつけると、夜ふけではないとわかった。メインも起きているだろう。友人の独身最後の夜を大いに飲んで祝ってやるかという考えがふと頭に浮かんだが、すぐに思い直した。ふたりがイートン校の生徒だったときでさえ、メインはがさつではなかった。不良で鳴らし、好きなことにのめり込み、愛に溺れる男。だが、けっしてがさつではない。

ルーシャスは着替えを済ませ、長い廊下に並ぶ各部屋をのぞいて歩いた。居間、音楽室、朝食の間。結局メインがいたのは、男の聖域たる書斎だった。

暖炉の前のお気に入りの椅子に、メインは座っていた。火はすでに残り火だ。彼は凍りついたように動かず、長い脚を投げ出していた。片手にグラス、もういっぽうの手のそばの床にはデカンター。シャツの裾をズボンから出し、目をなかば閉じて、顔をこわばらせている。

「レイフは?」ルーシャスは尋ねた。

「酔いつぶして寝かせた」メインは顔も向けない。「あの大酒飲みが相手では楽じゃなかったけどね」

「結婚式の真っ最中に頭痛が始まったりしないだろうな?」ルーシャスはまだ戸口に立っていた。自分でも理解できない怒りがこみあげ、声がざらついた。

メインは目を上げたが、ルーシャスに焦点が合うまでしばらくかかった。それから酒を飲み干した。「彼女はきみに恋したかもしれないぞ」くだけた調子で言う。

ルーシャスはどきりとした。彼は歩き出し、通りがかりにうっかりデカンターを蹴《け》った。デカンターは倒れかけたが、メインがぱっとつかんだ。「ぼくのワインをこぼすなよ」

「きみという者がいながら、彼女がぼくに恋するわけがないだろう」

「きみは紳士だな」メインは頭をのけぞらせて天井を見つめた。「彼女はレディだ。髪をばっさり切って、高級娼婦が喜ぶ服を着るようになっても」

ルーシャスは目をしばたたいた。ぼくは勘違いをしていたらしい。メインは去年の春に恋したレディ・ゴドウィンのことを話しているのだ。ところがぼくは……別の女性のことを考えていた。

「ヘレンはきみを愛したかもしれない」メインは続けた。声はかすれ、震えている。「あのろくでなしの亭主を避けるくらいに。やっとわかったのさ。ヘレンは亭主を改心させる手段が欲しかったんだ――オペラ歌手やロシア人の踊り子を屋敷から追い出したかった。そこでぼくに目を向けたが、やはり物足りなかった。相手がきみだったら、その礼儀正しさ、やわらかな物腰、古風な美徳……」声が小さくなっていく。

「誰に訊いても、レディ・ゴドウィンは夫を愛していると答える」ルーシャスはきっぱりと言い、メインの隣に腰かけた。

「ありえないよ」メインは言った。「夫婦仲が円満だったら、ぼくは彼女に近づかなかった。ヘレンとゴドウィンは一〇年も別居していたんだ」

ルーシャスはなにも言わなかった。メインもわかっているのだ。昔のことはいざ知らず、最近のレディ・ゴドウィンは、夫が部屋に入ってくると顔を輝かせる。そして、ちょっと前までオペラ歌手を囲っていたゴドウィンも、今では妻だけを見ている。

「おい、なにも言わない気か?」メインはルーシャスをにらみ、けんか腰で迫った。

「きみは酔っ払っている。もう寝室へ行け。お忘れかもしれないが、明日の朝食後に新婚生活が始まるんだぞ」

メインの目がけわしくなった。「小うるさい道徳家になってきたな。もともと付き合いやすくはなかったが、その上品ぶった態度は我慢ならないよ」

「きみはならず者だから、その発言は聞かなかったことにする」ルーシャスは穏やかに言った。

「訂正しないんだな？」

「しない。だが、泥酔している男とけんかをする気もない」

「ぼくは酔ってない」メインはぎらつく目を暖炉に戻した。「酔えたら苦労はないよ」

ルーシャスは友人の言葉を嚙みしめた。

「へべれけだと思っているな」メインはせせら笑った。「きみのようにご立派な紳士は、牛乳一杯でほろ酔いだろう」

ルーシャスは立ち上がってドアへ向かったが、メインがふらつく足で椅子から立ち上がった。

「昔のきみはこんなじゃなかった」メインはルーシャスの腕を引っ張った。「たしかテムズ川に吐いていたし――禁欲してる今は、そんなことを認められないか？」

ルーシャスが振り向き、すばやく腕を引いたので、メインはよろけた。「あのときは一七歳だった」

「ばかな」メインが鋭く言い返す。「ぼくらの関係が変わったのは、きみがいまいましい母親から商人じみていると言われたせいだ。あれ以来、きみは偽善者になっちまった」

ルーシャスは凍りついた。「母のことを口にするのはやめていただきたいね」下級の悪魔を懲らしめる法王を思わせる声だった。

だが、酔っているメインには当てこすりが通じなかった。「これまできみの家族の話題は慎重に扱ってきた。でも、もううんざりだ。きみの母上は伯爵令嬢かもしれないが、実際は――」彼は危ういところで口をつぐんだ。

　ルーシャスは続きを待った。腕を組んでドアにもたれながら。

　メインは友人が本気で怒っていると気づいたらしく、ぼんやりした頭で事態を好転させる手だてを探ろうとしているようだった。

「それで？」ルーシャスは先を促した。「もっと吐き出したいことがあるんだろう？」

　この際、とことん言ってやろうとメインは決めたらしい。「きみの両親など屁《へ》とも思わないね。きみの母親は、結婚に失敗したショックから立ち直れない意地悪女だ。それにきみは――ひとりよがりな道徳家になってきた。他人に好かれるように見えて、実は誰にも好かれていない人間さ」

　ルーシャスは胸に一撃を食らったような衝撃を受けた。メインは向きを変え、再び椅子にどすんと座った。

「きみの父親は上流社会から追い出された――みみっちい男だ」メインはかすれた声で付け加えた。

　ルーシャスは背を向けたが、椅子から聞こえるメインの声に引き止められた。「手遅れになる前に、そのお堅い態度を捨てろよ。もっとみみっちくならないうちに」

　ルーシャスは歯を食いしばって立ち尽くした。あいつの鼻をへし折ってやりたい。

　だが、ルーシャスが大股で友人に近づくと、いびきが聞こえた。

メインの白いシャツにワインがこぼれていた。くしゃくしゃの髪は額にかかっている。酔いつぶれて――情けない格好だ。

ルーシャスはしばしその場に立ち、目を鋭く細めて友人を見下ろしていた。廊下に出ると、伯爵の面倒を見てやるようにと下僕に伝えた。

それから自室へ戻って、考えをめぐらした。みみっちい男と、酔っ払いと、結婚について。

22

あっけなく翌朝になった。テスは目を覚ましてベッドの天蓋を見つめた。厩舎へ駆けていって、わたしの馬を出してもらおうかしら。でも、どこへ行こう？　なにをしよう？　メインと結婚するのは賢明なことだわ。これでアナベルやジョージーに有利な結婚をさせられる。わたしは資産家で価値のある男性に嫁ぐのよ。メインとは、礼儀正しくて仲がいい夫婦になろう。

テスは冷気に身を震わせながら起き上がった。メイドのガッシーのあとから、湯の入った缶とブリキ製の浴槽が運ばれてきた。

しばらくしてドアがぱっと開いた。「わたしの最愛の兄と結婚するのに、喪服なんか着ちゃだめよ」グリセルダが言った。「ほら、わたしのドレスを一着持ってきたわ。これは半喪服で、とってもゴージャスだから」

テスはびっくりして顔を上げた。「これは着られないわ！」

「着ていいのよ」とグリセルダ。「兄がカラスと結婚するなんて耐えられない。いかにも不吉だもの」結婚を長続きさせるにはわずかな幸運も必要だと言おうとして、彼女は言葉をのみ込んだ。その代わり、部屋のなかを歩き回った。肝心なのは、ギャレットがようやく結婚を決意したことだ。きのうの午後、兄が癇癪を起こしたことを花嫁は知らなくてもいい。

グリセルダはテスを盗み見た。本当に美しい娘だこと。とりわけ、あの背中に流れ落ちるブランデー色の髪。一瞬うらやましくなったが、そんな思いを振り払った。うらやめば、わたしも結婚したいという意味になる。でも、そんな気はない。かわいそうなウィロビーが生きていたころから、結婚生活にはうんざりだった。

メイドがテスの頭からドレスをかぶせた。

「どうかしら」テスは深い襟ぐりを見下ろした。「本当にこれを着てもマナー違反ではないの？」

「もちろんよ」グリセルダは励ますように言った。「半喪服だし、わたしは朝食会で一度しか着ていないの。誰もがワーテルローの英雄、サー・ウィリアム・ポンズビーの死を悼んでいたころ――あなたはスコットランドにいたから別かしら」

「わたしたちだって、フランスとの戦争くらい知っているわよ」テスは鏡の前に立った。ドレスはおしゃれなデザインだ。大きく開いた襟、肩からドレープを寄せた小さな袖。身ごろに小粒の真珠があしらわれ、きらきら光っている。「これでは落ち着かないわ」彼女は本音を漏らした。「式の最中に、こんなに胸を見せるのはおかしいでしょ」

グリセルダはテスのメイドに手を振り、部屋を出ていかせた。それからベッドの端に腰かけた。「ねえ、ざっくばらんにお話しするわね」

「なあに？」

「兄は社交界でも指折りの美女たちと浮名を流してきたの。落とせる人妻であれば、来る者は拒まず」グリセルダはテスを制するように片手を上げた。「美貌の点ではあなたはその誰にも劣らないわ。問題はね、ギャレットが特定の女性に愛情を抱けなかったことなのよ」

「彼は結婚したことがないわよね」テスは自分が話を理解しているかどうか確かめようとして言った。

「当たり前よ！　でも、あなたの言うとおり。要はそこなの。兄の情事が数日しか続かなかったことは、あなたとの結婚にはちっとも響かないわ！」グリセルダは、テスが花嫁学校の優等生であるかのように彼女を見た。

「つまり」テスはか細い声で言った。「彼の——彼の情事は——」

「長続きしなかった」グリセルダがうなずく。「いちばん長く続いた関係でも、一、二週間だったはずよ」

「オペラ風の伯爵夫人と？」

「いいえ」グリセルダはすかさず答えた。「わたしの知るかぎり、ふたりは関係を持たなかった。彼女はちょっとその気になりかけただけよ」

「まあ」テスはつぶやいた。

「でも、兄は結婚するんですもの、なにもかも変わるわ！」グリセルダはドアを開けた。

ふたりは磨かれたマホガニー材の階段を降りていった。廊下に立っていたブリンクリーが深々とお辞儀をして、居間のドアを開いた。

最初にテスが見つけたのはルーシャス・フェルトンの姿だった。部屋に入ると、彼が振り向いたのだ。一瞬、その暗い瞳にとらわれ、テスは戸口で足を止めた。そのときグリセルダが彼女の肩越しに室内をのぞき、けたたましい笑い声をあげた。「花婿はもうすぐ降りてくるわよ」

テスは居間の奥へ進み、気がつくと主教の前でお辞儀をしていた。陽気な主教はテスの頬を何度も軽くつねり、甥は幸せ者だと言った。

テスは弱々しくほほえみ、なにも考えまいとした。アナベルが堂々とした足取りで部屋に入ってきた。

「あなたって、頭にくるほどきれいねえ」グリセルダがアナベルに言う声が聞こえる。ふたりは笑っていた。

ルーシャスが部屋を出ていったことにテスは気づいた。別に見張っていたわけではないけれど。ただ、彼の――落ち着きぶりは公爵にふさわしい気がするだけ。あるいは伯爵に。

どうでもいいことね。

階段を降りてくる足音が聞こえる。きっとメインだわ。

「あれはあなたの夫でしょう」主教が低い声で言った。「けっこう！　もうじき式を始めて、朝食会へ移りましょう。オートミールのおかゆも食べずに婚礼を行うのは異教徒のすることですよ」彼が笑うと腹がゆさゆさと揺れた。

しかし、ドアは開かなかった。

「召使いに声をかけてくるわ」グリセルダが廊下へ飛び出した。テスは深呼吸をしようとしたが、借りたドレスがきつくて息が吸い込めない。

「なんだかわくわくしない？」アナベルがテスの腕に手を通した。「イモジェンもここにいたらいいのに。今でもまだ信じられない――」

そのときドアが開いた。テスがさっと振り向いた拍子にアナベルの手が外れた。

現れたのはレイフだった。

「テス、ちょっといいかい？」

一瞬、室内が静まり返った。

「わたしも行くわ」アナベルが鋭い口調で言う。

「だめよ」テスはそう言って、レイフに歩み寄った。ふと、息ができるようになった。玄関ホールには誰もいない。ルーシャスも、グリセルダも、メインも。

レイフはテスを書斎へ連れていった。「こんな不愉快な知らせを伝えたくはないが」たしかに浮かない顔をしている。

「イモジェンの身になにか？」テスは叫んだ。

「いや」

安堵感が背筋を走った。「じゃあ、なに？」

レイフは髪をかきあげた。「きみの不埒な花婿が逃げ出した」

「逃げ出した？」テスは突然こみあげてきた笑いを嚙み殺した。「その言い方は穏やかじゃないわね、レイフ」彼女は大きめの椅子に近づいて腰を下ろした。この四日間で、初めて落ち着くことができた気がする。頭皮の緊張がほぐれていくみたい。

レイフも向かいの椅子に座った。不安で目尻に皺が寄っている。「メインがここにいたら、たたきのめしてやるのに」再び髪をかきあげる。「彼がこんな真似をするとわかっていたら、きみに紹介しなかったよ。まして縁談を進めたりしなかった！」

テスはレイフに笑みを向けた。「いいのよ、レイフ。わたしは気にしていないから」さらに笑みを大きくしてみせる。

ところが、レイフはテスを見ていない。「わたしがばかだった」彼はつぶやいた。「メインは去年の春から様子がおかしかったんだ。それを知りながら、目をつぶっていた。わたしは後見人の務めに慣れていない。こんなにひどい後見人はどこの国を探してもいないだろう！」

情けなさそうなレイフを見て、テスは吹き出しかけた。「あなたはひどい後見人なんかじゃないわよ！」彼女は明るい声で言った。

レイフは首を振った。「きみはわかっていないんだよ、テス」

「いいえ、わかっているわ。メイン伯爵が屋敷を出て、わたしを祭壇の前に置き去りにしたんでしょ」

「いかにも」

「でも、わたしたちは不似合いだったし」テスは言った。

「それはどうでもいい」レイフが言った。「問題は、あいつがきみに気を持たせたあげくに捨てたことだ。捨てたんだぞ！　まさかこうなるとは！」

「誰にも知られないわ」

「いや、みんなに知れ渡るさ。上流社会の連中は、この手の醜聞を待ち構えている。本当だよ。噂は広まるからね」

「まあ」テスはさほど気にしなかった。

「ひとつだけ解決策がある」レイフは息をついた。「奇妙な手だし、これはこれで騒ぎを起こしそうだが」

「メインを追いかけないで」テスはどきりとした。

「まさか。そんなことはしない。その――実は」レイフは立ち上がった。「この策は別の人間から話してもらう。でも、きみがそれではいやだというなら、わたしから説明するよ」彼はテスに近づいて肩に触れた。「わたしには家族がほとんどいないと言っただろう。後見人としていろいろ失敗をしたが、やはりきみたちを被後見人にできてよかった」

テスはレイフにほほえみかけた。「父があなたに頼んでくれてよかったわ」

レイフは戸口へ向かっていき、ドアを開けた。「じゃあ、ちょっと待っていてくれ」

ドアが閉まると、テスは椅子の背に頭をもたせかけた。彼女はみじめな気持ちになるのを待った。ところが、感じたのは当惑と喜びだけだった。

予想どおり、次にドアを開けたのはルーシャスだった。テスは彼を見上げた。おかしな気分だわ。お父さまが死んだときのように、またしても人生が急転したなんて。

ルーシャスはテスに近づき、手を差し出して立たせた。彼の目は胸もとをさまようことすらなかったが、彼女はふと、このドレスは派手ではなく、官能的で危険だという気がした。

「ミス・エセックス」ルーシャスが言った。「あなたに結婚を申し込みに来ました」

「どうしてわたしと結婚したいの？」テスは彼の顔を見ながら訊いた。

ルーシャスはかすかにたじろいだ。「きみは窮地に追い込まれた」彼は言った。「それもぼくの親友のせいで。名誉ある男として、ここはなんとしても――」

「シルチェスターのレースにワントンを出したいから？」

ルーシャスの驚いた顔を見て、テスはほっとした。

「いいや」

「大変な犠牲じゃないかしら、友人の不始末の尻拭いをするためだけに結婚するのは。あなたは伯爵の弟というわけじゃないんですもの」

「そうだ」

テスは続きを待ったが、ルーシャスはもうなにも言おうとしなかった。もちろん、求婚は断るつもりだ。わたしは手渡しで届けられる薪ではないのだから。テスはルーシャスをやり込めようと口を開いた。

でも、わたしは川の流れにはまった葉のように押し流されまいと心に決めている。自分の人生では、観察しているばかりではないのだ。そんな思いと、イモジェンの得意げな手紙の文面が頭のなかで混じり合った。そして――。

「わかったわ」

ルーシャスがテスの目を見つめた。彼の瞳は堕天使を思わせる炎を放っている。「なぜ?」

テスは両手を口に当てたが、指が震えていた。そこで肩をすくめた。「わたしは結婚しなくちゃいけないの」みごとに言ってのけた。軽やかで、さめた、世間ずれした口調。「あなたには爵位がないけれど、ミスター・フェルトン……」声が小さくなっていく。

「だが、ぼくには――きみが望む財産があるというわけか」

「そんなところね」テスは逃げ出したくなった。

「しかし――」

テスはルーシャスにさっと背を向けた。こんな屈辱には耐えられない。「わたしはあなたに満足してもらえる配偶者になりますわ。お約束します」

「ぼくもそうなるように努めるよ、テス」

「ありがとう」テスは冷ややかに、だが必死にそう言った。もう行かなくては。

「結婚生活の相談をしたほうがいいと思わないかい?」

テスは両手をぎゅっと握った。「結婚のことはよくわからなくて」

ルーシャスがほほえんだ。「きみにその手の知識があるとは思っていないよ」

「あら、わたしのことをご存じないのね」テスはさらりと皮肉を返した。

ルーシャスはテスの顎を指先で持ち上げた。彼女は頬がピンクに染まるのがわかった。

「多少は知っているさ」彼の声は翳りを帯びている。

テスは口を開いたが、ルーシャスがさらに続けた。「きみは、ふたりきりでのんびりと朝食や夕食をとったり……ベッドでココアを飲んだりしたことはある?」

テスは必死に頭を働かせ、気のきいた返事をしようとした。アナベルなら考えなくても言えるのに。「どうしてそんなことを訊くの?」結局、そう問いかけた。ルーシャスの目をのぞき込み、そこに浮かぶ笑みは無視した。「わたしが結婚をどう考えているか、本当に知りたい?」

ルーシャスの目から笑みが消えた。「運がよければ、ぼくらの結婚は長続きするだろう」

それも答えと言えるかしら。「わたしは会話のない夫婦を何組も見てきたの。その人たちはすれ違うだけ。スコットランドでうちの隣の土地に住んでいたミセス・スチュアートは、夫のことを他人行儀に話したわ。本人が隣に立っていても。〝あの人はアスパラガスが嫌いなの〟とか、〝あの人はコテージパイばかり食べるけど、あれは第二火曜日しか作らないのよ〟とか言っていたのよ」

ルーシャスの口の端が上がり、テスははっとした。わたしは彼を笑わせたかったんだわ。なぜなら、そうしないと――。彼女はその続きを考えまいとした。

「ぼくらは会話のない夫婦にならないといいが」ルーシャスはテスの手を取った。「お互い求めるものがはっきりすれば、きっと幸せになれると思う。それに、きみにはぼくに満足してほしいんだよ、テス」

彼はわたしに満足するとは言わなかった。でも、それをどう考えればいいのだろう。

「あなたはなにを求めているの？」そう尋ねてから頬を染めた。これではまるで寝室でのことのように聞こえるかしら？　「あの――ええと――」

ルーシャスの瞳に笑みが戻った。「簡単なことさ」彼は親指でテスのてのひらをさすっている。「お互いにわかり合えたら、よそよそしい関係にならないと思うよ」

「わかり合うことがあるの？」テスはルーシャスを見た。

「そうやってきみに見られただけで、もうよく知られているような、こっちが教えることはないような落ち着かない気分になる」

「まさか！」

「ぼくが馬だったら、今度のレースに勝てるかい？」ルーシャスはテスをしげしげと見た。

つかの間、テスはルーシャスをサラブレッドに見立てようとした。彼はたくましい大きな馬だわ。ライバルを蹴散らす、いきり立った、どんな馬より速い……勝馬よ。

「勝つわ」テスは断言した。「あなたはかならず勝つんでしょ？」

「勝つことが多い」ルーシャスが再びテスの手に目を落とす。「勝負にこだわらないから勝てるのかもしれないが」

「勝とうと思わないの？」

ルーシャスの右肩が動いた。すくめたとも言えない程度だ。「そのとおり。ぼくは利益にあまり関心を持たないようにしている。勝利の秘訣《ひけつ》は負けても平然としていることだと、何年も前にわかったのさ」

「まあ」テスはつぶやいた。

「この話をしたのは、テス、きみにはすべてにおいて正直でいたいからだ。はっきり言って、ぼくは結婚に向いていない。きみのことは大好きだよ。でも、ぼくは――生まれつき――情が薄いようだ」

「わたしは――」言葉が見つからない。「あれこれ要求しないわ」

ルーシャスはほほえんだ。その瞳に愉快そうな悪魔の姿が映る。「ぼくが要求する」彼はテスの両手を持ち上げて唇に運んだ。「あれこれ要求するとも、テス」

テスは処女だし、ルーシャスに指摘されたとおり、結婚したことがない。けれども彼女は、天使が悪魔の正体を見破るように、ルーシャスの声にあからさまな欲望の響きを聞き取った。テスの胸もとから血がのぼり、頰もピンクに染まった。

ルーシャスは返事を待たなかった。あっという間に、彼の唇がテスの唇に押しつけられた。彼女が与えずにいられない、あらゆるものを要求するキス。ルーシャスがしたすべてのキスと同じように、今回も多くを語っている。その強引さにテスはめまいを覚え、脚が震えた。そこでルーシャスに身をまかせ、彼の頭を引き寄せた。

ルーシャスのほうは頭を引き戻した。息遣いが荒い。「本当になにも要求しないのかい、テス？」彼はささやいた。テスがこれまで聞いたことがないほど、くぐもった声だ。

ルーシャスの目の前にいるのは、生まれ変わったテスだった。ただのしとやかな良妻になる気はさらさらない女性。

テスの唇に、高級娼婦のような笑みが浮かんだ。彼女は手を伸ばし、震える人差し指をルーシャスの唇に当てた。「わたしだって、少しは要求させてもらうわよ」

彼女の口調に、そして目に浮かぶ純粋な欲望に、ルーシャスの胸は高鳴った。

「ぼくらがすぐに式を挙げられるよう、メインが主教を呼んでくれて助かった」しゃがれた声で言う。

「まったくだわ」

ルーシャスはもう一度テスにキスをした。

23

それから、午前中は夢うつつのうちに過ぎた。気の毒なグリセルダが泣きながら現れ、すぐに屋敷を発《た》つと告げた。だが、娘たちにはまだお目付け役が必要だとレイフに言われて、結局は思いとどまった。

「兄がこんな卑劣な真似をするなんて、とても信じられないわ」グリセルダは両手をねじり合わせてむせび泣いた。「これまでけっして——」しかし、ほかにもメインの愚行を思い出したらしく、彼女は口をつぐんだ。「あなたは兄と結婚しないほうが幸せよ」グリセルダはテスに言った。「兄のことは愛しているけれど、これは話しておくわね——兄はここしばらく様子がおかしかったの。あなたなら傷を癒《いや》せると思ったのに……」

「伯爵は自分だけの癒しを見つけるわ」テスはやさしく言った。興奮が全身を駆け抜け、頭がくらくらする。まるで激しい耳鳴りがして、血がふだんの倍の速さで血管をめぐっているようだ。数分おきに顔を上げると、ルーシャスと目が合い、彼女の全身が熱くほてっていった。

アナベルはにやにや笑い、何度もテスに近づいては耳打ちしていた。「やっぱりね。こうなると思っていたわ。わたしって、なんて頭がいいのかしら！」

甥の行動に恐れをなした主教は、ふたりを特別結婚許可証で結婚させることに同意し、ただちにメインの名前を消してルーシャス・フェルトンの名前を書き入れた。

「あなたは立派な方だ！」主教は繰り返し、ルーシャスの背中を叩いた。「この美しい花嫁を置き去りにした甥は悪党ですが、ご友人方には恵まれました。そんな資格はないのに」

「ええ、まあ」ルーシャスがあいまいに答えた。

やっとのことで主教は聖書を開き、そそくさと結婚式を開始した。明らかに、ロマンチックな言葉はいっさい必要ないと感じているのだ。テスの耳にどっと言葉が流れ込むほど、主教は早口で話している。「あなたはこの女性を……」まくし立てるように言って、息をついた。

ルーシャスの声は低く、はっきりしていた。「誓います」

主教はテスのほうを向いた。「あなたは……」ルーシャスのフルネームを必死に聞き取ろうとしたが、あとはわけがわからなかった。主教がテスを見たので、彼女はとっさに口を開いた。「誓います」

「けっこう！」主教は熱をこめて言い、聖書に目を戻した。甥の評判に傷がつかずに済んで、ほっとしているのだろう。

テスは唇を噛んだ。腐りかけていたからと、料理人がシチューにした肉になったような、みじめな気分だ。突然、手が大きな手に包まれた。見上げると、ルーシャスがこちらを見下ろしていた。

ほかの人たちには無表情に見えたかもしれないが、テスにはルーシャスの目に浮かぶ笑いやたしかな愛情のきざしが見えた。そのきらめきが、あわただしい結婚式もいずれ笑い話になると告げている。

式が次の段階へ進むと、主教の口調も落ち着いた。「わたくし、ルーシャス・ジョン・パーシバル・フェルトンは、この女、テレサ・エリザベス・エセックスを妻とし、この日から……」

今度は名前がはっきり聞こえた。テスはルーシャスに向かって眉を上げた。パーシバル（アーサー王宮廷の騎士の名前。聖杯探索に出かけた）ですって？

「喜びのときも、悲しみのときも」ルーシャスの声は揺るぎない。あいかわらずテスの手を握り、顔を見下ろしている。「富めるときも、貧しきときも……」

ルーシャスが、いいえ、わたしたちがお金に困ることはないけれど。テスはそう思った。彼が大金持ちでなかったら、お互いにもっと気楽なのに。でも、そんなことを考えるのはばかげている。

「健やかなるときも、病めるときも」ルーシャスは続けた。「死がふたりを分かつまで、これを愛し、これを敬うことを、神聖なる婚姻の契約のもとに誓います」

テスはルーシャスと目を合わせた。わたしたちはとんでもないことをしている。メインではなくルーシャスに結婚を誓っていることに、テスは突然、目もくらむような喜びを感じた。

「わたくし、テレサ・エリザベス・エセックスは、汝《なんじ》、ルーシャス・ジョン・パーシバル・

フェルトンを夫とし」テスはルーシャスの腕にすがりついた。「この日から、喜びのときも悲しみのときも、富めるときも貧しきときも、健やかなるときも病めるときも、これを愛し、敬い、従い……」

そしてテスがなにか考える暇もなく、ルーシャスが彼女の頰にすばやくキスをして腕を取り、ふたりは参列者のほうを向いた。アナベルは泣いていて、ジョージーはにこにこしている。レイフは貯蔵室にあるだけのシャンパンを開けろとブリンクリーに命じていた。

「軽食にしよう」レイフは笑顔でグラスを振りながら、声を張りあげた。「そのあと、新婚夫婦を住まいへ送り出す」

テスは目をしばたたいて、ルーシャスを見た。

「街道を一時間くらい走ったところに家があるんだ」ルーシャスが言った。「しばらく、ふたりきりで過ごそうと思ってね」

「すぐにロンドンへ行かないの？」テスは当惑した。アナベルをレイフの屋敷から連れ出さなくては。

「きみの妹たちなら心配ない。レディ・グリセルダが付き添うと言ってくれた」

テスは眉をひそめた。

「ぼくにまかせてくれるね、テス？」

ふたりの目が合った。「ええ」それで話が決まった。

その後の数時間で印象に残ったのは、ほんのひとときだけだった。テスが鏡台の前に座って出発の準備をしているとき、背後のベッドには妹たちが座っていた。ジョージーは泣き顔だ。「イモジェンもここにいたかったでしょうに。もう四人姉妹で集まれなくなるのね。なにもかも変わっちゃうんだわ」

「いいほうに変わるのよ」アナベルが言う。「テスお姉さま、ついにイングランド一の富豪と結婚したのね！　わたしの姉はイングランド一裕福な女性になるんだわ」

「フェルトンはお城を持ってると思う？」ジョージーが尋ねた。「お城の女主人になれるかもしれないのね。テスお姉さまったら、すごい！」

「お城ねえ」テスはつぶやいた。

「彼はきっと持っているはずよ」アナベルが言った。「小説のヒーローはかならずお城を持っているもの。イングランド一のお金持ちほど、お城にふさわしい人がいる？」

「お城に住むのは王族よ」テスは最後のピンを髪に留めながら、きっぱりと言った。「わたしたちのような庶民じゃないわ」

ジョージーがはやし立てる。「庶民ですって！　寝ぼけてるのね、テスお姉さま！」

鏡のなかで、アナベルとテスの目が合った。「ジョージー、ちょっとお姉さまとふたりだけにしてちょうだい」

ジョージーは不満げに目を細めた。「初夜の話をするなら、細かいところまで知ってるのに」

「わたしなら、ミス・フレックノーにその手の相談はしないわ」アナベルはジョージーを部屋の外へ押し出した。

「そのことはわたしもよく知っているのよ」テスは言った。両手が小さく震えている。「ゆうべも話し合ったじゃない、アナベル」

「夫婦の営みに詳しいことと、それを実行することは別問題だと思うわ」アナベルはきっぱりと言った。「怖い?」

テスはしばし考えた。「少しね。ちゃんと振る舞えればいいんだけれど。こういう場合の〝ちゃんと〟がどういう意味だとしても」

「すごく味気ないものみたいよ」アナベルはため息をついた。「聞いたところでは、笑顔で耐えることが肝心ですって。男性は拒まれるのをなによりいやがると、村のミセス・ハウランドが言ってたわ」

テスはミセス・ハウランドの寛大さを思った。

「でも、むやみに不安がるのはやめましょう」アナベルが続ける。「すてきな部分がなければ、世の中にこれほど子供が生まれてこないはずだもの」

「ロンドンにいるあいだは、母性に欠けていることを隠しておくのよ」テスは冗談めかして釘を刺した。

「母親恋しさに妻を選ぶ男性は、あまりいないんじゃないかしら」とアナベル。「もしわたしの選んだ紳士が母親に弱くても、彼を惹きつけるくらいのあいだ、その話題は避けてみせるわ」

「あなたみたいに自信があったらいいのに」テスは立ち上がり、最後にもう一度鏡をのぞいた。夫が待つ居間へ戻らないわけにはいかない。ルーシャスの馬車が表で待っている。わたしの新婚生活が待ち受けている。まだ着たことのない、新品の衣類のように。

「わたしがいざ床入りする番になったら、ぶるぶる震えちゃうでしょうね」アナベルが明るく言った。「少なくともそのときは、お姉さまに助言をしてもらえるけれど。ねえ、わたしたちはどんなことも話し合ってきたわ。来週会ったときには、細かいところまで教えてちょうだいね」

テスは振り向くと、妹をぎゅっと抱きしめて別れの挨拶をした。だが内心では、アナベルはまだわかっていないと思っていた。これから自分とルーシャスのあいだになにが起こるにせよ、それをすべて妹に報告できるはずがない。

たしかにジョージーの言ったとおり、なにもかも変わってしまうんだわ。

24

ルーシャスはテスが見たこともないほど豪華な四輪馬車に乗っていた。しかも、それは彼のものだという。馬車はつややかなダークグリーンに塗られ、その色によく合うグレーで線が描かれている。

テスはアナベルの目に光るものを見ないようにして彼女にキスをした。それからジョージーにもキスして、じきに会えるし、毎日手紙を書くと約束した。ベルベット張りの座席に座り、車内を見回す。金メッキが施された小型ランプ、金色の房飾りがついた布――。

「派手すぎるかな？」彼女の夫が尋ねた。

わたしの夫！

返事を考えることさえできない。頭に浮かぶ言葉はひとつだけ。そんなことを考えるなんて、わたしはふしだらな女だわ。なんだかめまいがしそう。怖いのに、それでいて――。

このばつの悪さにどう折り合いをつけたらいいの？　このたまらない恥ずかしさに。ガッシーはわたしにナイトガウンを着せたら、ベッドに置き去りにするのかしら？　ルーシャスがそれを脱がせるの？　どうか、そうではありませんように。だって、わたしはコルセットをつけていない。グリセルダのおかげで、きれいなシュミーズは着ているけれど、もしそれが破れていたら？　床入りの手始めは夫が妻の服を引き裂くことだと、アナベルは信じていた。

「夫は妻の服をはぎとるのよ」昨夜、アナベルはいかにも嬉しそうに言った。

「本当かしら」テスは言った。「じゃあ、鍛冶屋《かじや》の夫婦はどうなの。ミスター・ヘルガーソンには子供が六人いるわ。つまり、彼と奥さんは……」テスの声が消えていった。

「そんなに気取らないで！」アナベルは言った。「お姉さまは既婚女性なんだから。ミセス・ヘルガーソンはね、ベッドで夫と絡みあうのが大好きなのよ！」

「まあ、わたしはほぼ既婚女性だとしても、あなたは違うでしょう。どこでそんな下品な言葉を覚えてきたの！」テスは妹を叱りつけた。

「メイドから聞いたのよ。とにかく、結婚して二〇年の夫は服を引き裂かないとしても、新婚の夫はそうするはずだわ。ぜったいに。男は待ちきれないのよ。いわば——春先の種馬みたいなものね」四姉妹が馬の交尾を見せてもらえるはずもなかったが、厩舎のそばで育てば、いやでも種馬の使命を理解するものだ。

「もしも」アナベルは言い添えた。「旦那さまがお姉さまの服を引き裂かないなら、行為に関心がないしるしだと言ってもいいわ。そう思わない？　長年連れ添った夫婦じゃあるまいし。あのフェルトンなら、馬車のなかでお姉さまの服を脱がせるはずよ！」

そして今、車内にいるテスは、夫の目に一瞬火花があがるのを見て確信した。服を引き裂くのが関心のある証拠なら、ルーシャスは今にもわたしの服を引き裂きそうだ。

こんなにばかげた気分になるのは生まれて初めて。彼になんて言ったらいいのかしら。もっと服を買い足すまで破かないで、と？　そんな目に遭うのを先延ばしにできる方法がある？　病気になるとか？　月のものが来ていると言うの？　でも、それが本当になったら？ああ、どうしてお母さまはわたしになにも教えてくれないまま死んでしまったの？　テスは唇を嚙みしめた。きっとすぐになにもかも終わり、わたしは結婚生活になじめるはずよ。

「この地域にあるぼくの家は、このあいだ訪ねた遺跡からそう遠くない」ルーシャスはまだテスを見つめていた。

テスはほほえんでみせた。「まあ、すてき」とつぶやく。

「ちょっと馬車を降りてピクニックをしないか。レイフの料理人がバスケットに昼食を詰めてくれたんだ」

「あら」テスはそっけなく言った。新婚の夫は思ったほど心がはやっていないみたい――彼女はそんな考えを押しやった。それではまるでわたしが――いやだわ！「楽しそうね！わたしはあの遺跡が大好きよ」

ルーシャスは笑いをこらえた。新妻はあれこれ気になっているらしい。しかし、ここは予定どおりにやらせてもらう。ぼくは多忙な身だ。年じゅう単身で旅行している。今後はふたりで快適な家庭生活を築かねばならない。たまたま居合わせたときは愛想よくして、同じ屋根の下で過ごしてもいいと思う夜は存分に楽しむ生活を。

　ぼくが情熱的な夫のふりをしなければ、テスに思い違いをさせずに済むだろう。つまり、ぼくが彼女を愛している――あるいは、いつか愛するようになる――と思い込ませずに済む。ふつうの花婿なら、新婚初日にピクニックをしようとは考えもしない。だが、ぼくらはふつうの夫婦ではないのだ。ぼくは親密さを求めない。親密であるということは、こちらが守れそうもないたくさんの約束を伴うからだ。そんな夫婦でいたら、テスが傷つくことになる。

　テスの目に失望の色を見るのは耐えられない。彼女がぼくの限界をよく知っていれば、幻滅することもないだろう。

「腹が減ったな」ルーシャスは言った。「家まであと一時間かかるから、我慢するとつらい目に遭うよ」

　テスは目を見開いたが、うなずいた。新婚夫婦は空腹を覚えないと思っていたらしい。

ルーシャスが立てた計画には、テスに触れずにいるのが難しいという唯一の問題があった。向かいの席でほっそりした体が馬車の振動で左右に揺れているのを見ると、彼女をぐっと抱き寄せたくてたまらなくなる。ふたりの将来を合理的に考えているのに、頭のどこかでは狂おしい情熱が渦巻いているのだ。

　そのうえ、頭のその部分はぼくの体まで操ろうとしている。ルーシャスはたたんだ外套をさりげなく膝にかけた。自分がしたいことを考えるのは、ちっとも悪くない。したいというより、ふたりで暗い寝室に入ったら、ぼくがすることか。夫婦の営みはぼくの生活のほんの一部だとテスにもわかるよう、夕食後に時間を置こう。その行為自体は抑制のきいた、満足できる——もちろん、満足できるものにする——。

一瞬、ルーシャスはわれを忘れ、頭がくらくらした。蠟燭の明かりに照らされているテス……ぼくはその前に立ち、彼女にキスをする——だめだ。親指で胸の頂をこする。テスがぼくの腕のなかで震え、ぼくは彼女の甘い唇を吸う。あの魅惑的な唇をむさぼり——。

やめろ。

脚のあいだが熱くなり、自制心を失いそうになる。ルーシャスは座席にもたれて目をつぶった。

「ひと眠りするよ」ルーシャスは言った。欲望にかすれた声だが、テスは気づくまい。目を伏せて彼女を盗み見た。困惑している顔だ。よし。うまくいっている。ぼくが激しい感情を抱く男ではないと、テスにもわかってきたらしい。

もちろん、ぼくにも激しい感情はある。まさに今、すさまじい欲望に駆られ、テスに飛びかからないように全身をこわばらせているのだ。キスをしたり、ぼくの愚かさを忘れてくれと懇願したり、あらゆる手を尽くして彼女の唇に夢中だと——いや、どうしても触れてほしいと訴えたりしないように。彼女の手に……。

想像のなかで、テスの小さな手が昨夜のようにルーシャスの唇に触れた。考えただけで、炎が彼の肌を焦がす。テスの手は……ぼくの首にも伸びるだろう。そしてさらに——。クラバットが消えればいい、とルーシャスは考えた。今にも体ががたがた震えそうだった。

やれやれ！　がたがた揺れて止まったのは馬車じゃないか。

ルーシャスは目を開け、いつも四五秒ほどの昼寝で気分をすっきりさせているふりをした。下僕が馬車の扉を開けた。ルーシャスはテスに手を貸して降ろした。彼女は乗ったときと変わらない、皺ひとつない服とボンネットというでたちだ。続いてルーシャスも降りる。下僕とは目を合わせないようにした。

下僕なら、どんなときでも自分の花嫁にキスできる。この男は、主人は花嫁にキスもできないのかと思っただろう。意外にだらしないやつだと。

別の下僕も脇に立ち、数枚の毛布とおぼしき物を抱えていた。くそっ、レイフが持たせたに違いない。彼にはロマンチックなところなどないのだから、このピクニックの意味は明らかだ。

嫌悪感がこみあげてきた。ぼくが野原で花嫁の処女を奪えると、レイフは本気で思っているのか？　ここは牛やらなにやら、いろんなものが通りかかるのに。

ぼくにはできない。

ルーシャスはテスに腕を差し出した。彼女はやさしくほほえんだ。

「すてきな日じゃない？」

ルーシャスはやみくもにあたりを見回し、うなずいた。ミスター・ジェソップが干し草を作っていたあたりにエメラルドグリーンの草が生えている。そこへ柳の木が黄色い葉を落とし始めていた。絵のように美しい風景だ。

「ミスター・フェルトン」テスが言った。

「ルーシャスだよ」彼はさえぎった。

テスがルーシャスを見上げた。優美な卵形の顔だ。彼はまたしても欲望を抑えつけた。

「ぼくの名前はルーシャスだ」緊張のせいで口調が冷ややかになる。

彼女は頬を染めて恥ずかしそうな顔をした。「ごめんなさい。うっかりして――その、うちの両親は堅苦しい呼び方をしていたから」

「ふたりだけのときは違ったと思うよ」

テスは考え込んでいる。いっぽうルーシャスは、自分の母親は睦《むつ》み合うときでさえ、夫をミスター・フェルトンと呼ぶに違いないと思った。「きみに堅苦しい呼び方をされたくない」彼は付け加えた。

「わかったわ」テスは言った。「ルーシャス」

テスが呼ぶと、すばらしい響きだ。下僕は柳の木の下に毛布を敷いてバスケットを下ろし、意味ありげな目でルーシャスを見た。彼はため息をついた。この際、みんなの下品な期待に応えたほうがよさそうだ。

ルーシャスは脇へ寄り、下僕に馬車へ戻るよう命じた。「シルチェスターに戻って食事をしてこい」ぞんざいに言いつける。「二、三時間後に戻ってきてくれ」男たちの目に浮かぶ嫌味にうんざりした。両親が言うように、ぼくは仕事で手を汚しているのかもしれないが、だからといって紳士でないわけじゃない。

テスは真っ赤な毛布にひざまずいてバスケットの蓋を開け、ルーシャスを待っていた。とても幸せそうに見える。楽しいピクニックをするほうが、彼女はなにひとつ知らない（に決まっている）官能の饗宴《きょうえん》にふけるよりはるかに名案だったようだ。要するに、ぼくは思いやりのある夫というわけか。なんだか面白くない。

柳の幹は銀白色だった。長い巻きひげが毛布にかかり、テスの髪にも触れ、それを煙草の葉のような茶色に見せている。ベルベットのような美しい茶色……。

「先に遺跡へ行こうか？」ルーシャスは唐突に訊いた。

テスはルーシャスを見上げた。やけに気まぐれな男性と結婚してしまった気がする。もちろん、彼の顔を見ても本心はうかがえない。なにも読み取れないのだ。でも、たしかにルーシャスは馬車のなかでこちらを見ていた。違うのかしら？　ああ、わからない。「それがいいわ」テスは言いながら立ち上がった。「こちらから行きましょうよ」本当は、またローマ時代の遺跡めぐりをするのは気が進まなかった。

少し離れたでこぼこの小山を目指して野原を突っ切らず、テスは左手へ歩き出した。この干し草畑の向こうには、もうひとつ畑がある。そして、だらだらと連なる石壁らしきものの先には小山の上に一本の楓《かえで》の木があり、日差しで葉が金色に染まっていた。

「あれを見て」テスはそっと呼びかけた。「アトラスのりんごみたい（ギリシア神話より。巨人アトラスの庭園では黄金の果実が実る）！」

「きみは古典に詳しいんだね」ルーシャスがいくぶん意外そうに言った。「アトラスの黄金色の木にはヤマウズラが住んでいたのかい？」

「いいえ」テスの陽気な笑い声を聞いて、ルーシャスは嬉しくなった。「ペルセウスは、黄金のりんごを隠している黄金色の木がある庭園を見つけたの。それから――」

「思い出したぞ！」ルーシャスが言った。「彼は退治した怪物メドゥーサの生首を差し出し、アトラスを石に変えた。そうだったね？」

「そのとおりよ」

「じゃあ、きみたち姉妹は〝O〟のつく作家の本までは読んだわけか？」

「いいえ。少しのあいだ、教区の牧師さまがわたしたちの教育に目を配り、オイディウスが書いた『変身物語』を教えて下さったの」

「牧師にしては変わった教材を選んだな」

「変わった牧師さまだったのよ。残念ながら、彼はアナベルにご執心だったから、父が主教さまに手紙を書いて、ほかの教区へ移していただいたけれど」

ふたりは金色の木に着いていた。間近で見る楓は、どう見ても黄金ではない。木の下に、小さな墓がふたつ並んでいた。テスはその場にさっとしゃがみ、片方の墓石から落ち葉や埃を払った。

「エミリー・コードウェル」静かな声で読む。「ああ、ルーシャス、まだ一六歳だったのね。かわいそうに。隣はウィリアムだわ」

「彼女の夫だろう」ルーシャスは古い墓碑銘を読もうとかがみこんだ。

「彼のほうは二四歳か――二五歳まで生きていた。はっきり読めないな」

テスはエミリーの墓の前から雑草を引き抜いては手袋にしみを作っていた。別にかまわなかった。ルーシャスは妻の衣類をすっかり新調してやれるよう、手持ちの品をほとんど処分することにしたからだ。そして、彼もひざまずいてウィリアムの墓前から雑草を一、二本抜いた。気の毒な男だ。

「それは抜かないで」テスは言い、生い茂った野の花を抜こうとしたルーシャスの腕に手をかけた。

「どうして？」

「これは野生のパンジーよ。エミリーが死んだときにウィリアムが植えたんだわ。ほら――彼女のお墓をぐるりと囲んで、彼のお墓にも広がっている」

「野生のパンジー？」ルーシャスは手のなかの華奢な花を見下ろした。ハート形をしたレモンイエローの花びらはかわいいが、雑草のように見える。

「彼女は一六歳で死んだから、ふたりの結婚生活は短かったのね。パンジーを植えたのはいい思いつきよ（英名 heartsease には心の安らぎという意味もある）。これには〝惚れ草〟という別名もあるの」

「ぼくは惚れ草のほうが好きだな」ルーシャスの口もとがゆるんだ。「ほかにも別名はあるかい？」テスのつば広のボンネットから栗色の髪が落ちてきた。ルーシャスはなにげなく、彼女の顎の下で結ばれたリボンを解いてボンネットを脱がせた。

豊かな髪をピンで留めたうなじから、さらに髪が落ちた。ルーシャスは花の小枝を取り、テスの髪に挿した。

今度こそテスは真っ赤になった。頬を染める花嫁をめとれる果報者は、どれくらいいるだろう。

「別名は？」ルーシャスは促した。

「〝貯蔵室でのキス〟」テスは彼の顔を見なかった。

ルーシャスはパンジーの小枝をもう三本折り、テスのつややかな髪に挿した。「貯蔵室でのキス、か。〝楓の木の下でのキス〟はどうだい？　この名前をどこかで聞いたはずなんだが」

ほほえみがテスの唇を震わせていた。「それも名前になりそうね」

ルーシャスはテスの前でひざまずいた。彼女の唇は、刺激的な記憶どおりにやわらかかった。ルーシャスは美しい髪に手を滑らせた。完璧な形の頭に触れたとたん指が震え、唇にかすかな吐息がかかって、体がうずく。

初めは、テスが頬を染めた花嫁で、自分は愛情あふれる花婿であるかのようにキスをした。やさしく、甘い、汚れのないキスを。だが、沸き返る血がいつしかルーシャスのなかの紳士を打ち負かし、彼はむさぼるように花嫁を味わい始めていた。彼女――テス、彼の妻――を味わうのは、触れるたびに飢えが募る陶酔感に似ていた。

ルーシャスは甘く香るテスの髪に指を絡ませた。頭を下げ、紳士らしさのかけらもないうめき声をあげて、とびきり魅惑的な唇を奪う。

テスは頭が混乱して、ぼうっとしていた。ルーシャスの唇が彼女の唇に熱く重なる――熱い！　どうしてこんなに熱いの？　まるで大事な感覚がすべて失われ、周囲をぐるぐる回っているような気分だわ。これでは彼の肩にしっかりつかまり、全身を駆け抜ける奇妙な衝撃に耐えるしかない。膝が震え、脚のあいだがほてり、額は燃えるよう――いえ、体じゅうが燃えるようだ。

不安なのに、なぜかうっとりしている。わたしのなかの獣は、ルーシャスのクラバットをつかんで引き寄せたがっているようだ。でも、もうこれ以上近づけない。テスは彼の胸に体を押しつけていた。なんだか――。

彼女はめまいを覚えた。髪はすっかり下ろされ、ルーシャスの両手が体を這っている。彼にキスされているとなにも考えられないが、唇が喉もとに落ちた瞬間、頭のなかに質問があふれた。

「ルーシャス」テスの震える声が静かな午後に響いた。返ってきたのは、眠そうなバッタの歌だけだ。だが、テスはごまかされなかった。彼女とアナベルが学んだ男女の知識によれば、ルーシャスは楓の木の下でキス以上の振る舞いに及ぼうとしている。

「ルーシャス」もう一度言う。「ルーシャス！」彼はテスの首を愛撫し、なにやら肌にささやきかけていた。大きな手が彼女の背中を這い上がり、やさしく撫でて、どぎまぎするほど全身をほてらせる。さまよう手が――手が――。

「ミスター・フェルトン！」テスはあえいだ。

ルーシャスがぱっと体を引いた。「二度とそんなふうに呼ばないでくれ！」うなるような声だ。

「どうして？」テスは震える声で訊いた。ルーシャスの目に浮かぶ飢えや、彼の髪に指を巻きつけて引き戻したいという自分の欲望以外のことに集中しようとした。

「ぼくの名前はルーシャスだからさ」彼は立ち上がり、テスに手を貸して立たせた。「もう遺跡へ行こうか」

ふいに唇を奪われたことでテスの心臓は早鐘を打ち、その衝撃で彼女は心細い気分になっていた。

「さあ、着いたわ」崩れかけた壁に近づくと、テスは静かに言った。「この遺跡のどこに、また来たいと思うほど興味を抱いたの？」

ルーシャスは、苔むした瓦礫《がれき》の山に興味はないとは言えなかった。ピクニックをすることにした理由はひとつしかない、とも。妻をベッドに連れ込むことしか頭にない男だと思われないよう、ぼくは彼女の目をそらしたのだ。

本当はそういう男なのに。

「あの浴場はとても興味深かった」ルーシャスは穏やかな口調で答えた。「きみさえよかったら、浴場へ延びる配管をもう一度見たいんだが。屋敷にも大きな浴槽を置こうと思ってね」

ルーシャスはそっとテスを支えて、浴場の隅の崩れた岩から下ろした。だが、浴場は面白くもなんともない。しばらく穴をつついたあとで、彼は興味のあるふりを続けられそうもなくなった。

「これが水槽《シスターン》に続いていたに違いない」

妻が空を見上げているので、ルーシャスもそちらに目をやった。酔っ払ったような鳥が数羽、互いのあとから旋回したり急降下したりしている。

「もとはラテン語よ。水槽《システルナ》」テスは椋鳥から目を離さず、嬉しそうに言った。

「そうか」ルーシャスは面食らった。「きみは珍しいことを知っているんだね、テス」彼女にならい、頭をのけぞらせて鳥の姿を眺める。

「交尾しているのよ」テスはルーシャスのほうを見ながら言った。自分が急に大胆で大人っぽくなったように感じ、結婚したことを実感した。

「こんな時季にかい？」ルーシャスが言った。

だが、テスは喜びに満ちあふれ、われを忘れそうだった。わたしに飢えたまなざしを向ける、とびきり優雅な男性と結婚した喜び。ルーシャスはお世辞を言わない。メインのように甘い言葉もささやかない。

空は青々として高く、夫は戸惑いと欲望に駆られた様子でかたわらに立っていて、わたしは結婚している。結婚したんだわ！　既婚女性はなんでもできる！　夫婦は楓の木の下でキスをしてもなにも言われない。夫婦なら――。

テスはゆっくりと夫のほうを向いた。わたしたちは望みのままに振る舞える。人生を観察するだけでなく。ふたりで――手を伸ばして人生をつかめるわ。

ルーシャス・フェルトンは次の瞬間を死ぬまで忘れないだろう。彼の初々しい花嫁が消えたのだ。気がつくと目の前の女性は、唇の端をみだらとしか言えない角度に上げていた。その微笑は無垢な女性のものではなく……。

テスがルーシャスに手を差し伸べると、彼は目をしばたたいて身を引いた。

「ルーシャス」テスは彼の首筋あたりの髪に指を絡ませ、爪先立ちになった。そうするしかなかった。「ルーシャス」夫が体をこわばらせたまま動かないので、テスは彼の頭を引き寄せて唇を重ねた。経験が足りないぶんは未熟な才能で補った。

ルーシャスがうめき声をあげ、自制心の最後の糸がぷつんと切れた。

こうしてふたりは、かつては抱き合うローマ人たちがいたであろう場所で、お互いの腕のなかにいた。

テスが最初に訪れたとき気づいたように、ローマ人には、ぶどうと水道橋より興味があるものがあったのだ。

25

人生のなかで、ルーシャスは花嫁の処女を奪うことになるとは夢にも思わなかった。そもそも、結婚する気がなかったからだ。それに皮肉屋なので、もう処女はあまりいないと思っていた。処女というもの自体、退屈だ。自分の好みを知らず、性行為をいやなことだと思い込んでいるばかりか、相手を楽しませるすべも知らない。それほどつまらない女性がいるだろうか？

そう、処女にはまったく魅力を感じなかった。

今は違う。

テスは処女であるにもかかわらずぼくを一撃で仕留めそうだ。ただし、彼女と愛を交わしたら、もう二度と処女を相手にはしない。

まず、テスは陽気だ。かすれた声は欲望と喜びに満ちている。震えているのは恐ろしいからではなく、興奮しているせいだ。目は恐怖にぎらついているのではなく、好奇心で輝いている。テスの好奇心ときたら！　彼女は手首の内側にキスをしてほしがり、次にルーシャスの肘の内側はどんな味がするのかと考えた。彼はシャツをはだけて妻の好奇心を満足させるしかなかったが、テスのほっそりした指に胸毛を撫でられると、ついに脱ぎ捨ててしまった。英国紳士が戸外で上半身をむき出しにしている。これは妙な気分だ。解放的と言うべきか。ルーシャスは、テスの指に愛撫を許したが、自分のズボンには触れなかった。テスのほうは、目を輝かせて笑っていても、彼の腰から下には手を伸ばさなかった。

とうとうふたりは、浴場をぐるりと縁どる苔むしたベンチに座り込んだ。初めは並んで座り、やがてテスがルーシャスの膝にのった。

その体勢がどのくらい続いたのだろう。テスのまろやかなヒップがルーシャスの脚に当たる。彼はテスをぎゅっと抱きしめ、頬に唇をさまよわせて、いっそう貪欲《どんよく》なキスをしようと唇に戻った。これはあと戻りできなくなるキスだ。全身の血を熱くたぎらせ、頭をくもらせて、ついには紳士的な振る舞いこそ異常だと思わせるキス。官能の喜びに輝くテスの瞳を見ていたら、どんな男でも礼儀などくだらないと思うんじゃないか？

大切なのは、花嫁の乳房を包み込んでため息をつかせることだけだ。ため息を？　テスはため息をつかない。見えないことは起きていないとばかりに、ルーシャスの名前を叫んで目を閉じた。だが、実際に起きているのだ。テスに目を開けてほしい――彼は躊躇せずに彼女の胴着をずり下げ、やわらかい乳房を大きな手で包み込んだ。

テスがぱっと目を開け、抗議しようと口を開いた。ルーシャスはすかさず彼女の唇に唇を強く押しつけた。やさしいキスでも、穏やかなキスでも、甘いキスでもない。これは要求だ。ルーシャスが身を引くなり、彼女は再び口を開いたが――。

「きみの胸はすばらしい」ルーシャスは言った。テスはなにを言うつもりだったにせよ、親指で乳首を撫でられて叫んだ。全身を震わせるような声をあげ、ルーシャスにしなだれかかる。

「ルーシャス」テスの声がわなないた。再び乳首を撫でられ、彼女は目を閉じてルーシャスの胸に倒れ込んだ。

彼はテスから目を離せなかった。手のなかのクリーム色のふくよかな乳房。彼の愛撫に背中をくねらせ、叫ぶように息を吸い込む様子。ルーシャスは体じゅうが燃え立っていたが、それでも彼のなかのわずかな部分は、礼儀の最後の一線は越えていないと思っていた。

まだ越えていない。野原の向こうで声が聞こえたら、すぐテスの胴着を元に戻せるのだから。たしかに彼女の髪は溶けた銅のように背中に流れ落ち、唇はキスで腫れ、体は震えている。

だが、テスの腰から下には触れていない。そして自分がなにをしているかに気づかないいま、ルーシャスは彼女のスカートに手を忍び込ませた。長靴下の織り目に指を這わせ、靴下留めをかすめる。腿や、やわらかな丸みを撫で、リズミカルに上へ、上へ……。

「ルーシャス・フェルトン！」テスが目をぱっと開いた。「だめよ――なにをしているの？」

「きみに触れているのさ」ルーシャスはあっさり答えた。「妻に触れているんだ」

ここに他人がいたとしても、ルーシャスのしていることは見えない。彼の手は妻のスカートに隠れているし、テスは夫に抱かれ、彼が望むときに唇を奪えるよう頭をのけぞらせているだけだ。ルーシャスの力強い指はゆっくりと進み……日差しを浴びた彼女の胸が、なまめかしく誘いかけている。

ルーシャスの指がさらに上をかすめ、テスは目を見開いて身震いした。「だめ！」彼女は再びあえいだ。もうすぐ目指す場所に着く。やわらかい茂みに触れると、稲妻のような欲望が彼の下腹部を焦がした。

「どうしていけないんだ？」

「だって――」けれどもテスは、どんな言葉も口にできなかった。

ルーシャスはにやりとした。血がどくどく音をたてて脚の付け根に流れ込んでいくが、まだ頭は働いている。かろうじて。「ぼくらがローマ人なら」物憂げでかすれた声だけが、これはさりげない会話ではないと告げていた。「ふたりとも服を着ていないだろうね」

「そのころは頭の上に屋根もあったでしょう！」テスは、ルーシャスの手に包まれて身をこわばらせた。「ルーシャス、これはちょっと――」

しかし、ルーシャスはテスのつまらない抗議をさえぎった。「きみはぼくの目の前に体をごちそうのように横たえる」声がますます低くなる。「蒸気で肌が滑りやすくなっているはずだ。ぼくはきみをそのベンチに寝かせ――」彼は言葉を切ってキスをした。テスを黙らせるキスだ。「きみの首にキスして、唇を胸へ、おなかの曲線へ……」

テスの瞳は濃いブルーに染まっている。じっと息を詰めて、待っているようだ。

「ここにもキスするよ」ルーシャスはささやき、テスの胸に頭を下げると同時に腿のあいだにゆっくりと指を差し入れた――まさぐり、喜ばせ、官能のダンスを踊るように……。唇も、彼女の胸で同じダンスを踊っている。手と舌の荒々しい愛撫を受けて、テスは身を震わせた。

ルーシャスの頭から下僕やピクニックのことが消えた。そこではテスの肌を淡い日差しのように光らせる木漏れ日が降り注ぎ、バッタの歌が響いているだけだった。

一時間後、ルーシャスはひざまずき、これまでにもらったなかでいちばん大切な贈り物であるかのように、花嫁を包むドレスを開いていた。震える指の下で、リボンが次々とほどける。ボタンも外れていく。もうあと戻りはできない。

この大事な場面でテスは声を取り戻した。欲望でかすれ、深みを帯び、なめらかで、いぶかしげな声だ。「今度はなにをする気?」テスは訊いた。ルーシャスが彼女のドレスを頭から脱がせたのだ。「ローマ人ごっこ?」

「きみの服を脱がせているのさ」ルーシャスは激しいキスをして、テスのシュミーズも脱がせた。彼女に息つく暇を与えず、自分の膝の上にのせて、手を這わせる。再びてのひらで乳房を包み込み、あられもない声をあげさせた。

テスは目を閉じて、ルーシャスに身をゆだねた。彼の耳には鼓動が響き、頭上の土手でデイジーの蜜を吸う蜂のやさしい羽音しか聞こえない。それと、彼の親指がゆったり円を描くと息をのむテスの声だ。

それにしても、ぼくの妻は淑女ではないらしい。テスは甘い声をあげ、不愉快そうな様子はみじんもない。それどころか、ぼくの手のなかで乳房が豊かになった気がする。小さな乳首がとがり、ぼくが愛撫するたびに熱っぽいあえぎが漏れる……。

もちろん、このまま行きつくところまで行くわけにはいかない。テスのヒップは心地よい重さだ。彼女はローマの乙女のようにベンチに背を預けたが、やがて体を起こした。輝く肌、豊かな乳房の曲線、腿のあいだを覆う慎ましやかな三角形。

「ローマ人はふたりいたのよ」テスが言った。「どちらも服を着ていなかったわ」

今やルーシャスの両手は、テスの体を強くまさぐっていた。自分のものだと言わんばかりの荒々しい手つきに、彼女は息をのんだ。

それでもテスは促した。「あなたも服を脱がなくちゃ、ルーシャス！」

彼は立ち上がってブーツを脱いだ。テスから目を離さず、ズボンと下着も取り去る。

テスはむき出しのヒップと背中にひんやりした苔を感じた。体に焼き印を押されているとしか思えない。ルーシャスはたくましく、肌はなめらかで、がっしりした体は日差しを浴びて美しかった。彼が振り向くと、脇腹のラインは大理石の彫刻のように見えた。体の前のほうは――。

テスは壁に背中を押しつけた。心臓がどきどきしている。でも、ルーシャスはこれまでにない表情を浮かべているわ。喜びかしら？　欲望よ。彼は解放感に満ちている。

たぶん、どの男性にもこんな激しい面が――もっとも、知り合いの男性たちは思い切って野原で服を脱いだりしそうにないけれど。

それでも、わたしの夫はここにいる。彼は――すばらしいわ。テスはルーシャスに手を伸ばした。

彼にベンチから抱き上げられたときの感覚を、テスは一生忘れないだろう。肌と肌が、やわらかい体と硬い体が、女と男が触れ合う。

ベンチはふたりが横になれる広さがないので、地面に衣類を敷いて横たわった。テスはルーシャスの体に触れた。彼はどこもかしこも硬い。

「聞いてくれ」ルーシャスが言った。「ここではきみを抱かないよ、テス。そんなことはしない」

テスの指はまだルーシャスの脇腹に触れていた。わたしにもっと勇気があったら、と彼女はぼんやり考えていた。だって、ルーシャスはわたしの体の隅々まで触れたのに。

そこでテスは夫の秘部に手を這わせ、なめらかな表面をさすった。彼が食いしばった歯のあいだから息を漏らし、びくっと動く様子を楽しんだ。

だが、肌はルーシャスの愛撫を求めている。テスは彼に身を寄せた。乳房が胸板に触れると、ルーシャスはまたしてもびくりとした。首を愛撫され、荒っぽく喉を鳴らす。彼女の指はルーシャスのたくましい背中を這い、乳房が再び胸板をこすった。彼は震えている。その震えをテスは感じ取った。

今度はテスがにやりとする番だった。やっぱり、主導権を握るのは楽しいわ。

次の瞬間、テスは仰向けにされ――笑みは夢のように消えた。ひとたびルーシャスに触れられ、胸に口づけされると、彼女は興奮に酔いしれて、声をあげ、彼のほうへ身をよじった。

だが、ルーシャスはふと冷静さを取り戻した。「ぼくにはできないよ、テス」あえぎながら手を止める。

テスがせつない声をあげてルーシャスに身を寄せた。彼はなめらかな肌に触れて憂鬱な気持ちになりながらも、テスの無言の要求に応えたが、まだ気になることがひとつあった。彼女は何年も前に母親を亡くした。母親の教えを受けていないのだ。

「これは馬の繁殖じゃないんだぞ、テス」ルーシャスは声を抑えようとした。「女性は初めてのときに痛い思いをするんだ。それに――血も出る。こんな場所では困るだろう」

テスがまばたきをした。彼女はちゃんと知っているのだ。だが、その顔から知識はたちまち消え去り、ぼんやりした欲望が表れて、彼女は背中を弓なりにするとルーシャスに身を押しつけた。テスの体のやわらかさが彼に火をつけ、そのみだらな振る舞いが彼の自制心を断ち切った。

ルーシャスはテスに触れずにいられず、指は止まることなくリズムを刻んでいた。豊かな乳房が彼の胸を撫で、炎の轍《わだち》を残していく。彼女はルーシャスの下で身をよじったり、叫び声をあげたりしていたが、ふと彼の両肩をつかんだ。目がぱっと開く。「痛いわ、ルーシャス」テスは言った。「痛いの」

ルーシャスは彼女のぬくもりに指を差し入れた。

「それは痛くないけれど」テスはあえぎ、ルーシャスの頭を引き寄せてキスをした。うめきであると同時に愛撫であり、音でもあるキス。

ルーシャスは手を引いた。テスと体を重ねるのはなんてすばらしいのだろう。彼はたまらなくテスが欲しかった。

テスの喉から叫びが漏れた――が、それは苦痛のしるしではない。それでも……血が出た。ルーシャスは悟った。良家の娘は、このつらい経験を自分のベッドでするべきだ。清潔なシーツの上で、できれば部屋を暗くして。

ところが、テスは物陰に逃げ込みたいというそぶりをまったく見せない。

テスがあえぎながら目を開くと、夫の暗い目が見下ろしていた。彼女は思わず笑い出した。あえぐのと笑うのが同時だった。「そんなに深刻にならないで、ルーシャス!」

「きみが後悔しているんじゃないかと――」

「していないわ」テスはさえぎった。「ミスター・ジェソップの土地で愛を交わしたのは、わたしたちが最初だと思っちゃだめよ」

「ローマ人が住んでいたのははるか昔だし、きみが言ったとおり、あのころはこの上に屋根があった」

「エミリーよ」テスは息を弾ませた。「エミリーとウィリアム。彼女はまだ一六歳だった。彼はどうして奥さんを楓の木の下に埋めたと思う?」

ルーシャスはテスの両側に肘をつき、そっと彼女を突いた。エミリーと彼女のウィリアムに送る無言の挨拶だった。

「もう一度お願い!」

ルーシャスがそうすると、テスの唇からせがむ声が漏れた。

「もう一度――」

テスは奔放に乱れ、ルーシャスに触れられるたびに声をあげて体をのけぞらせた。それを見た彼は急に解放された気分になり、礼儀正しさも清潔なシーツも暗くした部屋のことも忘れた。ぼくの肩に爪を食い込ませている、みだらで恍惚《こうこつ》とした妻は、そんなものになんの用があるだろう？

ルーシャスは突き入れた。

テスが目を見開き、ルーシャスの顔をじっと見た。彼はテスが泣き出すのを待った。痛みに――流れ出た血に耐え切れずに？　自分がなにを待っているのかよくわからない。まるで日の当たる静かな世界が一瞬止まり、青空が息を止めたようだ。

だが、テスの瞳は輝いていた。「続けて」かすれた声でささやく。「それとも――それとも」今度は目に苦悶の色が浮かんだ。「これでおしまい？」

上空では燕《つばめ》が円を描いている、古代ローマの浴場で、ルーシャスは頭をのけぞらせて笑い出した。新妻がむっとしているようだ。なだめなくてはならない。

そこでルーシャスは再びゆっくりとテスを貫き、ただ喜びだけを見出した。ふたりは自分たちの情熱に見合うリズムを少しずつつかんでいった。

テスはとにかく無性に動きたかった。そのとき突然、厩舎で飛び交う〝女に乗る〟という野卑な冗談の意味がはっきりわかった。でも、わたしは乗られているの？　それとも、わたしが乗っているの？　ふたりの体はしっかりつながっている。ルーシャスは息遣いも荒く、目を閉じて両手をつき、歯を食いしばっている。

テスはルーシャスを見上げ、われを忘れそうだと思った。体が舞い上がり、ルーシャスをますます激しく、高みへといざなっていく。突然、ルーシャスの手が乳首をかすめた。荒っぽく乳房を包む手は、この体は自分のものだと無言で告げている。

ついにテスは解き放たれた。熱い奔流が指先まで走り、叫びは青空にのみ込まれた。

26

ルーシャスの家はチューダー様式の建物で、ぞんざいに修理された矢筈《やはず》積みの煉瓦と小さな縦型の仕切り窓が並び、四方に傾斜した屋根がついていた。エリザベス朝の先祖が気分しだいでいくつも部屋を増築したらしい。その結果、ちょっと変だが居心地はよさそうな家になっていた。

広さはホルブルック・コートの足もとにも及ばない。アナベルが予想した城ではなく、邸宅ですらない。とても大きくて、魅力的で、住みやすそうな〝家〟だ。

馬車が止まって初めて、テスは自分が城の女主人になりたくなかったことに気づいた。

「ここなの？」

ルーシャスは手を振って下僕を追い払い、みずからテスを助けて馬車から降ろした。「ああ、ここがブランブル・ヒルだ。気に入ったかい？」

テスは目を輝かせて彼を見上げ、息をのんだ。「ええ、ルーシャス、すてきだわ！」

彼の目に安堵の色が浮かんだ。「ホルブルック・コートほど立派じゃないが」

ふたりは重厚な扉へと大きな弧を描く階段を昇り始めた。「立派な家だったら気に入らなかったわ」テスは正直に言った。「てっきり、あなたはお城に住んでいると思ったけれど」

「城に？」

テスはうなずいた。

「お望みなら、城を買ってあげるよ」

「いいえ、けっこうよ」

使用人たちがばたばたと出てきて、玄関の両側に並んだ。ルーシャスは城の主人ではないかもしれないが、それに劣らない数の使用人を抱えているようだ。

「こちらがミスター・ガブソーン」ルーシャスは丸顔の温厚そうな執事を紹介した。「ミセス・ガブソーンはここの家政婦だ。彼女はとびきり優秀でね。それから……」

使用人の紹介に――ルーシャスはそれぞれの名前をすらすらと並べたが――四〇分以上かかった。その後、彼はテスを客間へ連れていった。天井が高く、アーチ型の大きな窓から庭が見える部屋だ。

「このブランブル・ヒルは、二年前に建築家のジョン・ナッシュが造園設計家と協力して再設計したんだ」ルーシャスが言った。「主な部屋には庭に面した窓がある。ここからは西か南が見え、庭園の向こうも見えるよ。温室の先や、谷の近くも」

テスは部屋のなかを見回した。庭の入口に蔦《つた》やスイカズラやジャスミンが絡みついている。

「夏になったらみごとでしょうね」

「ああ」ルーシャスは言った。

テスは振り向いて、彼をまっすぐに見た。「こういうのは意外だわ――」優美な家具や、窓辺の重厚な薔薇色のカーテンを手で指し示す。床のあちこちには、さまざまな色の敷物があった。

「どうして?」

「だって、すごく――家庭的だから。ここはご実家ではないんでしょう?」

ルーシャスは炉棚に歩み寄り、花瓶から落ちていた菊の花びらを一心に集めているように見えた。「ここはぼくが育った家か、ぼくの子供時代に一族が所有していた家かという質問なら、答はノーだ。そういう意味で訊いたのかい?」

「ええ、それを訊きたかったの」テスは言った。「あなたは自分でこの家を見つけたのね」

ルーシャスはうなずいた。

「こんなに美しく家具を調えて」

「機会に恵まれたのさ」ルーシャスは穏やかに言った。「あちこち旅して回ったから、気に入った品を見つけて船で送らせるのは造作なかった。テス、ぼくを好みのうるさい男だと思うだろうね。なにしろ、どの家もこんな感じなんだ」

テスは目を丸くした。「ここそっくりなの?」

ルーシャスは笑った。「そっくりではないよ」

ふとテスは気になった。「いったい、あなたは家を何軒持っているの?」

彼は風の音に耳を澄ますように首をかしげた。「四軒……狩猟小屋を入れたら五軒だ」

テスは椅子にへたり込んだ。「おまけに、どの家にもここと同じように優美な家具が備えられているわけね」

「ぼくはすばらしい物に囲まれていたいんだ」ルーシャスはテスの向かいに腰を下ろした。

「どの家にも使用人がいるの？」

「当然さ」

「それじゃお城と変わらないわ」テスは驚きの目でルーシャスを見た。

「そうは思わない」

「わたしが驚いたのは、この家の美しさじゃないの」テスはもう一度部屋を見回した。「そう、まるで一〇〇年もここに立っていたように見えることよ。あなたがひいおじいさんから相続したように」彼女は立ち上がって壁に近づき、糊を利かせた襞襟をつけた貴婦人の肖像画の前に立った。扇を握り締め、テスの鼻を見下ろしている姿は、まさに残忍な先祖といったところだ。

「エリザベス朝の貴婦人の肖像画だよ」ルーシャスはテスに近づいた。「リンドリーの家屋敷が売られたとき、手に入れた物だ。売主はこの女性の名前を知らなかったが、おそらくリンドリー一族だろう」

テスは怖い顔の女性を見上げた。今では名前がないのに、明らかに家名を誇りに思っているのがわかる。ルーシャスが他人の先祖の肖像画を飾っているというのも、妙な話だ。だが、口を開けば批判的な口調になってしまいそうだったので、彼女は黙っていた。

「一緒にこの絵も買ったんだ」ルーシャスは言い、テスを部屋の向こうへ導いた。

こちらを振り向こうとしている少女の絵だった。その堅苦しい様子から性格がうかがえる。悲しげな顔なのに、頬にはえくぼができていた。

「すてきだわ」テスは言った。「この女の子も誰かわからないんでしょう？」

「見当もつかない。売主はファン・ダイクの作品だと言ったが、おそらく弟子が描いたものだろう」

テスのほうはファン・ダイクというのが何者か見当もつかないと同時に、無力感が募っていくのを覚えた。ルーシャスの家は――完璧すぎる。出来合いの先祖に至るまで、完璧に調えてあるのだ。イングランドではこれが常識なのかもしれない。赤の他人の肖像画を飾るなんて、わたしは聞いたこともないけれど。「あなたの一族の肖像画は一枚もないの？」そう訊いてから、しまったと思った。ルーシャスが両親から受け取ったはずがない。

意外にも、ルーシャスはあっさり答えた。「一枚もない」そして彼はテスの腕を取って庭へ連れていった。

哀れなほどすっかり刈り込まれた薔薇の茂みのあいだを歩きながら、テスは尋ねた。「ロンドンの家も、ここみたいに美しいの？」

「そうだね」ルーシャスはステッキで小道から石をどけながら、そっけなく言った。

「壁には同じような肖像画が？」

ルーシャスはうなずいた。「客間には、ウィリアム・ドブソンが三人の子供を描いた、ちょっといい肖像画を掛けた。その子たちの素性はわかっているよ。大内乱（一六四二年-四九年のチャールズ一世軍と議会軍との戦争。清教徒革命）に参戦した王党派の子供たちだ。姓はラズレットという」

「ラズレット一族は、今もイングランドにいるのかしら？」

「どこかにはいるんだろうな。さっぱりわからない。会ったこともないからね」

ふたりは美しいあずまやに続く小道へ曲がった。テスはあずまやに見とれながら、夫のことを考えた。

よくないわ。このままではぜったいによくない。なんとかして、ルーシャスとご両親の仲直りをさせなくちゃ。うまくいったら、まずはあの――偽の親類の肖像画を全部外して、元の持ち主に返そう。他人の家族の絵を壁に掛けておくなんてだめよ。まるでルーシャスが、自分を捨てた家族の代わりに新しい家族を作ろうとしているみたい。

「ラズレット一族には、肖像画を買い戻す余裕がないかもしれないわね」テスは家へ引き返す途中で訊いた。

「ドブソンの絵を？」ルーシャスはテスを見下ろした。濃いブルーの目は興味ありげだ。

「無理だろうね。ぼくが買ったときも一〇〇〇ポンドほどだったから」

「わたしの母の寝室にも、母を描いた肖像画が掛かっていたの」

「ぼくが見つけてみせるよ」ルーシャスは続きを聞かずに請け合った。

「難しいかもしれないわ……何年も前に父が――」

しかし、ルーシャスはほほえんでいる。「見つけるとも」やさしく繰り返した。「さあ、ほかのところも案内しよう。たとえば婦人用の寝室とか?」

ルーシャスの目には、テスを赤面させる表情が浮かんでいた。薔薇のつぼみとフリルのついたシルクだらけの部屋に入ると、彼の目的は案内ではなく……別のところにあるとわかった。

ここにもやはり、美しいローズウッド材の書き物机の向こうの壁に、貴婦人の肖像画が掛かっていた。彼女は森のなかのベンチに片手をつき、ポーズをとっている。見る者にぼんやりと向けられた目。あいたほうの手には読む気もなさそうな本。本の背表紙を見ようと、テスは絵に近づいた。

「シェイクスピアを読んでいるのさ」ルーシャスが言った。「『空騒ぎ』をね。あいにく、かの傑作を読んで眠気を催したらしいが」

「この女性は誰なのかわかっているの?」

「レディ・ブーズビーという女性だ。ファーストネームはわからない。肖像画の作者はベンジャミン・ウエストで、一七八〇年代の作品だよ」

テスは絵のなかの女性に驚きの目を向けた。「じゃあ、彼女はまだきっと生きているわね」

「ぼくはこの絵が大好きなんだ」

「わたしもよ」テスは同意した。「でも、寝室をレディ・ブーズビーと一緒に使うのは気が進まないわ」

「変わった考え方だな」ルーシャスは言った。「ぼくは、売りに出されたウエスト作の肖像画はすべて買うように、代理人に命じているんだ」

「どうして家じゅうを人でいっぱいにするの?」テスは尋ねた。「つまり、肖像画で」テスはルーシャスの顎を指先でそっと持ち上げた。「レディ・ブーズビーより、きみのことを話したい」彼は言い、テスの唇に唇をかすめた。

「でも、ルーシャス、わたしは他人の肖像画を寝室に置きたくないの」テスは彼に説明しようとした。

ルーシャスは肩をすくめた。「これぞ空騒ぎだよ、愛しい人。すぐにこの絵を屋根裏に片づけさせよう」

「屋根裏に!」レディ・ブーズビーを屋根裏に追いやるのは間違っている気がする。

ルーシャスはテスの首筋にキスを始め、両手で背中を撫で下ろしていった。

わたしの気をそらしているのね、と彼女は思った。レディ・ブーズビーにも、ほかの肖像画の話題にも、触れたくないんだわ。

しかし、テスはそれから一時間以上、なにも考えられなくなった。

27

一〇月一日
ブランブル・ヒル

愛しいアナベルとジョージーへ

この手紙は自分用の居間で書いています、と聞くと驚くでしょうが、広さはお母さまの化粧室くらいです。結局、ルーシャスはお城を持っていませんでした。ここブランブル・ヒルは豪華に飾られていても、スコットランドのわたしたちの生家とさほど変わらない大きさです。一階には食堂の隣に客間があります。うちでは図書室だったところね。ルーシャスの書斎は建物の裏側の、庭を見渡せるほうにあり、そこと食堂のあいだにすてきな大広間がありますす。あなたたちにもこの家のなかを見せたいわ。ルーシャスがじきに呼び寄せてくれるんですって。早ければ来週にでも。

イモジェンのことはなにかわかりましたか？　あの子が戻ったら、すぐに知らせて下さい。

ルーシャスは、イモジェンとメイトランド卿はなかなか帰ってこないだろうと考えています。あの子に真っ先に会うのはあなたたちだから、よろしく伝えてね。

アナベル、今にもあなたの質問が聞こえそうな気がします。ルーシャス（ミスター・フェルトンと書くべきですが、彼はその呼び方をいやがるので）は本当に気前がいいの。わたしに贈り物をするのが大好きなのよ。きのうは、鮮やかな黄色い羽と紫がかった羽冠のオウムを買ってくれました。まだ子供なのでなにも言えないけれど、ちゃんと教えたら言葉を覚えそうです。けさはわたしになつかせようと、たっぷり時間をかけて餌をやりました。お行儀が悪い子で、そこらじゅうに貝殻を飛ばしているの。オウムをこの家に連れてきた人の話では、友達だと思われるよう、なるべくそばにいたほうがいいそうです。この鳥は籠《かご》の外にいるのが好きだけれど、興奮すると手がつけられません。わたしが入浴好きでよかったわ（オウムの興奮ぶりはその目で確かめて！）。

きのうはほぼ一日がかりで、ここの使用人の名前を覚えました。ルーシャスの家は五軒もあるのに、まだ一軒分だけ。彼は書斎で長時間仕事をするので、重要な用事ではないかぎり、声をかける気になれません。そこが、ちょっと頭を抱えているところ。

明日の朝食後にまた書きます。ふたりの近況も知らせて下さい。会いたいわ。

愛をこめて

あなたたちの姉、ミセス・フェルトン（と書かずにいられなくて）

一〇月二日
ブランブル・ヒル

親展

アナベルへ

あなただけにこの手紙を書いているのは、あなたに質問攻めにされそうな気がするからよ。でも、どれにも答える気はありませんからね！　結婚生活はとても興味深い、とだけ言っておくわ。

ルーシャスは、どんな場合にもすごく洗練された対応ができる人よ。彼を見ているだけで、わたしもじきにヨーロッパ一行儀のいい女になれそう。彼はお父さまよりずっと仕事に励んでいるわ。訊きたいことがあって書斎へ入らなかったら、朝から晩まで顔を見られないの。

生活にちょっと驚きがあるほうが、ルーシャスのためじゃないかと思うくらい。でもそれは、まだ先の話のようね。

愛をこめて
テス

一〇月四日
ブランブル・ヒル

アナベルとジョージーへ

この手紙をふたりで一緒に、たぶんアナベルのベッドで丸くなって読んでいるんでしょうね。わたしはオウムにクロイと名づけました。どうしてこんなおしゃれな名前をつけたのやら。わたしはクロイに好かれていないらしく、髪をつつかれ、部屋に入るとけたたましい声で鳴かれます。家政婦のミセス・ガブソーンはクロイに愛想を尽かしました。一杯の紅茶をめぐる不幸な出来事があり、そのショックを乗り越えられないのでしょう。

使用人が大勢いれば、大きな家を切り盛りするのも楽だと思われがちですが、実はなかなか大変です。ミセス・ガブソーンはメイド頭のダッパーと仲が悪いし。ミセス・ガブソーンによれば、ダッパーは自分より五歳は年下の下僕に目をつけているらしく、メイド頭が若者を堕落させようとするのを家政婦は心配しているわ（当然のことよね）。いっぽうダッパーの話では、ミセス・ガブソーンが紅茶を〝借りて〟は村に住む妹たちの家へ持っていくんですって。どうやって真相を確かめればいいの？　もちろん、ダッパーにも下僕の話をする気はないけれど。結局、同じ広さだったら、使用人のいない家を管理するより、使用人のいる家を切り盛りするほうが骨が折れるというわけです。

グリセルダの仕立て屋が来たのは、本当に嬉しいことでした。それから、あなたたちが当分グレイフの屋敷に滞在することにしたのは、無理もありませんね。イモジェンの醜聞がすっかり下火になったというのは本当でしょうか。いったいどうやって？　今夜イモジェンに会ったら、わたしのキスを贈ってね。あの子から手紙をもらい、ドレイブンとメイトランド・ハウスに落ち着いたと聞いて、とても安心しました。

愛をこめて
テス

一〇月七日
ブランブル・ヒル

ディナーの前に着替えなくてはならないので、これはとても短い手紙になりそうです。今夜ルーシャスがシティへ発つので、食事の時間を早めました。日中に仕事を済ませ、また夜道を走り、明晩にはここへ戻る予定ですって。このあわただしい出発は体に悪いんじゃないかしら。そんなわけで、彼は明日のシルチェスターのレースに同行できなくなったけれど、わたしは行きます。

夫のおかげでイモジェンが駆け落ち結婚をせずに済んだと聞いて、戸惑っています。彼はひとことも言わなかったから。結婚したら、相手の人柄が見抜けるものなのでしょうが、わたしはますますルーシャスがわからなくなってきました。競馬場で、イモジェンの口から一部始終を聞かせてほしいわ。

ジョージー、あなたに会いたいけれど、わたしもミス・フレックノーの意見に賛成です。若い女性にとって、ダンスのレッスンは欠かせないわ。アナベルとイモジェンが、シルチェスターからわたしの噂話を持ち帰るでしょう。それにこの先、こんなレースはいくつもあるのよ。

みんなにわたしの愛を送ります

テス

28

夕食が出される三〇分ほど前、テスは夫の寝室のドアをノックした。夫婦のあいだのエチケットがよくわからなかった。妻は夫の部屋のドアをノックするものだろうか？　なんとなく、妙な感じだ。とはいえ、もしルーシャスが体を洗っていたら……。そのとき、彼が下僕に指図する低い声がして、ゆっくりとドアに近づいてくる足音が聞こえた。

「やあ、テス」ルーシャスが言った。

夫の姿を見ると、テスはとても不思議な感じがした。ルーシャスは問いかけるような顔で立っている。彼女は脚の力が抜け、ルーシャスにキスすることしか考えられなかった。突然、コルセットがきつくなり、呼吸もままならなくなる。もうこんな反応にも慣れたはずなのに、それがだんだん強烈になっていく。

だが、ルーシャスはわたしと顔を合わせてもそんなふうには感じないようだ。朝食の間で、また夕食時や廊下で顔を合わせるたび、彼は礼儀正しく振る舞う。たまにわたしが書斎に入って相談を持ちかけても、かならず助言を与えてくれる。でも、べたべたしようとか、わたしの目を見つめようとか、新婚らしい振る舞いにふけりたいとか、そんな気配は見せない。

たとえば今日の午後も、枕もとに突然現れたダイヤモンドのブレスレットのことを尋ねるべく、テスは書斎に入った。深紅の長椅子をひと目見たとたん、彼女の頭にとびきり刺激的なイメージが浮かんだ。ところが、ルーシャスの肘掛け椅子に座り、懸命に夫を情事に――つかの間でもいいから――誘っても、うまくいかなかった。

ルーシャスはテスのキスを逃れ、丁寧だがきっぱりした口調で、仕事があると言った。テスはお礼のキスをしたいと言い張ったが、ルーシャスは彼女の頬にキスをしてから、書斎を出ていくように求めた。テスはなけなしの勇気をかき集めて彼の胸に飛び込み、顔を近づけたものの、彼がさっと身を引いたので、床に倒れそうになった。結局、彼は会釈して、テスを部屋から送り出したのだった。

テスがガッシーの手助けで入浴を済ませたあと、ようやくルーシャスは気さくな知人から夫に姿を変えた。今では目をいたずらっぽくきらめかせ、妻に強い関心を示している。

だがどう見ても、夫婦で過ごす夕べのこと――と夜のこと――を昼間から考えて悶々としているのはテスだけらしい。

たとえば、目の前のルーシャスはくすんだブルーの上着をみごとに着こなしているのに、テスには昨夜の彼が彼女のおなかに――そしてもっと下のほうに顔を押しつけたことしか考えられない。テスの頬は燃えるようにほてっていた。

「テス」ルーシャスが言った。「手伝えることはあるかい？」

「今夜着るドレスがなかなか決まらなくて」テスは落ち着きを取り戻そうとして言った。

「こんなにたくさんの服があるなんて、生まれて初めてですもの。ねえ、このベルベットのドレスがいいかしら？　それとも、あのきめの細かい黒絹《サーサネット》？」彼女はベッドに広げた二着のドレスを指さした。

ルーシャスはベッドに近づいた。「この黒いベルベットを注文したのはぼくだったかな？」

「いいえ、あなたじゃないわ」テスはむっとした。「わたしの記憶が正しければ、ドレスは全部わたしが注文したの。あなたは助言を与えてくれただけよ」

「きみの正式服喪期間は過ぎた。グリーンの服を着ろよ。この黒いドレスは冴えないと思わないか？」

「いいえ、これはとてもエレガントよ」テスは意固地になってきた。どうしてルーシャスは、日が落ちてからでないとわたしと愛を交わそうとしないの？　一日の予定表でもあるのかしら？

「冴えない服は着てほしくないな」ルーシャスはベッドの支柱にもたれた。

「今夜はその黒いベルベットを着るわ」テスは夫にそむいて言った。そのうえ、彼に背を向けた。「コルセットを締めていただけるかしら、ルーシャス？　ガッシーは台所へ使いにやったから」

「お安いご用だ」ルーシャスはつぶやきながら、テスに近づいた。

ルーシャスの指に触れられると、テスは下腹部がとろけるような独特の感覚を覚えた。彼が背後に立ち――乳房が倍の大きさになりそうなやり方でコルセットの紐を締めていく。でも、乳房が膨らんで熱くうずくのは、コルセットのせいではない。ゆうべの記憶のせいだ。そう思うと、彼女の心臓は激しく打った。

なぜわたしは、寝るだけの女だと夫に思わせておくの？　それも、わたしの寝室でばかり。ルーシャスが今夜のうちに発つなら――考えてみれば、それも気に入らない。

テスはルーシャスから離れた。ウエストに彼の視線を感じ、数日前なら考えもしなかったやり方で色気たっぷりにヒップを振る。二、三歩進んで、肩越しに振り向いた。「ルーシャス、お願い」なにげない口調で言う。「ドレスを取って」

すぐに新品のベルベットのいい匂いが頭上に漂った。髪を乱さないようにしながら、テスはドレスを肩に下ろした。これは冴えない喪服などではない。襟ぐりはかなり深く、小さな袖は肘までずり落ちそうだ。また、直線的なデザインでもなく、前身ごろがちょうど胸の谷間でくびれている。テスの意見では、胸もとの肌と黒いベルベットのはざまで見え隠れする白いオコジョの毛皮がいちばんの魅力だった。

それでもルーシャスはなにも言わなかった。そこでテスはゆっくりと振り返り、精いっぱいさりげない調子で話しかけた。「わたしは冴えない女に見えるかしら、ルーシャス？」

彼はもうベッドの支柱にもたれていなかった。ブルーの瞳が色濃くなり、もはや落ち着いた、完全無欠な紳士には見えない。

テスはスカートを持ち上げて、ほっそりした足首をのぞかせた。銀色のシルクの靴下が蠟燭の明かりを受けてちらちら光る。

ルーシャスが目を落とすと、テスは爪先を上げた。「黒の室内履きがいいかしら。それとも、かかとの高い靴？　これは殿方の靴みたいに、片側でバックルを留めるのよ。とても面白いわ」

ルーシャスはしばらくテスの足を見つめてから、ふいにほほえんだ。めったに見せない笑みだ。「懲らしめられているとしか思えないな」彼は言った。「ぼくがどんな罪を犯したのか知らないが」

彼はテスの足もとにひざまずき、かかとの高い靴をはかせた。テスの脚に震えが走った。

「ばかばかしい」テスは言った。靴をはかせてもらうと、鏡のほうを向き、二日前に朝食の皿の上で見つけたエメラルドのネックレスを手に取った。「留めて下さる、ルーシャス？」

頭を下げ、彼の指がうなじに触れるのを待つ。

なんだか、一日じゅうこのときを待っていたみたい。

ルーシャスはネックレスを取ったが、鏡台に戻した。

「ぼくにどうしてほしいんだい、テス？」ルーシャスが言う。「服を着せるほかには？」

「衝動的になって」テスはささやいた。大胆な振る舞いをしたせいで、頬が燃えるように熱い。それでも、鏡のなかでルーシャスと目が合うと、ゆったりと彼の胸にもたれた。

ルーシャスの指がテスの喉もとから鎖骨をたどり、胸の膨らみへ向かって、ぞくぞくする感覚をもたらした。

「あと一時間でテーブルにつかないと」ルーシャスは顔を傾け、指で燃え上がらせたあとにキスをしていった。

「ええ」テスは弱々しく答えた。ルーシャスの髪に手を差し入れたい。でも、わたしが力を貸すわけにはいかない。ぜったいに。ここは彼が自分で決心しなくては。だから、わたしは手を伸ばしたりせずに——。

「料理長に迷惑をかけるのは、とても無作法なことだよ」とルーシャス。彼の唇はテスの華奢な鎖骨を味わい、胸もとの豊かな曲線へ滑っていく。

「そうね」テスは言った。せめてルーシャスの肩に触ってはだめ？　だめよ。わたしに背中を押されなくても、覚悟を決めてもらわなくちゃ。

突然、ルーシャスは背筋を伸ばし、つかつかと戸口へ歩み寄った。ドアを開けてテスに声をかける。「居間で食前酒でもどうだい？」

テスはあっけにとられて彼を見つめた。決めたんだわ——部屋を出ようと？　食事をすると？

間違ったほうに心を決めるなんて。

それをルーシャスに知らせるのは、妻であるわたしの務めよ。

ルーシャスは家庭の平穏を絵に描いたように戸口にたたずんでいる。まるでふたりは四〇年連れ添った夫婦だと言わんばかり！　テスはこの件を自分の手で解決することにした。

「クロイに挨拶してこなきゃ」テスは部屋の片隅に置かれた大きな鳥籠のほうを向いた。近づいたとたん、クロイはキーキー鳴いて首をかしげた。

「そのオウムは耳障りな鳴き声をあげるな」ルーシャスも鳥籠に近づいた。「ぼくの留守中にきみの話し相手になるかと思ったが、これでは励まされるより腹が立ちそうだね」

「よく夜間に旅をするの？」テスはクロイを鳥籠から出した。「いろいろと不便でしょうに」

「ロンドンへは定期的に往復している。夜のあいだに移動すれば、仕事の時間が無駄にならないからね」

「ロンドンでは、ご両親を訪ねるの？」テスはルーシャスを見ないように気をつけた。クロイは甲高い声をあげて彼女の指にしがみつき、バランスをとろうと羽をばたばたさせている。

「オウムは優雅な鳥じゃなかったっけ？」クロイがよろけたのを見て、ルーシャスはあとずさりした。クロイの羽ばたきで、餌にしている種が宙に舞い上がった。

「ロンドンでご両親を訪ねることは？」テスは繰り返した。

「ない。向こうも望まないしね」

それ以上突っ込めば、詮索《せんさく》好きだと思われてしまう。テスはクロイに腕を歩かせてやった。オウムは彼女の頬に身を乗り出し、やさしく耳をかじった。テスが頭を掻いてやると、クロイはまた鋭い声をあげた。ますます興奮して、右の脚から左の脚へと体重を移し、キーキー鳴いている。

ルーシャスは片方の眉を上げてオウムを見ていた。「まったくおかしな鳥だ。きみは――」声がとぎれた。クロイが興奮のあまり粗相をしたのだ。

「なんてやつだ！」ルーシャスが怒鳴った。

「クロイを脅かさないで！」テスはとげとげしい口調で言い、オウムを鳥籠に戻した。クロイはまずいことをしでかしたとわかっているようだ。しおらしいとうるさいの中間くらいの声で鳴いている。

ルーシャスはいかにも彼らしく、たちまち怒りをおさめて現実問題に戻った。「どうやってドレスを脱がせれば、きみの髪を乱さずに済むだろう？」

テスはクロイをかわいがってはいるが、おしっこをかけられるのは我慢できなかった。

「上げるんじゃなくて、下げるのよ、ルーシャス」

「下げる？」ルーシャスは疑うように尋ねた。

テスは小さな袖から腕を引き抜き、身ごろをぐいと下ろした。わずかに身をくねらせて。

「あなたがやったほうが早いわ」感情を表に出さないように気をつけた。

そこでルーシャスは、テスの体にぴったり合った黒いベルベットのドレスを慎重に脱がせ始めた。胸からほっそりしたウエストへ滑らせ、ヒップでぐっと引っ張る。彼女は足を上げ、ルーシャスがドレスを引き抜いた。

「コルセットも」テスは背を向けた。「お願い。わたし、お風呂に入らなくちゃ」

コルセットの紐にルーシャスの指を感じると、テスは笑わないように唇を嚙んだ。

クロイは自分を慰めているらしく、しゃがれ声で歌っている。朝の餌を増やしてあげるわ、とテスは心のなかでつぶやいた。

紐が解けた。テスはすぐにコルセットを外して、シュミーズも頭から脱ぎ、脇に放った。

身につけているのは薄手のローンのパンタロン――パリから取り寄せた最新流行の品――と靴下、かかとの高い靴だけだ。

「ルーシャス」テスは肩越しに夫を見た。「夕食にかなり遅れてしまいそう。料理人が気を悪くするでしょうね」

テスは鏡台の前のスツールに座り、腰をかがめて靴のバックルを外していった。

気がつくと、背後にルーシャスが立っていた。「ぼくはもっと衝動的になったほうがいいんだろう？」彼はテスの髪に向かって尋ねた。だが、大きな手はヒップの丸みに当てられ、もう片方の手はすでに彼女を引き寄せている。楽しげで力強い声には、喜びと欲望がくすぶっていた。

「ええ」テスはかろうじて答えた。

けれども、そのときはこれが精いっぱいだった。その後たっぷり一時間が過ぎて、彼女は回らない舌で訊いた。「もう一度する？」それから、興味津々の口ぶりで。「これは好き？」テ

ルーシャスは疲れ果て、夜盗のようにロンドンへ立ち去るどころではなかったらしい。テスが明け方に目を覚ますと、隣には彼の大きな体が横たわっていた。

テスはルーシャスにかがみこんだ。「ロンドン行きは？」

「やめた」だるそうな声だ。

彼女はルーシャスの耳に、またひとことささやいた。

「もう一度だって？」ルーシャスは訊き返したが、声が笑っていた。しばらくして彼は言っ

た。「これは好きかい、テス？」

そして最後に。「ああ、結婚がこんなにいいものだとは思わなかったよ」

29

競馬は騒々しい催しだ。シルチェスター金杯のレース自体は二時間もかからないが、コースの柵に群がった男たちは早くも怒鳴り合ったり押し合ったりしながら、二歳馬たちがゲートに駆けていくのを見守っている。賭博狂たちは騎手に向かってわめき、また互いにわめき合っていた。三〇頭以上の馬が通り過ぎると、正面観覧席が揺れた。埃の匂いと馬の匂いがする。テスにとっては、薔薇の香りやパンを焼く匂いと同じくらい慣れ親しんだ匂いだ。

ルーシャスはテスの腕を取り、正面観覧席ではなく、その左手にある小さな白い建物へ導いた。

「あれはロイヤルボックスでしょ？」テスは尋ねた。

「今は違う」ルーシャスが答えた。「ヨーク公は厩舎に注ぎ込む現金が欲しいがために、あれを手放したのさ。この際、ぼくら専用のボックス席を買ってもいいと思ってね」

王族公爵より裕福な男性と結婚したのはすてきなことだ。テスがそう思ったのは、これが初めてではない。ボックス席は美しかった。コースに面して開いた大きな窓がある、立派な部屋だ。ヨーク公好みの豪華な内装で、窓という窓にベルベットのカーテンが吊るされ、日差しできらめく金メッキを施した枝つき燭台が置かれていた。

イモジェンとその夫はすでに窓際に陣取っていた。「元気なの?」テスは大喜びで妹にキスをした。「会いたくてたまらなかったわ」

「わたしはとても元気よ」イモジェンはにっこりとした。「また会えて嬉しいわ、ミスター・フェルトン。今日はロンドンにいるはずじゃなかったの?」

「気が変わったんだ」ルーシャスは言い、テスにいたずらっぽい笑みを向けた。

「お待たせしてごめんなさいね」テスは、けさベッドでぐずぐずしていた理由を考えまいとした。

「わたしたちは本番前のレースから見ていたのよ、もちろん。ドレイブンは馬券売り場が開いた瞬間から、その場にいなくてはだめという人だから。どの常連が早く来るかを見きわめないとね」

「ええ――知っているわ」テスは言った。知らないはずがない。この一〇年間、食事中はほぼ毎回、父親から賭けのこつを伝授されてきたのだから。

「アナベルが心から謝っていたわ」とイモジェン。「グリセルダの仕立屋が明日ロンドンへ戻らなくちゃならないの。アナベルはドレスをたくさん注文していたから、一日じゅう仮縫いに追われているわ。でも、一週間以内にジョージーとふたりでお姉さまの家に行くそうよ」

「アナベルは大喜びでしょうね」テスは言った。「あなたもドレスを注文しているの?」

イモジェンはかぶりを振った。「いいえ、わたしは――」彼女は言葉を切った。「ジョージーも大喜びよ。家庭教師はあの子の無作法ぶりに仰天したけれど、お互いに歩み寄ったんですって。午前中に、ジョージーいわく〝ばかげた淑女教育〟を受ければ、午後は好きな本を読ませてもらえるの」

「どうしてドレスを新調しなかったの？」テスはしつこく訊いた。

イモジェンは夫をちらりと見たが、ドレイブンとルーシャスはボックスの最前部に立ち、馬がゴールを駆け抜けるところを見ていた。「今週、ドレイブンはルイスの競馬で大損をしたみたい」

「いくら？」テスは遠慮なく尋ねた。

「二万ポンド」イモジェンは答えたが、姉の表情を見て、あわてて付け足した。「でも、そんなはした金を失ったくらいでは、ドレイブンは懲りないわ。どんなときも楽天的だもの。でもね、わたしのほうで家計を引き締めたいの。負けたあと、彼はすごく落ち込んでいたから」

「よくわかるわ」父親の顔を思い浮かべれば、そう言えた。

ドレイブンが姉妹の話に割って入った。ルーシャスを厩舎へ連れていき、なんとかいう馬の調子を見てきたいらしい。そのとき、群衆のなかで怒号があがった。ドレイブンとイモジェンはなにごとかと窓際に駆け寄った。ルーシャスは即座にテスを立たせると、数歩下がらせ、頰に手を添えて激しいキスをした。

テスのぼうっとした頭に、けさの光景がよみがえった。ルーシャスはわたしの上で背中を弓なりにしていた。朝日を浴びて胸を金色に染め、無表情どころではない顔で――こちらを見下ろしながら、歯を食いしばり、わたしを高みへと駆り立て……。

今もルーシャスはそのときと同じ表情を目に浮かべている。でも、彼は親指でわたしの頬を撫でているだけだ。しかも手袋をはめた手で。

「どうしてそんなことができるの？」テスは尋ねた。

「えっ？」

「どうやってわたしに――」テスは口をつぐんであとずさりしたが、背後は壁だった。ドレイブンは窓から身を乗り出し、コースに向かって叫んでいる。彼女は顔が赤くなっているのがわかった。「あなたのことを考えさせるの？」そっとささやく。

「ぼくもきみのことを考えているよ」ルーシャスはテスを見て、しっかりした声で言った。今は触れられてもいないのに、彼女の体は震えていた。ルーシャスの視線が、かたわらの赤いベルベット張りのソファへ向かう。ヨーク公の尋常でない体重を支えたソファだ。

テスは頬を染めた。そのいっぽうで血が沸き返り、胸が高鳴っている。

ルーシャスがイモジェンとドレイブンに近づいた。テスは壁にもたれ、頭をはっきりさせようとした。夫は指一本上げるそぶりも見せずにわたしを高ぶらせ――そのかして――。

ふと気がつくと、イモジェンが明るく挨拶をしていた。ドレイブンが彼女を外へ連れ出すと、ルーシャスはふたりの背後でドアを閉め、かんぬきをかけた。

「だめよ！」テスは必死に訴えた。「そんなこと、考えるだけでもだめ！」

「そんなことって？」ルーシャスは目に笑いをきらめかせてテスに近づいた。右手の手袋を、指一本ずつ脱いでいく。彼が手袋を椅子に放り投げる様子を、テスはぞくぞくしながら見守った。そして左手の手袋も外された。

「なにをするつもりなの？」テスは息をのんだ。だが、なにをするつもりかは訊くまでもなかった。彼女の分別ある無表情な夫は外套を脱いでいる。その顔に、処女でさえ見間違いようがない表情を浮かべて。テスの膝が震え出した。

「窓は開いているのよ」テスは指摘した。「外から見えるわ！」

「どの窓もまっすぐコースを向いている」ルーシャスが言った。声が翳りを帯びている。

「コースに出ないと、ぼくらの姿は見えないさ」

象の群れを思わせるものが轟音《ごうおん》をたててコースを駆け抜けた。「外には人がたくさんいるのよ！」テスはささやいた。ルーシャスはベストのボタンを外していた。彼女の目の前で、ボタンがひとつ、またひとつと離れていく。

「あれは騎手だよ」ルーシャスが言う。「騎手はのぞき見をするほど暇じゃない。きのうは、ぼくにもっと衝動的になれと言ったくせに」

「こんなのはいやよ！」テスはあえいだ。

ダークグリーンの色がひらめき、ベストが脇へ放られた。不本意ながら、テスはどきどきしてきた。

窓の外を審判員が馬で通り過ぎた。こちらを見てはいないが、縞《しま》模様のシャツと小さな帽子が間近に――。「シャツは脱がないで!」テスは声をあげた。

ルーシャスが目を輝かせて近づいてきた。メロドラマのヒロインみたいに気絶したふりをしようかしら。だが、テスは心を鬼にして彼をにらみつけた。「馬に乗っていれば、誰でもこの部屋をのぞき込めるのよ」

「うーん」ひどく不満げな口調だ。ルーシャスは帽子をソファに放った。そして、すぐさまテスの目の前に立った。ごく近くに。彼女はルーシャスの独特な、どこか野性的な匂いをかいだ。夫の匂いを。

「ああ、ルーシャス」テスは彼を見上げてささやいた。自分の目に感情が表れているのはわかっていた。

「テス」ルーシャスがうなるように応えた。テスは部屋の片隅に立ち、彼の大きな体が外からの視線をさえぎっていた。

「こうすればきみの姿は見えないよ」

そのとおりだわ。けわしい顔をしようとしても、そそられたようなそぶりを見せまいとしても、口に笑みが浮かんでしまう。

「そういう問題じゃなくて」テスは脈打つ喉から声を絞り出した。だが、すでにルーシャスはスカートの裾を持ち上げている。

「きみに――触れずにはーーいられない」彼の声は高ぶっていた。「聞いているかい、テス？　これまでずっと——」

テスが答える間もなく、脚のあいだに大きな手が差し込まれた。すると彼女は本当にメロドラマのヒロインよろしく、息をのんでルーシャスの胸にくずおれた。彼がたくましい腕でテスを抱きとめる。指が腿の付け根の奥に滑り込んだ。抗議しようと開いた口は、ルーシャスの唇にふさがれた。

テスは身をよじったが、ルーシャスの熱い唇にとらえられ、やさしく組み伏せられて、全身の血がたぎった。ふいに体の震えが止まり、彼女は背中を弓なりにしてキスに溺れた。

ルーシャスがかすれた声でなにかつぶやいたが、鼓動の音が大きすぎて、テスの耳には聞こえなかった。彼はもう一度言った。「お願いだ……テス」

彼女は息をのんでルーシャスを見た。内心のほほえみが目に表れたに違いない。ルーシャスの両手がさらに荒々しく動き始めた。彼女はルーシャスにしがみつき、ノーと言ってしまわないように、彼の唇に唇を押しつけた。本当はそう言うべきだけれど。

テスを見下ろすと、ルーシャスの思いは脇道にそれた。もはや妻は時と場所を選んで愛を交わすような人生の添え物ではないことを、ぼくは彼女にちゃんと伝えていない。

だが、今は話していられない。テスが息を切らしている。ルーシャスは彼女をソファに抱き上げて、熱い泉に突き入れたくなった。しかし、さすがにそれはできない。誰かに見られるかもしれないぞ。ルーシャスはそう自分に言い聞かせた。テスは彼の肩に爪を食い込ませている。

「こんなことをしてはだめよ」テスはあえいだ。

「なにもしちゃいないさ」ルーシャスはなだめるように言ったが、その手はまだ彼女を愛撫していた。「顔を上げて、テス」深みのある声でささやく。「きみはぼくのもの、ぼくの妻だ。ぼくのテス、愛しい妻」

ルーシャスはテスの頭を抱え、ありったけの思いでキスをした。テスを見るたびに、ぼくの妻という言葉を嚙みしめるたびにこみあげてくる、あらゆる喜びと真実をこめて。

テスはルーシャスの胸で身を震わせた。彼はいっそう激しくキスをしながら、指を奥深くまで差し入れた。彼女はわななく指でルーシャスのシャツをつかみ、叫び声をあげた。

ルーシャスは先ほどの言葉を繰り返してもよかったが、その必要はなかった。テスはぼくのものであり、ぼくの腕のなかで震えていて、見たこともないほど魅力的にあえいでいる。彼は歯を食いしばってテスを抱きかかえ、ズボンのボタンを引きちぎりたいという衝動をこらえた。

今夜だ。そのために夫婦のベッドはあるんじゃないか。まともな行為をするために。これはまともじゃない。

テスがルーシャスを見上げた。目はうつろで、唇はキスで腫れている。彼は危うく理性を捨てそうになった。だが、テスにそっとキスをして、その叫びを胸にしまい込んだ。彼女はぐったりとして、子猫のようにルーシャスに抱かれている。

しばらくして、ルーシャスは声をかけた。「テス?」

「なあに？」テスは夢心地だ。

「ぼくはそろそろベストを着るよ」

「ベストを？」テスはルーシャスの胸に頬をすりつけた。

「そうだ」ルーシャスはテスをソファに座らせ、自分の欲望に負けないうちに、すばやくあとずさりした。なにしろ、彼女はためらいを捨てたと見え、こっちに来てというまなざしを向けているのだ。

ルーシャスはベストを拾って身につけるあいだも、テスから目を離さなかった。いかにもなまめかしく、ぐったりとソファにもたれている姿がたまらなく魅力的だ。ぼくの妻。貪欲な女。

「どうして――しないの――」テスの声は、まだ溶けたバターのようだった。

「だめだ！」ルーシャスはぴしゃりと言い、髪をかきあげた。不思議なことに、あの目をのぞかなければ、テスはいつもどおり淑女に見える。男の心をかき乱すには十分だ。考えると――。

ルーシャスは考えるのをやめて、ドアのかんぬきを外した。イモジェンとメイトランドがいつ戻ってくるかわからない。もっとも、ルーシャスはメイトランドに一〇〇〇ポンドを渡し、続けて三レースに賭けろと指示していた。間違いなく、メイトランドはその金をすべてすってしまうだろう。

ぼくが妻と過ごす時間には、それだけの金をはたく値打ちがあるが。

「きみの義弟は退屈な男だな」ルーシャスは帽子をかぶった。

「そう思う？」テスがたわいない話題に飛びついたので、ルーシャスは笑みを浮かべそうになった。「たしかに話していても面白くないわね」彼女は立ち上がり、夫の視線を避けてボックスの前のほうへ歩いていった。テスの瞳にちらついたのは――心の痛みだろうか？　悔しさ？

ルーシャスはテスの背後に立ち、しばらく――至福のひととき――やわらかいヒップに体を押しつけていた。

「ルーシャス！」テスが息を殺して言った。

彼はあとずさりして、ズボンの前を何度も直した。「すまない、愛しい人。ぼくが危うく紳士のたしなみを忘れて、きみをソファに押しつける寸前だったことを知ってほしくてね。でも、それはできなかった。できっこないよ」

テスがぱっと顔を上げた。疑問が笑みに変わっている。彼女は手を伸ばして、ルーシャスのクラバットを整えた。

とても妻らしいしぐさだった。そのため、ルーシャスのふだんは謎《なぞ》めいた目――テスがクラバットをいじっているのではなく、夫の目を見ているとしたら――は、いつもとまったく違う表情をたたえていた。

あえて分類するなら、欲望と呼んでもいいだろう。あるいは、もっと強い感情――むき出しの切望か。独占欲か。テスはぼくの妻なのだから。

それより強烈なもの？

まさか。

ドレイブンがボックス席のドアを開けたとき、ルーシャスはテスにキスしていた。

「ここを通る騎手に見られたかもしれないのよ」夫たちが厩舎へ向かったあと、イモジェンが言った。

「騎手はそれほど暇じゃないわ」テスは笑いをこらえた。

イモジェンは姉をにらみつけた。「お姉さまとフェルトンは、いかにも新婚夫婦らしく振る舞っているのね」

「それ、どういう意味？」

イモジェンは笑った。「よくご存じのくせに。ドレイブンはなにも言わなかったけれど、ふたりがドアの向こうでキスしていたとわかったとき、彼もわたしのように恥ずかしさを感じていたのよ。まるで下僕とメイドの逢引《あいび》きだもの」

「意地悪な言い方ね」テスの頬がぽっと赤くなった。

イモジェンの目がきらめいた。「それ以上のことをしていたのね……そんなに赤くなるなんて。そう、お姉さまはこの豪華な赤い鳥籠で、お金持ちの旦那さまといちゃついていたのよ。あきれたものね」

テスは妹を見た。「お互いさまでしょう、イモジェン」

「少なくとも、わたしは恋愛結婚をしたわ」イモジェンは言い捨てた。

テスの胸に怒りがこみあげてきた。妹たちほど癪に障る者はいない。イモジェンはまんまと姉を怒らせていた。「さっきは意地悪だったのが、今度は下品になったわね！　一応お知らせしておくけれど、わたしがあわてて結婚したのは、あなたの結婚のせいで生まれる醜聞を消すためでもあったのよ」

「グリセルダはわたしの急な結婚にも平然としていたわ」イモジェンはボンネットをまっすぐにしながら言い返した。「特別結婚許可証で結婚するのは羨望《せんぼう》の的だそうよ。これ、すてきなボンネットじゃない？　レディ・クラリスにもらったの。二、三回かぶっただけで、もう気に入らないんですって。もちろん、お姉さまは二度とお下がりを使わなくていいのよねえ」その口調にはまぎれもない悪意がこもっていた。

「駆け落ち結婚の醜聞からあなたたちを救ったのは、ルーシャスのはずよ」テスは言った。「しかも彼は、結婚許可証を手に入れるためのお金をドレイブンにあげたでしょう」

イモジェンは姉の言葉をはねつけるように手を振った。「ドレイブンはいつも大金を持ち歩いているわけじゃないもの。商人じゃないんですからね」

テスの心臓は激しく打ち、鼓動が耳に響いていた。「ルーシャスだってそうよ。どうやらあなたは、わたしの選んだ夫が気に入らないみたいね」

「ええ、気に入らないわ！　自分は恋愛結婚をして、姉妹がお金目当ての結婚をする姿を見るはめになるのは悲しいもの」

「わたしはそんな理由でルーシャスと結婚したんじゃないわ」テスは必死に声を抑えた。

「わかっているのよ」とイモジェン。「メインのことは聞いたから」彼女の目に、初めて心からの思いやりが表れた。「お気の毒に、テスお姉さま」

テスは最初、イモジェンがなんの話をしているのかわからなかったが、ようやく自分がメインに捨てられたことを思い出した。

「つらく当たるつもりはないのよ」イモジェンが続ける。「よりによって、こんな事情で結婚したお姉さまにつらく当たるなんて。そんなことできないわ！」妹のうろたえた顔を見て、テスは怒りが消えていくような気がした。

「もういいわ」テスはイモジェンをさっと抱きしめた。「わたしは恋愛結婚をしなかった。ルーシャスはびっくりするほどお金持ち。本当のことばかりですもの」

「ええ、わたしはそんな結婚をせずに済んで幸運だったでしょ？」イモジェンは言った。また辛辣な口調が戻っている。

またもや馬たちがボックス席のそばを駆け抜けた。「よく見なくちゃ」イモジェンは窓際へ進み、腰を下ろした。「もうすぐブルーピーターの出番よ。ドレイブンはぜひあの馬に乗りたがっているの」

「どんな馬？」テスはイモジェンの隣に椅子を置いて座った。馬の話をすれば、ふたりとも心がなごむだろう。

「ブルーピーターのこと？　お姉さまには嫌われそうね」

「気性が荒い馬なの？」

「ええ、すごく」実感がこもった言い方だ。「なんでも噛もうとするし、首や肩が強すぎるの。もうじき乗れなくなりそう。馬丁たちも怖がって、調教したがらないのよ。この前、いたずら小僧にクッキーを投げられて、柵を蹴り倒しそうになったわ」

「なんてこと」テスは言った。「その馬は何歳なの？」

「そこなのよ。まだ一歳なの。ブルーピーターが二歳になったらどうなると思う？　でも、ドレイブンのお気に入りでね。去勢したほうがいいという意見に耳を貸さないの」イモジェンは押し黙った。

「お父さまなら、その馬はまだレースに出せないと言うでしょうね。緊張に耐えられないもの」

「お父さまはいろいろと古い考えに縛られていたわ。でもドレイブンが調べたところ、イングランドでは昔から一歳馬がレースに出ていたそうよ。ドレイブンはお父さまより、はるかに学があるんだから」

「馬をまだ一歳でレースに出すことの是非を判断するのに、ケンブリッジの学位がなんの役に立つのかしら」テスは言い返した。

「本当だってば」イモジェンは横柄に言った。「ドレイブンはお父さまとはまったく違うわ。そもそも、お父さまは勝ったためしがなかったでしょ？」

テスは唇を噛んだ。彼女に言わせれば、父親とドレイブンは明らかに似ている。ドレイブンは主要レースに勝ったことがない（テスの知るかぎり）という事実や、母親に援助してもらわないと生活できないという点に至るまで。

再び場内がどよめいた。レースはもう終わっていた。

「今のレースは見逃したわ」テスは言った。ルーシャスが戻ってくればいいのに。イモジェンの様子はおかしい。でも、どうすればその話ができるだろう。ここにアナベルがいてくれたら！　あの子なら、秘密を探り出すのはお手のものだ。

「レースは短くなるいっぽうよ。ドレイブンの話では、詐欺師が賭け金を操作して、おおかたのレースを買収しているんですって」

「そうでしょうね」テスは言った。「それより、あなたはどうなの、イモジェン？　ドレイブンとの結婚生活は、夢見ていたとおりだった？」

「だから言ったじゃない、彼は上品ですばらしい人だって」

「本当に大丈夫なの？」テスは重ねて訊いた。

「当たり前よ！」イモジェンは笑い声を漏らした。

「レディ・クラリスとの同居はうまくいっている？」

イモジェンの顔を影がよぎった。「アナベルとジョージーにはいつでも会えるわ。わたしが望めば、毎日でも。でもドレイブンが次の高額賞金レースに勝ったらすぐに、わたしたちは独立するつもり」

「つらい思いをしているのね」テスはイモジェンの手に手を重ねた。

イモジェンは自分の手を見てにっこりした。「レディ・クラリスは扱いやすいわ。わたしが午前中にカトゥルスを朗読するようにしたら、教養がある嫁だと思い始めて、ころりと態度を変えたの」

「ミス・ピシアン＝アダムズが喜んで教科書を貸してくれるんじゃないかしら」

イモジェンは身震いした。「あの人は本当に変わり者よ。ねえ、彼女はドレイブンを横取りしたわたしに本気で感謝しているの？　あなたも最愛の男性と結婚するより大きな生きがいを持てたのに、と言わんばかりの態度なのよ！」

「それはそうね」テスはつぶやいた。

だが、イモジェンはもう自分の結婚生活に触れたくないようだった。「ミスター・フェルトンとの生活はどんな感じなの、お姉さま？　ドレイブンは、彼はイングランド一の大富豪だと言ってたわ」

「目が回りそうな生活よ。どんなふうに一日が過ぎたのか、思い出せないくらい。だって、使用人と話すだけの単純な仕事にひどく時間をとられるのよ。家政婦と食事の打ち合わせをしたら、庭師と話して、それから会計士――自分で帳簿をつけることはないけど、目を通すようにはしているの。全部合わせると、驚くほどの仕事量だわ」

「でも、お姉さまは幸せそう」イモジェンが言った。「目が幸せそうに輝いているわ」いったん言葉を切ってから続ける。「きっと旦那さまに恋をしたのよ」

テスは一瞬凍りついた。「いつかはそうなるかもね」ルーシャスが人ごみを縫って進んでくるのが見えた。ドレイブンも一緒だ。「ふたりが戻ってくるわ！」

ルーシャスが近づくにつれ、見物人は道を空けた。ドレイブンは例によって美男子だが、いつもと様子が違う。目を大胆に輝かせ、大きな身ぶり手ぶりを交えてルーシャスになにか話している。ブルーピーターに関することに違いない。

ドレイブンを眺めていると、テスは不思議な親愛の情を覚えた。なんといっても、彼はもう家族の一員だ。イモジェンの夫。妹にはもっと違う男性と、違う形で結婚してほしかったけれど、イモジェンがずっと彼だけを愛していたという事実は無視できない。

テスは妹の手を握り締めた。「あなたたちふたりが結婚してよかったわ」思わず口にした。

「状況が違っていたら、不幸になっていたでしょうけれど」

イモジェンはテスを見た。「ええ、そうだったでしょうね」だが、その声には再びテスの表情を曇らせる響きがあった。

ルーシャスはテスの隣に座った。ドレイブンはまだしゃべり続けている。ブルーピーターと競走する若い牝馬と、馬丁から聞いたその馬の餌の話らしい。彼はイモジェンの隣に腰かけ、ルーシャスに向けていたなめらかな弁舌を妻に向けた。

ルーシャスはテスに身を寄せた。「オート麦とりんごの話は聞き飽きたな」

テスはほほえんだものの、イモジェンがかわいそうになった。ルーシャスの手は背中に触れているだけなのに、ほんの少し前の出来事を思い出して胸が高鳴っている。

見上げると、ルーシャスも同じことを考えているのがわかった。「散歩に行こうか？」彼は言った。「ブルーピーターのレースまで、あと一時間はありそうだ。それに、きみはこのボックス席を一歩も出ていないしね」

テスはイモジェンをちらりと見た。ドレイブンは、鼻に白い筋が入った二歳の牝馬の説明をしている。「あの目つき。穏やかでいて、ほら、油断のない目つきだよ。ぼくはあの子をアスコットに出すこともできるのに、母がうんと言わない。たぶん——」イモジェンは夫を見て、しきりにうなずいている。

テスは向きを変えてルーシャスの腕を取った。やがてふたりは、酒や煙草やけんかの匂いがする群衆のあいだを縫うように進んでいた。ルーシャスが彼女の体に腕を回す。しっかりと守るように。テスは競馬場の群衆のなかで育ったようなものなので、守ってもらう必要などなかったが、それでも、胸がうずくほどの喜びを覚えた。彼女は立ち止まった。ルーシャスもつられて立ち止まる。テスは彼の顔を見上げた。「ルーシャス」

「なんだい？」

テスの目を見たルーシャスは、楽しげに瞳をきらめかせた。彼は頭を下げた。「なにか内緒話がしたいのかな、愛しい人？」

「あなたの馬車はこの近くに止まっている？」

ルーシャスは笑みで答え——無作法きわまりないしぐさだが、妻の顔を上向けてキスをした。激しくて、すばやい、強引なキス。人目につかないほどの早業だった。ふたりはコースを向いていたし、馬の一群が砂埃を立てて走り抜けていたからだ。

彼らの姿を見ていた人物がひとりだけいた。イモジェンだ。ボックス席に座る彼女のかたわらでは、ドレイブンがしゃべっていた。「ほら、柵のそばを走っている一群がスピードを上げたら、例の馬はいったん外側へ抜けてから飛び出した。まるで……」

ルーシャスは、テスがなにより大切だと言いたげに彼女を見下ろしている。笑い声をあげ、大切な妻を群衆から守るようにしっかりと腕を回して。

「馬に対する投資は将来性があることを、母がわかってくれたらな」ドレイブンが怒りのこもった口調で言った。息子が結婚した今、レディ・クラリスはいっこうに財布の紐をゆるめようとしないのだ。

〝あの子は渡されたぶんだけ厩舎に注ぎ込んでしまいますからね〟レディ・クラリスはイモジェンに言っていた。〝わたくしはお金を出し惜しみしません。でも亡き夫も、息子には勝ち馬を見抜く目がないという意見に賛成でしょう〟

〝ドレイブンは目が肥えています〟イモジェンはきっぱりと言った。〝彼の厩舎がイングランド一になるのも時間の問題です〟

〝そうなればどんなにいいか〟レディ・クラリスはそう言うと、話題を変えたのだった。

「ドレイブン」イモジェンは彼の話をさえぎった。「散歩に行かない？」

彼はぱっと立ち上がった。「あの馬が見たいんだね？　たしかに自分の目で見なくちゃ、ぼくが母を説き伏せるときに味方できないからな」ドレイブンは彼女を乱暴に立ち上がらせた。「いい思いつきだ、イモジェン」

少なくとも名前は覚えていてくれるのね、と彼女はやるせない気持ちで思った。

30

下僕たちが待ち構えていたが、今度こそルーシャスは、馬車のなかで新妻となにをしていると思われても意に介さなかった。馬は馬車と離されて厩舎に入れられている。彼は頭をぐいっと動かして合図し、下僕たちが一時間は戻らないよう、別々の方向へ追いやった。そしてみずから馬車の扉を開き、小さな階段を下ろした。

テスは最上段で振り返り、肩越しにルーシャスにほほえんだ。「あなたも来るんでしょ?」そのかすれた声を聞き、彼はもう少しでテスの完璧なヒップを抱き上げて車内に放り込みそうになった。

「きみのすぐうしろにいるよ」ルーシャスは答えた。

テスが馬車の席に仰向けになり、ルーシャスは彼女を貫いた。テスは頭をのけぞらせ、片方の腕を彼の首に回して、もういっぽうの腕を自分の頭にのせている。そのときになって、ようやくルーシャスはあることに気がついた。

ある大切なことに。

だが、言葉では表せない。できるのは、妻に突き入れ、ずっと感情を抑えつけていた見せかけの理性を捨てることだけだ。テスはルーシャスの体の下で横たわっている。背中を弓なりにして、彼の手に乳房を包み込まれて身をよじり、叫びをあげ……。ルーシャスは自分の顔が変わっていくのがわかり、自制心を保とうと歯をむき出した。

そして突然、彼は悟った。テスのそばにいたら自制心など持てない。

ルーシャスは手を下へ伸ばし、テスのなめらかでやわらかいぬくもりに触れた。彼女の目が大きく、大きく見開かれ……。

「ルーシャス！」テスは叫んだ。

彼はテスのヒップをつかんだ。心に流れ込むバッハの讃美歌《さんびか》の歓喜に合わせて、つかんでは引き寄せ、彼女をさらに高みへ押し上げる。そして、すべてを解き放ち……。

自分の顔がこわばって紳士らしからぬ表情になるのが、ルーシャスにはわかった。唇から、しわがれた声や苦痛の声、喜びの声がほとばしる。

テスはルーシャスの首に片腕を巻きつけていた。ぐったりした様子だ。髪は座席の脇に落ち、唇はキスで真っ赤に腫れていた。

「きみがレイフの屋敷に来なかったら、どうなっていただろう」ルーシャスは問いかけた。

「もし、きみが来なかったら」

「そうねえ」テスはそう言ってから、起き上がった。「イモジェンが！」

ルーシャスはため息をついた。

「わたしたちがしていたことをイモジェンに知られてしまうわ」テスは不安げに言いながら、

髪をボンネットで隠すためか、頭の上でまとめようとした。

　ルーシャスはにやりとした。「きみの妹夫婦は駆け落ちするほど愛しあったんだぞ。向こうだって、一度や二度は人目を盗んで昼間に楽しんだだろう」

　遠くでわめき声がして、コーナーを回る蹄の音が響いた。テスは髪を直す手を止め、ルーシャスの胸にもたれた。もうここを離れたくない。このベルベット張りの小部屋で、彼の肩に頭をもたせかけ、つい今しがたのめくるめく興奮に浸り……。彼女はルーシャスに寄り添い、彼の鼓動に耳を傾けた。もう激しさはなく、落ち着いている。

「ふたりはあまりしゃべらないみたいなの」

「ふたりって？」ルーシャスは眠そうだ。

「イモジェンと旦那さまよ」

「彼のほうはよくしゃべるけどね」ルーシャスは言った。「さっきも、本レースに出す暴れ馬の長所をしゃべりまくっていた。だがその馬を見に行くと、なんと馬房の丸太を食いちぎり、木切れを四方八方に吹き飛ばしている始末だ。厩務員も怯えていたよ」

「イモジェンはどうしても彼に勝ってほしいのに」テスはいっそうルーシャスに身を寄せ、石鹸の清潔な匂いを吸い込んだ。「今週、ドレイブンはルイスで二万ポンドも損をしたらしいの」

「ばかなやつだ」ルーシャスはテスの髪に指を絡めた。「今回の騎手は、あの馬に引っ張られたら腕が外れると言って、騎乗をやめようとしていた。すると、ドレイブンは自分で乗るルーシャスはその言葉を聞きつけ、妻の頭上でほほえんだ。

たしはとても幸運だわ」彼女はシャツにささやきかけた。

を忍び込ませ、胸の波打つ筋肉に触れた。耳の下で彼の心臓が規則正しく打っている。「わ

ルーシャスはシャツを着ていたが、裾は出したままだった。テスは白いリネンの下から手

「まさか自分で乗るなんて」テスが言った。「狂暴な馬なんでしょう？」

と言い張ったんだ。かならず勝てると言っていた」

テスはボックス席でイモジェンの隣に腰かけていた。頬が紅潮して、髪には午前中のようなつやがないのはわかりきっている。

イモジェンのねたましげな目つきが無言で問いかけた。〝厩舎の裏でキスしていたのね？〟

先ほど、テスとルーシャスがボックス席のドアを開けると、ドレイブンがさっと立ち上がった。「やっとお帰りか！」彼は言った。「きみたちが戻ってきたことだし、ぼくはもう一度ブルーピーターの様子を見てくるよ。騎手がこのレースの重要性を理解したかどうか確かめたいんだ。さっきは怖じ気づいていたからね」

「一歳馬と新米の厩務員の組み合わせだぞ」ルーシャスは言った。「今回は練習だと思ったほうがいい」

だが、ドレイブンは首を振った。「いやだね。ぼくはこのレースの賞金で、ファーリーが売りに出した二歳の牝馬を買うことにした。なんとしてもあの馬を手に入れてみせる。あれ

は美しく、骨太で、今年のアスコットで優勝する馬だ」

「今年はブルーピーターが優勝するのかと思ったわ」テスは言った。

ドレイブンがうなずく。「その可能性もある。どちらもすばらしい馬だよ。でも、二歳馬のほうが経験を積んでいるし、横腹の位置がやや高い。みごとな馬でね。イモジェンも同意してくれた。きみたちの散歩中にぼくらは厩舎に行って——ところで、どこにいたんだ?」彼はルーシャスに尋ねた。「あちこち探したんだぞ。きみにもあの馬を見てほしくて。あれはいい投資になるのに、きみはどこにも見当たらなかった」

「競馬場の隅々まで探し回ったのよ」イモジェンがとげとげしい口調で割って入った。

「レースの結果を見せてくれ」ルーシャスは質問を打ち切るような口調で言った。「その馬のことは考えてみるよ、メイトランド。厩舎まで一緒に行こうか?」

ドレイブンの顔が輝いた。「そうこなくちゃ! じゃあ、行こう。騎手の様子を見て、最後にいくつか助言をしたいんだ。本当は自分で乗りたいんだけどね」

「約束したでしょ」イモジェンがぴしゃりと釘を刺した。

ドレイブンはまばたきして、妻がそこにいることをけろりと忘れていたような目を向けた。「そうだったな」彼は答えた。「騎手を励ましてくるだけだ。今はかりかりしているが、ぼくが声をかければ落ち着くだろう」彼は意気込んだ様子で外に出ていった。

ルーシャスがテスを見下ろした。いつものなに食わぬ表情でいるが、テスには彼の心が読み取れた。ルーシャスが彼女の頬やうなじに触れる手つきに説明はいらない。つかの間の愛撫は、テスの肌を熱く焦がした。

「すぐに戻る」ルーシャスは彼女のほうに頭を下げて言うと、イモジェンにお辞儀した。

ルーシャスは物腰が上品だわ、とテスは心のなかでつぶやいた。

「お姉さまは、旦那さまが色男気取りでも平気なのね」ルーシャスが出ていくと、イモジェンが小ばかにしたように言った。

テスは背筋を伸ばした。「どういう意味？」

「人前で妻に触れたり」あきれ果てたという口調だ。「愛撫したりして。たしかに、わたしたちには家庭教師がいなかったわ。でも、もう上流階級の振る舞いを身につけなくちゃ。さもないと、誰にも付き合ってもらえなくなるわよ」

「ルーシャスのおかげで駆け落ち結婚を免れたのに、文句を言うのは筋違いでしょう」テスは言った。「あなたこそ、自分の振る舞いがアナベルやジョージーの結婚に及ぼす影響を考えなかったの？」

「ドレイブンとわたしはスコットランドで結婚しなかったんだから、その質問は無意味よ」

イモジェンは冷淡に返した。

「ルーシャスのどこが問題なのかわからないわ」テスは怒りを抑えようとした。イモジェンは不幸なのだ。理由はわからないけれど、はっきりとそう感じられる。

「ご自分で気づかないなら、わたしが言う筋合いじゃないけれど」

「そのとおりね」

イモジェンは低い声で笑った。そして、窓から身を乗り出して言った。「そろそろ、シルチェスター金杯のレースが始まるわ。このボックス席は快適だけど、発表が聞こえないのよね」

ここが気に入らないなら柵のそばに立ちなさい、と言いたい衝動をテスはこらえた。

出走馬がゆっくりとゲートに向かってきた。いつもテスの目には、馬の大きな背に乗った騎手が心もとないほど小さく見える。

「これは本レース前の最後のレースかもしれないわね」イモジェンが言った。「ドレイブンの騎手の色がどこにも見えないもの。フェルトンの騎手は何色？」

「知らないわ」テスは言った。ミッドナイト・ブロッサムに会いにルーシャスの厩舎を訪ねたが、そのほかのものは目に入らなかったのだ。「ただ、彼は今回ワントンを出すのよ。見える？」

ふたりはスタートラインに目をこらしたが、それはコーナーのはるか向こうだった。ボックス席はゴールを見るにはうってつけでも、スタート地点は見えにくい場所なのだ。

「夫の色を知らないなんて信じられない」イモジェンが言った。

「わたしたち、厩舎の話はしないの」テスは応えた。

「まあ、お姉さまがそういう結婚をお望みなら――」

テスは話をさえぎった。「そういう結婚って？」

イモジェンは唇をゆがめた。「妻が家政婦とばかり話して一日を過ごす結婚よ。それがお姉さまの日課みたいね。夫婦で夫の願いや夢を話し合うことはない。夫が本当に生きている場所は家庭の外、妻のいないところなのよ」

「まったく大げさなんだから」テスは言った。そのからかうような口調が、イモジェンの怒りを買ったようだ。

「わたしはドレイブンの夢をひとつ残らず知っているわ！」イモジェンは言った。

かすかにピストルの発射音がして、姉妹はスタートラインに目をやった。

テスは馬のいななきと騎手の叫び声を聞いた。わたしはルーシャスの夢をひとつ残らず知るよしもない。それどころか、多少なりとも知っているかしら。

「不正スタートよ」とイモジェン。「ドレイブンによると、不正スタートの半数は、特定の馬を疲れさせて勝たせまいとする詐欺師の作戦なんですって。ブルーピーターはそんな汚い手では疲れないわ」

「ワントンもそうでしょうね」

「お姉さまにわかるものですか。ワントンがレースに勝つ可能性が少しでも生まれるように、好きなものと嫌いなものをミスター・フェルトンに教えておいた？」

「好きなものと嫌いなもの？」テスは声をあげた。「それがどうしたの？　お父さまはワントンがアップルマッシュを好きだと信じていたのに、あのころはレースに勝てなかったじゃない。質問の答えはノーよ。わたしはあの馬のことを夫と話し合ったことは一度もない」

「ああ、そうよね」イモジェンはとげとげしい口調で言った。「お姉さまたちには、リネン類とか家計簿とか、大切な話があるんですものね」

「わたしがあなたのように義母と同居したとしても、家計簿で悩むことはなかったはずよ」とうとう我慢できず、テスはぴしゃりと言った。「いったいどうしたの、イモジェン？」

「なんでもないわ」イモジェンはつんとして言った。居ずまいを正し、轟音をあげて第一コーナーを曲がる馬の群れに目を奪われたふりをしている。

テスはいらいらした。「ドレイブンと結婚できなかったら死んでしまうと、あなたは何度も言っていたじゃないの。夢がかなったのよ。今の生活を後悔しているとしても、わたしを侮辱することはないでしょう」

イモジェンはテリアに追いつめられた猫のように怒り出した。「後悔なんかしていないわ！　ドレイブンを愛しているもの。彼は空気のように、わたしにとってなくてはならない存在なのよ！」

テスは妹を見つめた。「そうよね。ただ、その空気を吸うとあなたの性格が悪くなるんじゃないかと心配だけど」

「ずいぶんひどいことを言うのね」イモジェンはのろのろと言った。

「まったくだわ、ごめんなさい」テスは罪悪感を覚え、あわてて言った。

イモジェンは窓の下枠につかまり、一気に第二コーナーを回る馬たちをぼんやり眺めている。「わたしはわざと意地悪をしているのよ、お姉さま」彼女は言った。「でも、ドレイブンと結婚したのを後悔しているせいじゃない。わたしは彼を愛しているもの」

イモジェンが振り向くと、その目に真実がありありと見えた。「心から愛しているわ。彼のほうは……同じ気持ちじゃないけど」

「ああ、イモジェン」テスはささやいた。

「大切にはしてくれるの」イモジェンが言う。「ただ、わたしより馬のほうが大切なだけ」

そう言って顔を上げた彼女の目には、涙が光っていた。「寝言も馬のことばかりよ。しょっちゅう話さずにいられないの。我慢できないのね」

「わかるわ」テスは言った。「お父さまもそうだったから」

「わたしもそれを考えたの」イモジェンが小声で言った。手袋をはめた手で、窓枠を何度も何度も握っている。そのとき小雨が降り出し、コースからボックス席に吹き込んでいた土埃が湿り気を帯びた。「でも、お母さまが不幸だったとは思わない。それとも不幸だったのかしら？」

「いいえ」テスは即座に答えた。「不幸じゃなかったわ。わたしはお母さまをよく覚えているの。娘たちを愛し、夫を愛していたわ。イングランドで結婚できたチャンスや社交シーズン、きれいなドレスをあきらめたことを、ちっとも気にしていなかった」

「わたしだってそうよ」イモジェンは言った。「わたしだって！」

「もちろんそれは──」テスは言いかけたが、急に群衆から怒号があがった。鋭い悲鳴やうめき声に、ふたりともぱっとコースのほうを向いた。

「馬が倒れているわ」イモジェンが唇に手を当てた。

「なんてこと」テスはうめいた。「競馬場は嫌いよ。大嫌い。馬が倒れるたびに、お父さまが失ったすべての馬を思い出すわ。お父さまはあの馬たちを心から愛していた。撃ち殺すのはどんなにつらかったか……」

「ええ、そうよね」イモジェンは姉の手を握り締めた。「ハイブラウを安楽死させるしかなかったとき、みんなで泣いたのを覚えてる？」

テスはうなずいた。「お父さまはあれから人が変わってしまって」コースに人が殺到し始めた。馬は外へ出されている。どうやら大事故らしい。テスは、ルーシャスの馬車に駆け込んで家へ戻りたくなった。家でリネン類の整理に没頭して、競馬場のことは忘れたい。そこには栄光と悲劇があることも。

「たしかにそうね」イモジェンが言った。「事故のあと、お父さまは別人になったわ。なにしろ文無しになったんだもの」ふと思い出したらしく、彼女はテスに目をやった。「誰もお姉さまを責めてはいないわ。そもそも、お父さまがお姉さまの意見に耳を貸さなければよかったのよ。お姉さまはまだ子供だったんだから」

「いずれにしろ、お父さまがわたしの意見に耳を貸すことはもう二度とないわ」テスは気まずそうに言った。

ドアが開き、そこにルーシャスが立っていた。テスは喜びを隠し切れずに夫を見上げたが、彼はイモジェンを見ていた。

「イモジェン」ルーシャスが言った。名前で呼ぶのは初めてだ。

彼女は弾かれたように立ち上がった。「ドレイブンね？」

ルーシャスはうなずいた。

「騎乗していたの？」イモジェンは答えを待たなかった。「ブルーピーターに乗っていたのね」

ルーシャスはイモジェンの腕を取った。「すぐに彼のところへ行かないと」ルーシャスがテスを見たので、彼女はイモジェンのコートをつかんで着せた。前のボタンを留める手が震える。

「あの人、ブルーピーターに乗っていたのね」イモジェンが繰り返した。顔から血の気が引いている。「でも、生きているんでしょ？」彼女はドアへ向かうルーシャスの腕をつかんだ。

「生きているとも」ルーシャスは言った。「きみに会いたがっている」

だが、テスは夫の暗い目のなかにイモジェンには見抜けないものを見て、絶望的な気持ちになった。

雨が上がり、あたりはさわやかな匂いがしていた。群衆の数は見る見るうちに減っていく。それぞれ暖かい家へ、汗くさい居酒屋へ、近くのこぢんまりした村へ逃げ帰るのだ。

三人はなかば歩き、なかば走って、人々のあいだを抜けていった。みな、事故の話題で持ち切りだった。

「あの男はすごい勢いで倒れたな」ひとりの男が言った。

「倍率は八倍と、勝ち目は低かったのに」と別の男。「どうして命を懸けたりしたんだ？」

テスがほっとしたことに、イモジェンには周囲の声が聞こえないようだった。彼女は不自然に落ち着いた声で言った。「ドレイブンはどこ？　どこへ連れていったの？」

「厩舎にいる」ルーシャスが答えた。

「彼は――」だが、イモジェンはルーシャスの手を放し、スカートをつかんで駆け出した。それを見て、ルーシャスとテスは彼女を追いかけた。途中でテスのボンネットが頭から落ちた。ボンネットがないと、みんなにこの乱れた髪を見られて――大丈夫、きっとなにも気づかれやしないわ。

厩舎に入ると、ボンネットなどどうでもよくなった。ドレイブンが簡易ベッドに横たわっていた。それは夜間の番をする厩務員のものらしい。

ドレイブンが三人を見上げた。元気そうな顔だったので、テスはほっとしてルーシャスのほうを向き、彼の腕をつかんだ。だが、ルーシャスが気の毒そうな目でイモジェンを見ているのに気づいて、もう一度ベッドへ視線を向けた。イモジェンはドレイブンのかたわらの地面に座り込んでいる。

「ちょっと介抱してもらわなきゃだめだな」ドレイブンが弱々しいけれど明るい声で言った。

「レースには出るなときみに言われていたのに」

イモジェンは震える両手でドレイブンに触れた。「痛む？　もうお医者さまは呼んだの？　脚が折れたの、ドレイブン？」

「あばら骨を一、二本だろう。なにもこれが初めてじゃない。我慢できるよ、イミー」

「ブルーピーターには乗らないって約束したじゃない！」イモジェンは夫の手を握り締めた。

「しかたなかったんだよ」ドレイブンは彼女から目をそらした。「騎手が乗ろうとしなかったから」彼の顔は少しずつ青ざめているように見えた。

「お医者さまはどこ？」イモジェンはルーシャスに向かって声を張りあげた。「早く――」

ルーシャスが彼女の隣にかがみこんだ。「落馬したあと、医者にはすぐ診てもらった」

彼の瞳に宿るものを読み取ったらしく、イモジェンは凍りついた。

「大丈夫だよ」ドレイブンが言った。「しばらくすれば治る。大切なのは、ブルーピーターが無事だったことだ。二度とあの馬には乗らないと約束する。それでどうだい？」

「ほかの暴れ馬にもね」イモジェンは涙をこぼしながらも、必死に笑みを浮かべようとした。

「最初は乗るつもりはなかった。いったんは騎手を説得できたんだ。でも、そいつが土壇場で怖じ気づいて。ぼくは勝ちたかったんだよ、イモジェン」

「ええ、そうよね」彼女はドレイブンの手を自分の頰に当てた。「よくわかっているわ」

「それに勝つためばかりじゃない」ドレイブンは言い、起き上がろうとするように身をよじったが、また仰向けになった。

「痛むの？」イモジェンはささやいた。「ああ、ドレイブン、痛む？」

ドレイブンは首を振った。「最初はとても痛かったから心配だった。だが、やがて痛みが消えたので、助かるとわかったんだ。次は勝つよ、愛しい人」彼はイモジェンの手から手を引き抜いて、彼女の頰を包んだ。「大きなレースで勝って、ロンドンに立派な家を買おう。

きみの姉さんが持っている贅沢品はなんでも。それにボックス席も」

「そんなものいらないわ」イモジェンは夫の手にキスしようと顔を傾けた。「どうでもいいのよ、ドレイブン。わたしはあなたと結婚したかっただけ。ずっとあなたを愛していたわ、初めて会ったときから」

「ばかだな」ドレイブンは言った。もう頭も上げられないようだ。しきりにまばたきをしている。「目がよく見えないんだ、イモジェン」

すすり泣きで声が詰まり、彼女はすぐに答えられなかった。

「ぼくはまさか――そうなのか?」

イモジェンは顔を上げて、夫の顔を両手で包み込んだ。「愛してるわ、ドレイブン・メイトランド。愛してる」

「イミー。ぼくは死ぬのかい?」

彼女が答えず、身をかがめて唇にキスをすると、ドレイブンはひとことだけ言った。「ぼくのイミー」

ドレイブンは賭博狂になった向こう見ずな少年だ。だが、それでも勇気にあふれていた。奔放ではあっても、一人前の男性だった。そして今、彼は最後の力を振り絞って、イモジェンに手を伸ばした。

「愛してるよ、イミー」

イモジェンはなにも言わなかった。ただすすり泣いている。

「ぼくがきみと結婚したのは、まともな理由からじゃない」低く、まさに消え入りそうな声でドレイブンは言った。「わかっているんだ。でも、きみと結婚したことを神に感謝しているよ、イミー。ぼくの人生で、それだけが正しい選択だった。うまく言えないが、結婚後にしたことは、すべてきみのためだった」

イモジェンはドレイブンにキスしようとした。彼の唇の端が赤い。血だ。

「愛しているのよ」彼女はささやいた。「わたしの望みはあなただけだった。あなたと結婚できれば、それでよかったの」

「きみにはもっと立派な男がふさわしいのに」ドレイブンは妻をよく見ようと目を細めてささやいた。

「もっと立派な人なんていないわ！」イモジェンは叫んだ。「ぜったいに！」

「それでこそ、ぼくのイミーだ」ドレイブンは言った。「どうか母に……」声が小さくなっていく。

「愛していると伝えるわ」イモジェンは言った。「そう伝えます、ドレイブン。かならず」

イモジェンの肩にかかっていたドレイブンの手が、するりとベッドに落ちた。彼女のかたわらに、ひとりの男性が進み出た。

「わたしはストラトン牧師です。医師に呼ばれて来ました」牧師はひざまずいた。そしてドレイブンの額に手を置き、深みのある声で言った。「主よ、御許に身を寄せて……」牧師は聖書の一節を唱え始めた。「よくよく言っておく。わたしの言葉を聞き、わたしを遣わされた方を信じる者は、永遠の命を得て、裁かれることもなく、死から命へ移っていく」

ドレイブンの目が閉じた。まるで眠るかのように。

テスはひざまずいてイモジェンを抱きしめ、ルーシャスが姉妹を立ち上がらせた。だが、イモジェンはふたりの手を振り払い、再びドレイブンのそばにくずおれた。

「こんなの嘘よ！」イモジェンは叫び、夫にすがりついた。「ドレイブン、行かないで。わたしを置いていかないで、お願い！」

テスは妹を抱き寄せてささやいた。「彼は神さまのもとにいるわ。お父さまと一緒に」

「行かないで！」イモジェンは身をよじってテスの腕から逃れようとした。「戻ってきて！」

牧師がイモジェンを抱きしめ、神と天国と知りようのない遠い場所の話をした。しかし、イモジェンの耳には届いていないようだった。彼女の目は、簡易ベッドに横たわるドレイブンの白い顔を見つめている。

「ドレイブンを連れて帰らなくちゃ」テスはイモジェンに声をかけた。運び出されるベッドのかたわらを、イモジェンは夫の手を握りながら歩いた。

そして三人は家へ戻った。

ドレイブンも一緒に。

31

三人がメイトランド・ハウスに着くと、レイフがアナベルとジョージーを連れてきていた。ルーシャスが前もってレイフのもとに下僕を行かせて、レディ・クラリスに事情を話しておいてくれと頼んだのだ。テスはレディ・クラリスが泣きわめくものと覚悟していたが、彼女は居間で石像のように座っているだけだった。真っ青な顔でハンカチを握り締めているが、それを使ってはいない。義理の母娘は隣り合って腰かけた。だが、イモジェンがアナベルの腕に寄りかかり、息もできないくらい泣いているのに、レディ・クラリスは義理の娘の手をそっと叩きながら宙を見つめていた。

テスはルーシャスの隣に座った。なんとかしなくちゃいけないけれど——どうすればいいの？　レイフは、みんなが見ていない隙にティーカップになみなみとブランデーを注いで回っていた。みな、これといってすることも、話すこともない。夕食もほとんど口にせず、それぞれの部屋に引き取った。イモジェンはドレイブンと使っていた寝室へ戻る気になれないからと、アナベルと一緒の部屋を使った。その夜、テスは泣きながら目を覚ました。イモジェンがドレイブンに別れを告げた光景が、自分が父と別れたときと重なったのだ。ルーシャスはテスの濡れた頬にキスをして、闇のなかで彼女を抱き寄せた。

翌朝、テスが客間に入ると、イモジェンとアナベルが並んで座っていた。アナベルは妹のほうにかがみこみ、話しかけている。テスはソファに駆け寄り、アナベルの反対側に腰かけて、イモジェンの肩に腕を回した。「気分はどう?」

イモジェンはテスを見ようとせず、わずかに身じろぎして彼女の腕を払った。「大丈夫よ」

「イモジェンになにか食べるよう勧めていたところよ」アナベルが励ますように言った。

「今は欲しくないの」イモジェンが言った。

テスはたじろいだ。なんだか……イモジェンはしぶしぶアナベルにもたれているみたい。あの子がわたしの腕のなかにいたらよかったのに。アナベルが慰めにならないというのではなく、お母さまの死後はいつも長女のわたしが——。

ルーシャスが客間に入ってきた。テスはほっとして彼を見たが、すぐにイモジェンのほうへ向き直った。妹の目に一瞬なにかが映った。心の痛み?

当然だわ! ルーシャスが近くにいたらつらいだろう。姉妹で同時に結婚したようなものなのに、わたしの夫はこうして生きているのだから。テスは立ち上がり、ルーシャスに近づいた。「ちょっとふたりきりで話せるかしら?」

「もちろんだ」ルーシャスは答え、テスの妹たちにお辞儀をした。

一時間後、テスは客間に戻ってきた。ルーシャスをひとりで家に帰したことは気にするまい。今はイモジェンのことを最優先に考えなければ。

ところが部屋に戻ったとたん、イモジェンが目を上げた。顔は真っ白なのに、頬は燃えるように赤い。「わたしのことはかまわないで」

テスはイモジェンを見つめたまま、凍りついたように動けなかった。

「悪いけれど」イモジェンは言い添え、アナベルの肩に頭をもたせかけて目を閉じた。

ショックのあまり、テスは口ごもりそうになった。「わかったわ。軽い食事でも持ってきましょうか？」

イモジェンは顔も上げない。「なにか食べたくなったら、アナベルお姉さまが執事を呼んでくれるわ」

テスは廊下に出て、壁を見つめながら考えた。わたしはなにか、イモジェンを怒らせるようなことを口にしたのかしら。

レイフが階段を降りてきた。「どうしたんだ、テス？」

テスは泣くまいとして、レイフを見上げた。「イモジェンが……わたしにそばにいてほしくないそうよ」

レイフはテスの腕を取り、図書室に連れていった。「イモジェンは悲しんでいるんだ。悲しみはさまざまな形で人を打ちのめす。ひとりになりたがる者もいれば――」

「でも、あの子はアナベルと一緒にいるのよ！　ひとりじゃないわ。それにわたしは――」

この気持ちをどう表現すればいいのだろう。「母が死んでからは、わたしが妹たちを育てたも同然だったのに。いったいイモジェンは……どうして？」そんな思いが頭のなかを飛び交う。やっぱりルーシャスを帰さなければよかった。

「酒を飲むといい」レイフがため息をついた。「まだ飲むには早すぎるが」

重厚なカーテンの隙間から朝日が差し込んでいる。テスはカーテンを引いて中庭を見た。ルーシャスが馬で戻ってきて、わたしを連れ帰ってくれないかしら。もちろん、彼の姿はどこにも見えない。彼女は椅子に浅く腰かけ、ぐっと手を握り締めた。

「悲しみは人の心をねじけさせるんだ」レイフは椅子に座ると、ブーツが汚れるのもかまわず、暖炉に薪を蹴り入れられるよう脚を伸ばした。「兄の死後、わたしは一年以上、誰ともろくに口をきかなかった。葬式のあとは牧師にも悪態をついた。ピーターはこんな儀式をいやがったはずだと、ののしったものさ。あのときはどうかしていたんだよ」

その日はそんな調子で過ぎていった。テスが部屋に入ると、イモジェンはアナベルの腕のなかで身を震わせた。アナベルの顔は、見間違えようもなく〝だめよ〟と言っていた。テスは廊下を歩いてレディ・クラリスを探した。どう見ても、彼女は自分の殻に閉じこもっていた。周囲の言葉にほとんど関心を示さず、テスに聖書を読んでくれと熱心に頼んだもののの、言葉が耳に届いたように見えなかった。

午後のあるとき、上流社会では無礼とされるやり方で、レイフがイモジェンを抱いていた。イモジェンはレイフが好きでもないのに！　彼は飲んだくれで、ずぼらで、怠け者だと言っていたじゃない。それでもテスが近づくと、イモジェンははっとして泣きやんだ。そっけない返事をして、目をそらす。レイフやアナベルではなく、わたしに抱かれたら、イモジェンは体をこわばらせるのね。

　とうとうテスは思い切ってアナベルに訊いてみた。ドレイブンが死んで二日後の深夜だった。「どうして？」

「イモジェンはお姉さまを責めているの」アナベルは自分の寝室で暖炉の前に座り、ブランデーを飲んでいる。レイフの考えは名案だと思ったらしい。

「責めている？　わたしを？」テスは呆然として言った。

「わたしは同調しなかったわよ」

　アナベルはぐったりしている。美しいクリーム色の肌はくすみ、やや血色が悪く、目の下に隈《くま》ができていた。イモジェンはあれからふた晩泣き明かし、アナベルはずっと妹に付き添っていたのだ。

「なぜイモジェンはわたしを責めているの？」テスは声をあげた。

「事故が起きる前に、お姉さまたちが口論をしていたからよ」アナベルはつらそうに言った。

「とにかく、あの子はそう言ってる。もしレースをちゃんと見ていたら――ドレイブンがあの暴れ馬に乗るところを見つけていたら……」

「なにもできなかったはずよ」テスはあぜんとした。「もう手遅れだった。なにができたというの？」

「そうね」アナベルはブランデーをもうひと口飲んだ。「わたしもあの子にそう言ったわ。

ただ」彼女はテスを見上げた。その目に疲労と思いやりの色が見える。「イモジェンは気がとがめてしかたがないのよ」

「気がとがめて？」テスは小さな声で訊いた。「あの馬に乗ることにしたのはドレイブンよ。イモジェンは乗らないと約束させたのに！」

「すべてイモジェンのためだった、と彼は言わなかった？」

テスはどきりとした。たしかにそう言った。あの厩舎で。「そういう意味じゃなかったわ！」

「イモジェンはそうとらずにいられないの」アナベルは手のなかでグラスを回し、部屋じゅうに金色の光を放った。「だって、ドレイブンはこう言ったんでしょう。イモジェンが家を持てるように、レースに勝ちたかったって」暖炉で燃え盛る薪が割れ、ふたつの金色の木切れになる音だけが響いた。「そんなこと、言わなければよかったのに」

「かわいそうなイモジェン」テスは言った。「ドレイブンはそんなつもりで言ったんじゃないわ！　わたしもその場にいたし、あの子に話して――」

「だめよ」アナベルが鋭い口調で言った。「やっと寝かしつけたところなの。イモジェンはふた晩も眠っていないのよ。お願いだから起こさないで」

「でも、ちゃんと話さないと」テスの頬を涙が伝った。「ドレイブンはイモジェンに責任を負わせるつもりなんてなかったわ。どんな意味でも。馬より妻を愛していたと言っただけよ！」

「きっとそうね。イモジェンの気持ちのほうが支離滅裂なのよ。でも今のあの子には、お姉さまを責めることだけが心の支えなの」アナベルは疲れた様子で言った。「それを取り上げないで」

テスは泣き出していた。「よくそんなことが言えるわね。イモジェンはわたしの妹よ。わたしはあの子を愛しているの！　あの子のためならなんでもするわ！　そばにいて、力になりたいの」

アナベルはテスに近づいて腕を回すと、やさしく揺すった。ふとテスは気がとがめた。アナベルはもう、肩にすがって泣く人間の世話はうんざりだろう。「落ち着いて」アナベルが言った。イモジェンにも、そう声をかけていたように。「さあ」

テスは涙を拭い、震える声で言った。「わたしは出ていったほうがいい？」

「旦那さまのところへ戻るべきね」アナベルはテスにキスをした。「イモジェンは元気になるわ。今は現実に向き合えなくて、お姉さまにやつあたりしているのよ」

「すごく責任を感じるわ」

「今はお姉さまに当たるのがいちばんなのかも」アナベルは椅子に戻った。「イモジェンはお姉さまにひどく腹を立てていて――」

「そんなに？」いまだに信じられず、テスは口を挟んだ。

アナベルがうなずく。「お姉さまに怒りをぶつけているから、夫のいない人生を考えずに済んでいるのよ。あの子はまだ新しい生活をする心構えができていないと思うわ」

「イモジェンがわたしのそばにいたくないなんて」テスの胸がうずいた。「いったいどうして？　そんな気がするだけで、本当は一緒にいたいんじゃないかしら」

「イモジェンにはいずれお姉さまが必要になるわ」アナベルが言った。「でも今は、ばかげた考えにしがみついているおかげで正気を保っていられるの。お姉さまはこうして憎まれているだけで、あの子のためになっているのよ」

テスは大きく息を吸い込んで、涙をこすった。「イモジェンが――イモジェンがわたしに会いたがったら、呼んでくれるわね？　欲しいものがあるとか、気が変わったと言ったら」

アナベルは再びうなずいた。「最近、レイフには驚いてばかりよ。きのうは日が沈んだあとまで、お酒を飲むのを忘れていたわ」

「レイフの癖がうつったんじゃないでしょうね？」テスはアナベルのブランデーをにらみつけた。

「とんでもない」アナベルはため息混じりに言い、立ち上がった。「そろそろイモジェンの様子を見に行かないと。レディ・クラリスは、今日は寝室から出てきた？」

「ええ。でも、ちっとも泣かないのは体によくないわ。食事もしないし。午後はずっと、わたしが朗読をしてあげていたの」

「葬儀の前に訪ねてきて」アナベルは戸口で立ち止まった。「そのころにはイモジェンもお姉さまを出迎えられるでしょう」

テスは自分の寝室に戻って泣いた。イモジェンの部屋に駆け込もうかと考え、また少し泣いた。やがて──深夜になり、暖炉の火が燃え尽きたころ──テスは震え出し、それが止まらなくなった。

イモジェンのことを考えるたびに、ドレイブンのことが頭に浮かぶ。そしてドレイブンのことを考えるたびに、ルーシャスのことが頭に浮かんでくる。

混乱した頭で、テスは決断した。夫に会いに行こう。自宅はここからさほど遠くない。馬に乗れば、わずか一時間だ。

テスはナイトガウンの上にコートをはおり、階下へ降りた。ラシャ張りのドアから執事が姿を見せた。「起こしてしまったのなら、ごめんなさい」がらんとした控えの間にテスの声が響いた。

「どうぞお気になさらず」執事は暗い声で言った。「馬車をお呼びしましょうか？」

「お願いするわ。ありがとう」

馬車を待っていたテスは、居間でコートにくるまって眠ってしまった。執事が毛布を掛けてくれたことも、おぼろげにしか気づかなかった。そして再び眠りに落ち、何キロも馬車に揺られてルーシャスのもとへ向かった。下僕が扉を開けて車内をのぞき込み、主人を呼びに行っても、彼女はまだ眠っていた。

たくましい腕に抱き上げられ、家に運ばれると、テスはだんだん目が覚めてきた。ルーシャスが彼女を軽々と抱いて階段を昇っていくことに、ぼんやりと気づいた。だが、夫の胸に頭をつけ、眠っているふりをした。彼はテスをそっとベッドに寝かせた。一瞬彼女の頬に触れ、それからドアへ向かう。誰かに——ミセス・ガブソーンだ——彼女を寝かせておくよう命じている声が聞こえた。

テスが息をひそめていると、ドアが閉まる音がした。ルーシャスはまだここにいるのかしら？　それとも使用人と一緒に出ていったの？　なぜかそれが重要な問題のような気がする。きっと出ていったんだわ。自分の寝室でぐっすり眠れるのに、座って妻の顔を見下ろしているような人じゃないもの。

ルーシャスが腰かけ、その重みでベッドが沈んだ。「まだ目を開けられないのかい、眠り姫？」その声には、かすかに面白がっている響きがあった。これはわたしにしか聞き取れないだろう。ほかの人たちは、彼が退屈な話をしていると思うはず。

テスは返事をしなかった。ただ体を起こし、ルーシャスを引き寄せて、唇を彼の唇に押しつけた。

あまり上品とは言えないキスだった。ルーシャスが呆然としているのがテスにもわかったが、彼はすぐさまキスを返してきた。

しかし、テスの望みはキスだけではなかった。彼女はルーシャスを抱いたまま仰向けに倒れ、彼はテスの上半身に覆いかぶさる格好になった。

「テス？」

「あなたが欲しいの」激しい口調で言った。「あなたが欲しい」

それはテスがルーシャスを愛している理由のひとつ——いや、それ以上——だった。彼は応えてくれた。テスの髪に指を絡ませ、彼女が泣き出すほど情熱的に、甘く、生き生きとキスをした。

テスもひたむきにキスを返した。そうしているうちに、胸のなかの寒々しさや、ルーシャスもやがて死ぬのだという恐怖、人生は別れの連続でしかないことへの不安が消えていった。ルーシャスの手がテスのナイトガウンの下に滑り込み、膝が腿のあいだを割っていく。でも今夜は愛されたいのではなく、彼を愛したくてたまらない。そこで、彼女はルーシャスをベッドに押し倒した。服を脱がせ、ブーツを床に放り投げて、彼が笑いそうになると目を隠した。

やがて、目の前でごちそうのように横たわるルーシャスに、テスは「じっとしていなさい」と言った。愛馬ミッドナイト・ブロッサムに命じる口調で。

ルーシャスは言われたとおりにして、テスが彼の体じゅうにキスしていくのを見守った。唇があらゆる筋肉をかすめる。汗ばんだ曲線や骨の部分、さらに――。

さらにには。

ルーシャスはそれを許した。妻はぼくを欲望で半狂乱にさせたいのだ。ぼくがあげるうめき声、かすれた懇願の声、そのひとつひとつを楽しみたいのだろう。テスの髪が肌を撫で、ルーシャスを恍惚の世界へと導いていく。やがて彼は気づいた。テスはぼくが生きているということを確かめたいのだ。この燃えたぎる体の隅々まで生きていると。

ルーシャスはすばやく起き上がった。テスに抗議する暇を与えず、すぐさまうつぶせにして、後ろから貫いた。

もう一度。さらにもう一度。何度も、何度も。

お互いが感じている欲望は無限だった。テスもルーシャスの動きに合わせて激しく腰を動かした。大地の上で踊る原始的な生命のダンス……。

やがて、テスはベッドにつっぷした。ルーシャスの腕に抱かれたまま、泣きじゃくり始めた。

「かわいそうに」ルーシャスが彼女の髪にささやいた。「最近は別れが続いたね」

テスは燃え尽きたような感覚とともに目を覚ました。もう泣き疲れていた。正直に言って、この先一年、いえ七年は泣きたくない。

ルーシャスは枕にたくましい肩をのせ、うつぶせになっていた。眠っている姿はとてもしどけない。いつもはうしろにきっちり撫でつけられている髪も、今は好き勝手な方向にはねていて、まるで少年のようだ。なんだか――幸せそう。

ルーシャスはご両親をうんと幸せにしなくては。わたしがお義母さまに声をかけよう。そう思いながら、テスは日差しを浴びた夫のうなじから蜂蜜色の肩に指を滑らせた。彼の肌は温かく、がっしりした骨と筋肉も、赤ん坊のようにやわらかく感じられる。テスの指はさまよい続け、あらゆる曲線や隆起をたどった。喉から小さなハミングが漏れていることにも気づかずに。

ルーシャスは気づいていた。じっと寝たふりを続け――彼が眠り姫になる番だ――その甘い声を聞き、爪先まで一気に駆け抜ける欲望を感じた。必死に寝返りをこらえ、小さな手に体をまさぐらせておいた。テスはシーツを引き下ろしていき、彼のヒップにためらいがちに手を這わせている。

ルーシャスは動かなかった。ベッドに釘付けにされ、動けなかったのだ。軽やかに舞うテスの指は、どんな女性も触れたことのないところに触れている。ハミングの音が低くなり、彼の耳になまめかしく響いた。テスはぼくがまだ眠っていると思っているんだろうか？　それはありえない。

ルーシャスはすばやく仰向けになり、テスを抱き寄せてベッドに組み敷いた。完全に目覚めている体が、彼女の腿のあいだにぴたりとおさまる。彼はテスの驚きの叫びをのみ込み、むさぼるようにキスをした。彼女も手を伸ばして、ルーシャスの肌をまさぐった。

自信に満ちた手でテスの両脚を押し開き、その奥を――。

テスの唇から小さく悲鳴があがった。彼女は背中を弓なりにして、ルーシャスの手に体を押しつけた。そこは申し分ないほどやわらかく、熱く濡れている。準備はできていた。

「テス」ルーシャスは彼女のぬくもりを突いた。

テスはぼうっとしてルーシャスを見上げた。眠っていた体が硬い筋肉に変わり、肩を怒らせて、わたしにのしかかっている。ルーシャスの重みは眠そうな男性から――別のものに――。そのとき再び突き上げられ、テスは頭のなかが真っ白になって、彼の肩をつかんだ。

いきなりこんな……こんなこと――なんというのか知らないけれど――できないわ。まだ歯も磨いていないのに。顔も洗っていない！　不安が広がると同時に、テスの脚は炎になめられてわななないた。

「テス」ルーシャスがささやく。テスは唇をそむけた。息がくさいんじゃないかしら。

「もう起きなきゃ」テスはそう言ったが、ルーシャスに深く貫かれて激しい波にのみ込まれ、最後は悲鳴のようになった。

ルーシャスはテスの顎に唇を這わせている。体はじっとしたままだ。ただし、テスが全身で感じている部分だけは――ぴくりと動いた。

テスはルーシャスの肩をつかみ、両手で彼の胸を力なく撫で下ろした。「わたし――」

「今度はぼくがきみを欲しくなった」ルーシャスが彼女の耳にささやいた。いつものやさしい口調ではなく、しゃがれた声だ。

テスの脚を炎が駆け抜けた。再びルーシャスが激しく動いている。まるで大きなたき火に近づきすぎたように、彼女の頭はぼんやりして、肌が焼けそうだった。

「やめないでくれ、テス。行かないでほしい」彼の声は欲望のせいでかすれていた。

めまいがして、テスは自分がどこにいるのか心もとなくなった。ルーシャスが体を引くと、テスは思わず脚を曲げてどこまでもついていこうとした。彼に腰をつかまれ、テスの頭から歯磨きも口臭も洗顔も吹き飛んだ。わかるのは、彼の翳りのある目と、腰の動きが彼女を――。

駆り立てて――。

テスはルーシャスの動きに合わせ、狂ったように頭を振った。瞳は切望と欲求でくすぶっている。

ルーシャスは彼女を見下ろし、頭のほんの片隅の、欲望に征服されていない場所で思った。参ったな。ぼくは妻に恋してしまった。

だが、そのときテスの手がルーシャスの背中を滑り下り、ヒップをつかんだ。彼は――女性に触れられるのは嫌いだったというのに――全身を震わせ、いっさいの自制心を失って、妻を突き上げた。激しく、速く。とうとう彼女が叫びをあげ――。

続いてルーシャスも叫び声をあげた。

そして、テスの上に倒れ込んだ。

愛しているよ。そう思ったが、口には出さなかった。

32

一〇月一〇日
メイトランド・ハウス

親愛なるテスお姉さまへ

残念ながら、イモジェンはまだお姉さまと仲直りする気になれないようです。レディ・クラリスがうっかり状況を悪くしてしまったので（あの子が罪悪感を感じていることをつゆ知らず）。ミス・ピシアン＝アダムズは馬が嫌いで、ドレイブンを厩舎に近づけないだろうから、息子の嫁に選んだ、とイモジェンに話したのです。あの子も今では、本当にドレイブンを愛していたなら彼をミス・ピシアン＝アダムズと結婚させ、命を救うべきだったと考えています。このめちゃくちゃな話にどう反論していいのやら。正直なところ、イモジェンが心配です。ドレイブンが亡くなったことをちゃんとわかっていないらしく、彼がそばにいないだけか、旅行中だと思っているふしもあります。あいかわらず夜は一睡もしないけれど、夫婦の寝室を歩きながら、夫（というより夫の魂）に話しかけています。寝具を替えさせず、ドレイブンの衣類を運び出すことも許しません。あの様子では、お姉さまの家に引っ越したがらないはず。とりあえず、当初の計画は見送ることにしましょう。

イモジェンにとっては、お姉さまがしばらく旦那さまとふたりでロンドンにいるのがいちばんだと思います。ジョージーはレイフの屋敷で家庭教師にきちんと教わっているし、グリセルダも必要なだけ滞在してくれるそうです。わたしはイモジェンに付き添います。社交シーズンが始まりしだい、ロンドンに出る希望は捨てていないけれど、今はあの子から離れられません。

明日の葬儀で会えるでしょうが、どうかイモジェンの気持ちをわかってあげてね。冷たくされたら、お姉さまは傷つくでしょう。それでも、今のあの子は自分を抑えられないのだと察して下さい。

愛をこめて
アナベル

『シルチェスター・デイリー・タイムズ』

葬儀馬車に付き添った六人の騎馬従者は、メイトランド家の紋章をつけていた。そこに、会葬者の馬車が一四台続いた。どの馬も黒のベルベットの飾りをつけ、紋章をつけていた。メイトラント卿の美しい未亡人と母親が先頭の会葬馬車に乗った。葬儀会場の聖アンドルーズ教会に入っていく未亡人を見た者は、その心痛を口にした。馬車の行列のあとから、個人所有の馬車が三〇台ほど続いた。主な会葬者に、ホルブルック公爵、メイン伯爵、ヘイワーデン伯爵、サー・フィブラス・ハービーらがいた。

若者の葬儀は、まぎれもなく痛ましい。テスはドレイブンの葬儀と父親のそれを比べずにいられなかった。父は充実した人生を送って死んだ。妻子を得て、大成功したり、大失敗したり……。ドレイブンにはイモジェンしかいなかった。たった数週間の新婚生活。さらに父の場合は、家族が彼の死を覚悟していた。

イモジェンがドレイブンの死を信じまいとする気持ちはわかる。さっきまでそこにいた夫が消えてしまったのだ。テスは祭壇を見つめながら、ルーシャスの手をぎゅっと握り締めた。

主教が式を執り行い、執事と三、四人の司祭が補佐をした。父の葬儀よりはるかに立派だが、それでいて違いはない。どちらも別れの儀式なのだから。

テスは横目で夫を見た。ルーシャスは心から理解してはくれないだろう。大切な人を失った経験がないからだ。友人たちは元気だし、両親も生きている。

これはわたしにはわかっても、ルーシャスにはわからない問題だわ。母親が生きているうちに仲直りしなかったら――レディ・クラリスによれば、お義母さまは病気だし――ルーシャスの別れの儀式は悲惨なものになるはずだ。イモジェンは罪悪感で取り乱しているという。息子に会いたいという母親の願いをかなえないまま死なせたら、ルーシャスはどれほどの罪悪感に苦しむだろう。

彼は自分のプライドと折り合いをつけるべきだ。

テスはルーシャスの顎の線を、翳りを帯びた目をちらりと見た。とうてい折り合いをつけられそうもないわね。

だったら、わたしがなんとかしよう。テスはそう心に誓い、決意をこめて再びルーシャスの手を握った。わたしにできる善行がそれくらいなら、夫とその両親の和解にひと役買えるはず。彼には、イモジェンのように罪悪感で正気をなくしてほしくない。

葬儀は悲しい夢のように過ぎ、教会じゅうから漏れるすすり泣きだけが聞こえた。テスの前の座席はひっそりしていた。イモジェンとレディ・クラリスは、まったく同じこわばった姿勢で沈黙している。

一行がメイトランド家の墓所の扉に集まると、風が身を切るようだった。黒いボンネットが顔のまわりではためき、テスは周囲の音がほとんど聞こえなかった。ふいに風がやみ、主教の祈りが耳に入ってきた。「今後、幸いなる者は主の御許で死んだ者である。精霊たちさえそう告げている。彼らは仕事の手を休められるからだ」

ドレイブンが休んでいる姿は想像できない。彼はけっして休まなかった。へとへとでもないかぎり、いつもどこかへ急いでいて。

テスは感情を抑えてルーシャスにもたれた。彼は頭を下げて、テスの耳にささやいた。

「大丈夫かい？　ちょっと離れたところで休もうか？」

墓所に残らなければいけない理由は特になかった。イモジェンはレディ・クラリスの腕につかまっている。ふたりともドレイブンの棺を見つめていた。その表情は読めない。わたしはイモジェンの力になれない。どちらの力にもなれないいんだわ。

テスはルーシャスにうなずいた。ふたりは人の輪を離れ、小さな墓地を抜ける道を歩いて、古い石のベンチで立ち止まった。そこに腰かけると、ルーシャスは外套でテスをくるんで抱き寄せた。

「ハンカチを貸そうか？」

「けっこうよ」テスはこらえきれずに口を開いた。「わたし、イモジェンにすごく腹を立てているの。レディ・クラリスにも。でも……」頰を涙が伝う。もう泣かないと誓ったのに。

「わかっているよ」ルーシャスは言った。「妹にはねつけられて悲しいんだね」

テスはごくりと唾をのみ込んだ。「イモジェンがなぜわたしを必要としないのか、わからないの」彼女はようやくささやいた。喉の奥から絞り出した声だ。「どうして――もうわたしを愛していないのかしら。わたしがドレイブンを殺したわけじゃないのに！」

「わかっているさ」ルーシャスが言った。「わかっている。イモジェンは元気になるよ、テス」

ルーシャスは雛鳥《ひなどり》を守る母鳥のようにテスを抱きしめた。それから、身をかがめてキスをした。そのキスに、彼女は大いに励まされた。

「きみがそばにいてくれて幸せだと言おうかな？」ルーシャスはテスの唇に人差し指を当てた。「きみは妹と一緒にいたいだろうが、ぼくはきみといられるのが嬉しいんだ」

テスの唇にかすかな笑みが浮かんだ。やさしい人ね、わたしは彼にとって必要な存在だと思わせようとしてくれて。でも、ルーシャスは自立した男性だわ。ひとりでいるとほっとするし、書斎で過ごすのが好きなんだもの。彼はわたしを必要としていない。でも、こんなふうに言ってくれるなんて、本当にやさしい人だ。

テスはルーシャスの腕に頭をもたせかけ、雀が敷石の道をぴょんぴょん跳ねているのを眺めた。

わたしにも、ルーシャスのためにしてあげられることがある。彼の孤独をやわらげるために。それをきっかけに、家に一族の肖像画を飾れるようになり、家族がテーブルにつけるようになるかもしれない。彼はわたしが必要なふりをしているだけ。でも、実際に必要だわ。わたしは彼の家族を取り戻してあげることができるはずだから。

「わたしたち、すぐにロンドンへ行くの？」

「用事があるんでね。明日にでも発つ」ルーシャスは言った。「きみを置いていきたくはないが、気が進まないなら一緒に来なくていいんだよ」

「いいえ、行きたいわ」

　ふたりは並んで座っていた。テスはルーシャスの外套にくるまり、彼は使われなかったハンカチを握り締めて。やがて教会の鐘が再び鳴り出した。ドレイブンが生きた短い年数のぶんだけ、鐘の音が鳴り響いた。

33

馬車が止まったとき、テスはセント・ジェイムズ・ストリートのほうをじろじろ見ようとはしなかった。ルーシャスはテスが彼の両親の家に興味があると知っているので、なにも教えてくれないだろう。親子の和解を取り持つには、もっとうまくやらないと。彼はわたしに考えを悟らせない、不思議な力を持っている。もしルーシャスにわたしの計画が少しでも悟られたら、五軒ある自宅のうちロンドンからいちばん離れた家に連れていかれて、置き去りにされるんじゃないかしら。

結婚したことを両親に知らせたのかと尋ねると、ルーシャスはこう言っていた。〝特別結婚許可証に署名したインクが乾かないうちに、母はぼくらが結婚したことを聞きつけたよ〟

ということは、ルーシャスの母親は息子の消息を知りたがっていて、彼の生活を友人たちからこと細かに手紙で知らせてもらっているのだろう。

なんて気の毒な方。

テスは豪邸が立ち並ぶ通りを眺めたが、好奇心をいっさい顔に出さなかった。

今回は、客間に他人の先祖の肖像画が飾ってあっても驚かなかった。炉棚の上に堂々と掛けられているのは、いつかルーシャスが話していた三人の子供の絵だ。豪華な服を身につけた、ふたりの少女とひとりの少年。少年は小さな手を細身の剣にかけ、顎を突き出して、真ん中に立っていた。寄り目がちで、そのまなざしはどこか意地汚い感じがする。この少年がルーシャスの先祖でなくてよかった、とテスは思った。

「本当にすてきな絵ね」彼女はルーシャスに言った。

だが、彼は今ではテスをよく知っていた。目を鋭く細めて立っている。「気に入らないんだね？」

「あの男の子がなんだか意地汚く見えるの。あなたの曾祖父《そうそふ》じゃなくてよかったわ、ルーシャス。だって――」顔を赤らめて、テスは黙り込んだ。

ルーシャスは笑った。「ぼくらの子供たちに、あの目を受け継いでほしくないんだね？」

「当然よ」テスは重々しく答えた。「でも、これを見た人は、あの子たちがあなたの先祖だと思うわ。正確に言えば、あなたの一族だと」

「先祖じゃない」ルーシャスは言った。「この絵は投資のひとつだ」

テスはそれを聞いてあきれたが、表情には出さなかった。「お茶でもいかが？」話題を変える。「ロンドンまでの旅で、すっかり冷えてしまったの。それに寝室も見ておきたいわ」

テスに新しい寝室を見せると思うと、ルーシャスは気もそぞろになった。

彼の笑顔を見て、テスの頬はさらに赤く染まった。それを見て、ルーシャスが笑い出す。

彼はテスに近づき、そっと顎を持ち上げた。「きみのそばでは常識的に振る舞えそうもない」

「わたしがあなたの最悪な面を引き出すと言いたいの？」

「男がきみの前で欲望をあらわにしたことはなかったかい？」

「ああ、そういう意味」テスの唇にうっすら笑みが浮かんだ。「だったら、ないわ。アナベルの周囲ではもちろんあったけれど。男性はみんなアナベルに恋をするの。お父さまは、しじゅう召使いを首にしていたわ。牧師さままで遠くの教区に送られて。でも、わたしに恋をした男性はいなかった」

ルーシャスの頭に浮かぶのは、自分の胸のうちをさらけ出す言葉ばかりだったが、結局、彼はなにも言わなかった。テスの顔がかすかに曇ったのにも気づかなかった。召使いのスマイリーが銀のトレイで運んできた招待状の山をより分けていたからだ。「きみのドレスが揃うまでは、たいした社交もできないな」ルーシャスはぼんやりと言った。

「シルチェスターで注文したドレスがあるわ」テスは小さな声で言った。

「きみにちゃんとしたメイドもつけないと」

テスは、けさガッシーがやっとの思いでまとめたカールに手を触れた。たしかにガッシーは有能なメイドではないけれど、あの子は――。

ルーシャスはテスの表情に気づいた。「いや、着付け係を雇おう。ガッシーといったかな、あのメイドの名前は？」テスがうなずくと、彼は続けた。「彼女はメイドの仕事を続ければいい」

ルーシャスは、どんな問題も人を雇って解決することにしているのだ。自宅――何軒もの

——を住みよくするにも、使用人を増やすしかないと思っているらしい。

「着付け係はいらないわ」テスはきっぱりと言った。「ガッシーは腕を上げているから」

ルーシャスはお辞儀をした。「仰せのままに。ぼくはこれから秘書と打ち合わせだ。でも、マダム・カレームに都合がつきしだい、来てもらうからね。彼女は今、大人気の仕立屋だと、レディ・グリセルダが教えてくれたんだ。ぼくが書斎に引っ込んだら、きみは退屈するかな？」

「わたしのことは気にしないで。午前中はあなたの家政婦と過ごすわ」

「ぼくらの家政婦だ」ルーシャスは訂正し、テスに近づいて腕を回した。「それから、きみのことを気にするなというのは」言葉を切り、すばやく激しいキスをする。「無理というものさ、愛しい人」

そう言うと、ルーシャスは部屋を出ていった。テスは呆然とするほどの幸せに包まれて、閉じたドアをしばらく見つめていた。

「ミセス・テインは、ミセス・ガブソーンよりずっといい人ですよ」その晩ガッシーは、テスの髪を丁寧というより手早くとかしながら報告した。「あの人のほうが仕事もできそうだし。旦那さまのご両親のことを別にすれば、誰の悪口も言わないんです。下僕が玄関前の階段を掃きそびれたときも、すごくやさしかったんですよ。ミセス・ガブソーンだったら叱りつけたでしょうに、ミセス・テインは明日は忘れないでと言っただけです」

「旦那さまのご両親のことはどう言っていたの？」テスはなにげない口調を保とうとした。

「ええと、ミセス・フェルトンはちょっと口やかましい、って言う人もいるとか」ガッシーはヘアブラシを置いた。「お休みになる前にお風呂に入りますか？　ナイトガウンを出しましょうか？」

テスはヘアブラシを取ってガッシーに返した。「髪は五〇〇回とかさなきゃだめだと、乳母がよく言っていたわ」乳母などいなかったのだから、これは軽い嘘だが、アナベルが婦人雑誌の記事を読んで聞かせてくれたのだ。

「あらまあ」ガッシーはぎょっとしたようだが、再びテスの髪を勢いよくとかし始めた。

「ミセス・テインはほかにはなんて？」テスは促した。

鏡のなかでガッシーの目とテスの目が合った。「噂話はしちゃいけないんです。ミセス・テインがそう言いました」

「これは噂話じゃないわ」テスは言った。「わたしはこの家の女主人なのよ」誰に聞かせようと、噂話は噂話にすぎないけれど。

「そうですよね」ガッシーは嬉しそうだ。「二軒先にお住まいのミセス・フェルトンは偏頭痛に悩まされておいでだと、メイドのエマが言ってました。エマはあちらの厩《うまや》番頭と付き合ってるんです。旦那さまが結婚されたと聞いて、ミセス・フェルトンはひどい頭痛に襲われたんですって」

「お義母さまは泣いていらしたの？」テスは訊いた。考えるだけで胸が痛む。

「それはわかりません」ガッシーは少し考えてから答えた。「エマの話では、つむじ風みたいに家じゅうを歩き回っていたとか」

「取り乱していたんでしょうね。きっとそうだわ」

「でも、あたしの聞いたところでは、なんでも、あの方は不平を並べてばかりで、街頭の靴磨きにまでやつあたりするそうです」

「それは単なる噂でしょう」テスは言った。「気の毒なお義母さまはひとり息子に会うこともできず、知り合いからの話で様子を察するしかないんだわ。いらいらして当然よ」

ガッシーはヘアブラシを置いた。「これで五〇〇回だと思います。腕がじんじんしてますから」

ガッシーが部屋を出ていったあとも、テスはしばらく鏡台の前に座っていた。どうやってミセス・フェルトンに近づこう？　正確に言えば、もうひとりのミセス・フェルトンね。わたしがお義母さまに会ったら、ルーシャスは怒るかしら？　ご両親の話をしようとするたびに、彼は怒りはしなかったけれど、同じ言葉を繰り返した。〝向こうの気持ちははっきりわかっているよ〟まるで煉瓦の壁に話しかけているみたい。

結局、手紙を送るのがいちばんだとテスは思った。嫁が義母に敬意を表す挨拶状。ふたりで話し合えば、家族の不和も解決できるに違いない。

テスは机に向かって手紙を書き始めた。

親愛なるミセス・フェルトン

お義母さまはかならずやわたくしの仲裁に関心をお持ちと――。

だめよ。露骨すぎる。

親愛なるミセス・フェルトン

願わくは、お義母さまがわたくしのように幸せであり――。

これでは押しが弱すぎる。ガッシーから聞いた、ミセス・フェルトンは機嫌が悪いという話が気になるわ。

親愛なるミセス・フェルトン

明日の午後、わたくしがご挨拶にうかがっても――。

だめ。これはうまくいかない。わたしとルーシャスが揃ってご両親を訪問する段取りをつけたほうがいいわ。たとえ義母が本当に怒りっぽくても、わたしの前ではそんな面を見せないだろう。他人であり、息子の嫁なのだから。今回はみんなが礼儀正しく振る舞い、次回はご両親をわが家のディナーに招待する。そして、いつのまにか家族の絆《きずな》が結ばれる。深刻な不和を解消するには一歩ずつ進むしかない、とテスは自分に言い聞かせた。

親愛なるミセス・フェルトン

ルーシャスとわたくしが、明日の午前中もしくはご都合のいい日の午前中に、お義母さまとお義父さまを訪問することをお許し願います。わたくしは夫のご両親にお会いしたくてたまりません。

敬具

テレサ・フェルトン

翌朝、朝食中に返事が届いた。

フェルトン夫妻は本日の午後二時に訪問者を迎えます。

歓迎の手紙とは言いがたい。テスは文面に三度も目を通し、テーブルの向こうのルーシャスを見た。彼は『タイムズ』紙を読みながら、多忙な一夜を過ごした男性らしく一心不乱にコーヒーを飲んでいる（テスは笑みをこらえた）。

「ルーシャス」テスは言い、咳払いをした。

「なんだい？」彼は新聞を下ろさない。

「お義母さまから手紙が届いたわ」

ルーシャスは今度こそ新聞を下ろした。しかし、なにも言わず、探るような目でテスを見つめるだけだ。あんなふうに見られるたび、心まで読み取られる気がする。

「ご親切だと思わない？」夫が答えないので、話を続けた。「ご両親はわたしたちに、都合がつきしだい訪問するようにと……実は、今日の午後はどうかって。あなたさえ時間があれば」

「テス」ルーシャスが言った。「なにをしたんだ？」

彼女はとぼけて目を見開いた。「お義母さまがわたしに会いたがるのは当然よ、ルーシャス。わたしはおふたりの義理の娘なんですもの」

「なぜ母はぼくらがこの家にいると知ったんだ？」

ルーシャスに読まれないよう、手紙をさりげなく膝に落とした。「あら、使用人同士の噂話に決まっているわ。わたしたちはご近所同士なのよ、ルーシャス」

ルーシャスの目はまだテスの目を見つめていた。だが、彼は「いいだろう」と言い、再び新聞紙に隠れた。

わたしが勝ったとは言いがたい、とテスは思った。ルーシャスは戦術として撤退しただけ。でも肝心なのは、作戦の第一段階を実行することだ。

34

フェルトン夫妻は客間でふたりを待っていた。故意か偶然か、ルーシャスの家に飾られていたエリザベス朝の肖像画と同じポーズをとっている。

ミセス・フェルトンは、背もたれが高くて彫刻が施された、玉座のような椅子に座っていた。とてもやせていて、じっと動かない。複雑に結い上げた豊かな髪。細い体に似合わぬ分厚い手。どの指も指輪の重みで下がり、なおさら太く見える。

ルーシャスは父親から容貌を受け継いだらしい。ミスター・フェルトンはルーシャスより小柄で、皺が寄っているが、目や頬骨は息子と同じく無骨な魅力をたたえていた。若いころはとびきり男前だったに違いない。彼は妻の椅子の背に手をのせて、彼女が話し出すのを待っている。それを見たテスは、なんとなく落ち着かなくなった。

ルーシャスはテスを連れて両親に近づいた。ようやく、ミセス・フェルトンが立ち上がった。ダイヤモンドのイヤリングが暖炉の明かりを受けてきらりと輝く。彼女は手を差し伸べ、ルーシャスが腰をかがめてその手にキスをした。まるでエリザベス女王に謁見している臣下のようだ。

「さて、あなたがわたくしの後任というわけね」ミセス・フェルトンはテスのほうを向き、ふいにほほえんだ。ルーシャスがたまに浮かべる微笑と同じく、どこかそっけない魅力がうかがえる。「お目にかかれてよかったわ。息子はもう結婚しないものと思っていましたのよ」

テスはほっとして、お辞儀をしながら笑みを返した。「お招きいただいてありがとうございます。夫のご両親にお会いできて嬉しいですわ」

「わたくしも嬉しいわ」ミセス・フェルトンが言った。「結婚をきっかけにして、愛する息子が」ルーシャスにほほえみかける。「またわたくしたちと付き合ってくれるよう願っているの」

ルーシャスは会釈をした。テスは夫のにこりともしない顔にいらだってきた。どうして彼は、歓迎されて嬉しいと母親に言わないの？　幸せそうなことを言って、両親との和解に努めないの？

「お掛けになって」ミセス・フェルトンが言った。「スティルトン、息子夫婦にお茶を出してちょうだい。わたくしはアーモンドのリキュールを、主人はいつもの飲み物をいただくわ」ふとなにか思いついたらしく、彼女は腫れぼったい目をテスに向けた。「リキュールのほうがお好みかしら？　あなたはお若そうだけれど、とっくにお酒を飲める年にはなっているようね」

「お茶をいただきます」テスは言った。

「いいでしょう」ミセス・フェルトンは手を振って執事を部屋から出した。「さあ、あなたのことを教えてちょうだいな。うちには娘がいないから、あなたを迎えることができてとても嬉しく思っているの。たしか、ご両親はもう亡くなったとか」

テスはうなずいた。「ホルブルック公爵がわたしと妹たちの後見人です」

ミセス・フェルトンの笑みが広がった。「あら、息子の親友ね。ふたりはずっと前にイートン校で知り合ったのよ。ほら、ホルブルックは公爵家の次男にすぎなかったでしょう。彼が爵位を継ぐとは、誰も思っていなかったわ。まったく強運だこと」

それは考え方しだいだわ、とテスは思った。兄の命を救うためなら、レイフは一瞬もためらうことなく自分の右腕を差し出しただろう。だが、彼女はうなずいた。

「わたくしたち、息子のお友達には満足していたの」ミセス・フェルトンは、息子も夫もこの部屋にいないかのように話を続けた。「友人にはメイン伯爵もいるのを知っているわね?」

「伯爵にはお会いしました」テスは慎重に答えた。ミセス・フェルトンは、わたしがメインと結婚寸前までいったことを知っているのかしら。

「主人もわたくしも、息子の交友関係を心配したことは一度もなかったわ。名付け親がイートン校へ行かせて下さって、ルーシャスは子供時代から優秀なお友達とだけ付き合ってきたのよ。きっと、あなたのことも慎重に選んだのでしょう」ミセス・フェルトンは言葉を切り、テスにほほえんだ。「あなたはもうフェルトン家の一員ですもの、立ち入ったことを訊かせてもらってもいいわね」

「どうぞなんなりと訊いて下さい」テスは答えた。自分が〝フェルトン家の一員〟だと考えたことはあまりなかった。たしかに、結婚すれば家族が増えるものだけれど。

「あなたの気の毒な境遇が気になるからこそ尋ねるのよ」ミセス・フェルトンは言った。

「あなた……持参金はおありだったの？」

「下品な質問ですよ、母上」ルーシャスが言った。「家族でも、訊いていいことではありません」

「お金に目がないくせに、名家では外見だけで結婚を決めないことをお忘れのようね」

「わが家は名家ではありませんから」ルーシャスが言った。「そもそも、これは金の話ではないはずです」

「有利な条件で結婚するのと、お金もうけで名前を汚すのとは別問題よ」ミセス・フェルトンは断言した。

「わたしはどんな質問にもお答えするわ、ルーシャス」テスは夫に鋭いまなざしを向けた。

「では、言いましょう」ルーシャスは言った。「結婚に際して、テスは立派な持参金を納めました」

テスは目をぱちくりさせ、両手をきちんと重ねた。馬を〝立派な持参金〟と呼ぶのはルーシャスくらいのものだろう。

「けっこう」ミセス・フェルトンは言った。「あなたは質問から逃げないと思っていましたよ」テスに言う。「ホルブルック公爵とメイン伯爵のお知り合いなら、すばらしい縁組を望めたでしょうに」彼女はふんと鼻を鳴らした。「息子が商業を営み、付き合う人間の格を下げている姿を見守るのはつらかったわ。まともな既婚女性は誰も娘をルーシャスに嫁がせたがらないのよ。わたくしが心配するのも当然でしょう」

「ご子息はロンドンでも一、二を争う人気の花婿候補だったと聞いていますけれど」

「寄ってきたのは靴屋の娘ばかり」ミセス・フェルトンは言い、執事が差し出したトレイからリキュールの入った細いグラスを取った。

「昨年の社交シーズン中は、サリー公爵のご令嬢がご子息に思いを寄せていらしたようですよ」テスは穏やかな口調で言った。

「望みを持つのは自由ですもの」ミセス・フェルトンはため息をついた。「でも、もう心配していないわ。あなたは貴族の生まれらしいし、持参金もある」彼女はテスに慎重な笑みを見せた。

どうか、わたしの持参金の正体が知り合いを通して義母の耳に入りませんように。

「わたくしの父は、ご存じのとおりデボンシャー伯爵よ」ミセス・フェルトンが左手に並んだ指輪の位置を直すと、宝石が暖炉の明かりを受けて輝いた。「わたくしはミセス・フェルトンと呼ばれるのが好きで、めったにレディ・マージェリーの称号を使わないの」

「テレサの父親は先代のブライドン子爵です」ルーシャスが割って入った。

「国境の向こうから来たの？　では、スコットランドにも子爵がいるのね」ミセス・フェルトンはテスにほほえんだ。「よその国がイングランドの習慣を真似るとは面白いものだわ。これも、わが国が世界じゅうを支配した証拠なのでしょう。なんでも、アメリカにも男爵ないようだ。

ミスター・フェルトンが咳払いをした。「厩舎の状態はどうだね？」

ほかの三人はびくりとした。ミスター・フェルトンは無口なので妻に見向きもされていないようだ。

「順調です」ルーシャスは答えた。

「来年のアスコットにはどの馬を出す？」

ミセス・フェルトンが笑い、テスに向かって悲しげに手を振った。「わたくしが厳しい規則を決めたというのに、夫はそれを忘れているようね。わたくしの前では厩舎の話は禁止。そうしないと、会話がこのうえなく退屈になるからよ」

一瞬ののち、テスは言った。「おかげんはいかがですか、奥さま？　レディ・クラリスのお話では――」

「奥さまはやめてちょうだい」ミセス・フェルトンは愛想よく言った。「その言葉は嫌いよ。商店にいるようだもの。上流階級の人間はそんな呼び方をしないものよ」

「まあ、教えていただけてよかった」

ミセス・フェルトンは満足げにうなずいた。「近年に爵位を与えられた人たちは」彼女はテスに言った。「話し言葉の端々にまで気を配らなくてはならないの。父の爵位はエリザベス朝末期から続くものだから、わたくしはそんな心配をしないけれど。たとえば、わたくしは自分で選んだ相手と結婚したし、夫とは身分が釣り合わないけれども、経歴に傷はつかないんじゃないかしら」

ミセス・フェルトンが嫌味を言っているとは思えないのに、テスは少し腹が立ってきた。「初代ブライドン男爵は、エドワード一世から爵位を賜りました」さりげなさを装って言った。

「本当に？　その時代のスコットランドに爵位があったなんて」ミセス・フェルトンは声をあげた。「それとも、エドワード一世がそんな僻地《へきち》までたどり着いたの？　そのころスコットランドにいたのは、ピクト人ばかりだと思っていたわ。顔を青く塗った戦士たちの民族よ」

「実は、父の爵位はイングランドのものです」テスは説明した。「エセックス家はスコットランドの家柄ですが、子爵の位はヘンリー六世から授与されました」

「そうでしょうね」ミセス・フェルトンのまなざしが心持ちやわらいだようだ。「あなたを家族に迎えられて、本当に嬉しいわ」黙り込んだ夫と息子はあいかわらず無視して、テスのほうに身を乗り出す。「ふたりで力を合わせれば、息子を名士に戻すこともできるでしょう」

テスは不安そうに目をしばたたいた。

「もう知っているわよね？」ミセス・フェルトンは言った。「息子の行いが長年わたくしを悩ませてきたことを」その声には嫌悪感が混じっている。「株やらなにやら」下品な話題だと言いたげに声を落とした。「血は争えないわ。父はよく言っていたけれど、そのとおりだったの」

「血？」テスは訊いた。

ミセス・フェルトンは残念そうに首を振り、いっそうテスに身を寄せた。「息子がどれほど商売に身を入れているか、あなたも気づいたはずよ。わたくしの実家では代々地代だけで暮らしてきたのに、紳士はそれだけでは足りないと言わんばかり。まあ、あなたが息子の言うことを信じるなら、主人とわたくしが彼の気前のよさに甘えていると思うでしょうね」

「実際、わたしたちは息子の気前のよさに甘えているじゃないか」ミスター・フェルトンが言った。

再び、一同はびくりとした。

ミスター・フェルトンはあいかわらず妻の椅子のうしろに立っていた。片手で椅子の背をつかみ、もういっぽうの手で酒のグラスを握り締めている。ひたと息子を見据え、妻と嫁には目もくれない。

ミセス・フェルトンは夫のほうを見ようともせずに笑い出した。

「いやだわ、あなた、ずっと前のちょっとした不都合を、さもたいそうなことのように」

「その不都合とやらは何カ月も続いたがね」ミスター・フェルトンはまだ息子のほうを見ていた。

テスは戸惑った。ルーシャスは父親にけわしい顔を向けている。

ミセス・フェルトンが立ち上がり、テスにあでやかな笑みを向けた。「わたくしの先祖の肖像画をお見せしましょうか？　この家はいずれあなたたちのものになるんですもの。デボンシャー伯爵が、わたくしの母である伯爵夫人とともに描かれたすばらしい肖像画があるのよ」

「身内のあいだでは、もっと包み隠さず話をしたらどうかね」ミスター・フェルトンが妻に言った。

「そろそろ失礼します」ルーシャスが言った。「またいつか、テスが喜んでご招待を受けるでしょう、母上」テスは夫の冷ややかな目つきを見て、彼はなぜか父親に激怒したのだとわかった。

「おまえの妻が、わたしたちがおまえに感じている恩義を理解してくれたらいいのだが」ミスター・フェルトンはまだ息子から目を離さない。「わたしはロンドンじゅうの人間におまえを悪く思わせてきたが、家族が誤解するのは黙認できない」

「くだらないことを言うのはやめて！」ミセス・フェルトンのやわらかい声が震えている。

「何年も前に、わずかな援助を受けただけでしょう。それでも――」

ミスター・フェルトンは妻にかまわず話を続け、テスのほうを見た。「ルーシャスがオクスフォード大学の最終学年だったとき、わが家は破産しそうになった。わたしたちは収入に見合わない暮らしをしていたし、地代収入は――そう、貸せるものがなかった。土地がなくてね」

ミセス・フェルトンは水から上がった魚のように口をぱくぱく開けている。

「息子はその件で大学を数カ月休むと、株式市場で多額の金を稼いでわたしの借金を返済し、残りの学費も調達した」

「昔のことを話す必要はないわ！」ミセス・フェルトンは言い捨てた。顔が紫色に染まっている。

「息子がいなければ落ちぶれていただろう」ミスター・フェルトンは妻を無視して続けた。「破産していた。それ以来、ルーシャスはわたしたちに援助を続け、田舎の所有地の抵当権を買い戻してくれた。まったく礼のしようもない」彼は妻のほうを見た。ミセス・フェルトンは顔をそむけ、窓のほうをじっと見ている。「わたしたちの不和はロンドンじゅうに知られているんだよ」

「いつもながら大げさだこと。夫はね」ミセス・フェルトンはテスに言った。「気を遣いすぎてしまうの。心根が紳士ではないのよ。わたくしたちの階級は落ちぶれたりしないわ。それは庶民だけの話。わたくしたちはこれまでどおり生きていく。商人は自分の店をひいきにしてもらう代わりに、支払いはいつまでも待つのよ」

ルーシャスが片手を上げた。彼は両親よりも背が高く、はるかに魅力的だ、とテスは思った。ルーシャスはどちらにも似ている。母親のグロテスクなまでの細さはたくましい優雅さに変わり、容貌に磨きがかかったようだ。父親のしなびた美貌は男らしい美しさになっている。

「妻とぼくはご招待に心から感謝しています、母上」ルーシャスは母親のほうを向いた。「でも、この気持ちを消したくありません。テスはまたいつかうかがって、お茶をいただくでしょう」彼はテスの腕を自分の腕に通した。

テスは最後の一〇分間なにも言わなかったし、今も言うべき言葉が見つからなかった。そのうち、腕にかかったルーシャスの指に力がこもった。そこで彼女はぎこちなくお辞儀をして、いとまを告げる挨拶をなんとか口にした。

35

自宅へ戻る途中、ふたりはひとことも口をきかなかった。控えの間に入り、召使いのスマイリーがテスのコートとボンネットを受け取ると、ルーシャスはお辞儀をして言った。「よかったら、ぼくは失礼して――」

「だめよ!」テスは手を伸ばし、書斎にするりと入り込もうとするルーシャスの袖をつかんだ。

スマイリーは上着類を抱え、賢明にもラシャ張りのドアのなかに引っ込んだ。ルーシャスは片方の眉を上げた。「一日分の暴露話はもう十分じゃないか?」

テスはそのたわごとを聞き流し、客間のドアを開けてルーシャスも入ってくるのを待った。「両親とは話したくなかった」ルーシャスはテスから離れて部屋を横切った。「さっきの様子で、ぼくらの関係は明らかになったはずだ。きみが家族をとても大切にしているのは知っているよ、テス。きみが今後も両親を訪問したいなら、そうしよう」

テスはルーシャスの背中を見つめた。「わたしはあなたのご両親のことを話したいの。今ここで」すばらしく感じのいい口調で言う。彼女は夫の完璧なマナーに期待していた。

「いいだろう」ルーシャスは振り向いて身構えた。話しやすくする気はないらしい。これまで見たことがないほど無表情な顔だ。

「いくつかはっきりさせたいことがあるだけよ」テスは長椅子の肘掛けに腰を下ろした。「お義母さまは、爵位とその重要性に並々ならぬ関心をお持ちなのね？」

「そうだ」

「貴族年鑑をお持ちで、よくお読みになっているんでしょ？」

「もちろん」

「じゃあ、父の爵位はイングランドのもので、由緒があるとご存じだったはずよ」

ルーシャスはうつむいた。「きみの言うとおりだろう。母は客をいびって楽しむようなところがあるんだ」

「もうひとつ……確認しておきたいの。あなたは大学から戻り、ご両親が路頭に迷わないように生活費を工面したのね」

「それは大げさだ」ルーシャスが言った。「母が言ったように、紳士階級は莫大な借金を抱えてもしばらくは生活できる」

「でも、あなたの援助がなければ、その借金から逃れられなかったはずよ。お義父さまは、もう土地がなくて地代収入がなかったとおっしゃっていたわ。あなただって、退学するしかなかったでしょう」

「そのとおりだ」

「あなたはご両親を経済的な危機から救ったのに、おふたりはあなたと縁を切ったのね」

「それも大げさだよ」ルーシャスは窓の外をじっと見た。「両親は、非常事態が去ったあとも投資を続けたぼくに失望しているだけなんだ」

テスは立ち上がって彼のそばに駆け寄った。「ルーシャス、あなたはご両親の借金を返した。そのせいで勘当されたというの？」

ルーシャスの顎がこわばった。「ぼくが借金を返せば、両親の行状が白日のもとにさらされることになる」

テスは彼の手を取った。「ええ、そうね」

ルーシャスは黙り込み、少しして言った。「この問題は母の立場に立って考えてほしい。ぼくはとんでもないことをしでかした。母は両親に結婚を反対されても耐えていたから、父の血筋が表に出るのを恐れたんだよ」

「お義母さまの目にはそう見えたのね」テスは穏やかに言った。「そのころから、ご両親の生活費を払っているの？」答えがない。「ご両親は田舎に大きな屋敷をお持ちだと、グリセルダが言っていたわ」

ルーシャスの目に浮かんだいらだちに、テスは驚いた。「その屋敷をどうやって手に入れようが、そんなことはどうでもいいじゃないか。たしかに、両親は土地を取り戻して幸せになったよ」

テスは彼をまっすぐ見返した。「お義母さまのダイヤモンドは？」

ルーシャスが再び目をそむけた。

テスは彼を引っ張って自分のほうを向かせた。「あなたがイモジェンのためにしてくれたこととまったく同じよ。特別結婚許可証の費用を払って、あの子の評判を守ってくれたんでしょう？」

「たいしたことじゃないさ」ルーシャスは肩をすくめた。

「あなたが守ってくれたのはイモジェンの評判だけじゃない。わたしたち姉妹全員の評判だわ」

「前にも言っただろう、テス、ぼくは金に頓着しないんだよ。忘れたのか？」

ちゃんと覚えているわ。わたしのこともあまり気にかけていない、情が薄いたちだと言っていた。そんな――そんな言葉を信じるものですか。ルーシャスは母親のことも愛している。礼儀にこだわり、ひとり息子を古着のように捨てる女性であっても。ルーシャスがこの通りに家を買った理由はひとつしかない。両親がどんなに不愉快な人たちだろうと、やはり会いたいからだ。

「ルーシャス」テスは夫を見上げた。「あとひとつ答えてくれたら、仕事に戻ってくれてかまわないわ」

彼の目がたちまち明るくなった。「なんでも訊いてくれ」

「わたしがメインと結婚するはずだった朝」テスはありったけの勇気をかき集めて切り出した。「彼が階段を降りてくる足音がしたわ。そのとき、あなたは部屋を出ていった」

ルーシャスの体がこわばったように見えた。

「メインになんて言ったの？」

ルーシャスがテスを見つめた。彼女は心臓の鼓動に合わせて秒数を数えた。

「出ていってくれと頼んだ」ルーシャスはようやく答えた。

テスは胸が高鳴ったが、それでも確かめたかった。「お金を払って？」

ルーシャスの顔を影がよぎった。「そんなふうに思うのかい？　ぼくは金で人を思いどおりに動かす男だと？」

「まさか！」テスは訊き直した。「どうしてメインに出ていくよう頼んだの？」

「きみが欲しかったからだ」ルーシャスは言った。「どうしても欲しかったから」

「だったら、なぜそう言ってくれなかったの？」これがいちばん肝心な質問だ。「言ってくれればよかったのに」

「ぼくはちゃんと――」

「あれはだめよ」テスはさえぎった。「遺跡で求婚されたときは、お互いによく知らない間柄だったもの。なぜもう一度求婚してくれなかったの？　どうしてメインに求婚させておいたの？」

ルーシャスはテスを見下ろした。「きみにはもっと立派な男がふさわしい。ぼくなんて――」

だが、テスの瞳はなんとも言いようのない感情できらめいていて、ルーシャスは言葉が出なかった。彼女はルーシャスの人生を引っくり返し、礼儀などなんの価値もないということを彼に知らしめた。

「自分でもいやになるほど、きみが欲しかった」ルーシャスはやっとのことで口を開いた。

「だからメインに頼んだんだ」

「問題を解決したわけね」テスは満足げだ。「ご両親の財政状態やイモジェンの駆け落ちの件を解決したときみたいに」

「そうじゃない」

「違うの？」

「事情は同じではないよ。ぜんぜん違う」ルーシャスは手を伸ばし、テスの顔から巻き毛を払った。「ぼくには、きみの人生ほど解決したいものはなかったんだ、テス。それが怖かった。父に金を工面するのは簡単だったよ。投機をしたら、金に無頓着だからこそ、あっさりもうかった。でも、きみに対しては金をつかえなかった。きみを買収できっこない」

テスの目に涙がにじんだが、ルーシャスはそれを喜びの涙だと思った。彼女はルーシャスをぎゅっと抱きしめた。

「きみのことで頭がいっぱいだ」ルーシャスはささやきながら、テスの目をのぞかなくて済むように抱き寄せた。「ぼくはきみに恋をした。今ではきみを——命よりも愛している。きみはイモジェンのそばにいたかっただろうし、妹たちのことがいちばん大切だろうが——」

しかし、テスはしきりに首を振りながらルーシャスから身を引いた。「わたしは……妹たちのために結婚したつもりだったから、イモジェンにはねつけられて傷ついたような気がしたの。あなたも同じような事情でつらい目に遭ったんじゃないかと思ったのよ。でも、そうではなかったのね？」

「ああ」ルーシャスはテスと目を合わせようとした。

「わたしが傷つくことがあるとしたら、それはあなたと別れるときよ」テスはささやいた。

「あなたに捨てられるときだわ」

ルーシャスは再びテスを胸に引き寄せ、抱きしめた。「ぼくはきみを放さない。ぜったいに。この胸から心臓を取り出せないように、きみをぼくの人生から追い出すことはできない」

テスが目を上げると、そこには愛が見えた。彼女の心を焦がすほど激しく、疑いようもない愛が。

「愛している。愛している」その言葉が唇から唇へと伝わり、かすれたささやきが胸から胸へと届いた。それは、ひとつの魂がもうひとつの魂と交わす約束だった。

エピローグ

彼らは家族の肖像画を描いてもらうためにポーズをとっていた。この八カ月間は、ほぼ毎日そうしてきた。高齢の画家であるベンジャミン・ウエストは、一時間ほど絵筆を握ると手が疲れてしまうのだ。だが、ようやく絵が完成したらしい。ウエストは顔を上げ、絵筆を取れという合図に助手にうなずいた。彼はやせた老紳士で、黒のベルベットの服と高いかかとの靴を身につけ、青年時代に流行した髪粉を振りかけたかつらをかぶっている。

「できました」ウエストは立ち上がり、うしろにさがった。「あとはご家族水入らずにいたしましょう」レースのハンカチを振り、画家は部屋を出ていった。

「ひとつだけ問題があるわ」イーゼルにのった肖像画の前で、テスは夫に話しかけた。「フィンはもう歩き出しているのに、この絵では白いレースの服を着た赤ん坊よ」

ウエストが描いたフィンは、髪をたったひと房生やし、眠そうな顔をした天使のような乳児だった。それに三人とも、優美ではあるが、なんだか気だるそうな顔に見える。これはウエストの作品の特徴らしい。

実物のフィンことフィニアスは、絵のなかの赤ん坊とは大違いだ。たとえば、今のフィンが身につけているのは小さな上着と、丸々した膝のほうへ野暮ったく巻かれたおむつだけ。それに、巻き毛があちこちを向いたもじゃもじゃの頭をしている。肩はオウムのクロイのお気に入りの止まり木になっているので、身なりは悪くなるばかりだった。フィンはしじゅうしゃべっているが、なにを言っているかは誰にもわからない。同様に、クロイもまともな言葉をしゃべらず、甲高い声で鳴く。ひとりと一羽は声を合わせ、すさまじい騒音をたてていた。

テスは肖像画に目を戻した。三人が楓の木の下に座っているところが描かれている。テスは女王のいる客間に向かうようなドレス姿で、ほっそりして優雅そのもの。フィンは母親の腕でまどろみ、テスは夫を見上げ、ルーシャスは妻の背後で椅子に手をかけていた。彼のまなざしは穏やかだが力強く、見る者をとらえている。

「きみがぼくを見る目つきがいいね」ルーシャスが満足げに言った。

テスはほほえんだ。「あなたを愛しているように見えるでしょ？　こんなに気だるそうじゃなかったら、その気持ちまで伝わるかもしれないのに」

ルーシャスがテスの体に両腕を回し、彼女の耳にささやいた。「かもしれない？」

「はいはい、ちゃんと伝わるわ」テスは笑い出した。「わたし、あとちょっとでも太ったら、あなたの腕からはみ出してしまうわね」

「大丈夫だよ」ルーシャスはテスのおなかを嬉しそうに軽く叩いた。

彼女は再び笑い、肖像画を見ようと、ルーシャスの腕のなかで振り向いた。「わたしたち、とても——ぐうたら《アイドル》に見えるわ！」

「惚れ草《ラブ・イン・アイドルネス》だね」彼がテスの髪に向かって言う。

「ウィリアムの花ね？」テスは思い出した。「野生のパンジー。心の安らぎ《ハートイーズ》」

「きみはぼくの心の安らぎだ」

テスはルーシャスの肩に頭をもたせかけ、そこに描かれた自分たち家族にほほえみかけた……申し分ない肖像画だわ。

そのときフィンがよちよち歩いてきて、猛烈な勢いでイーゼルの脚にぶつかった。肖像画がぐらりと揺れ、優雅で気だるい一家の運命は危うくなった。だが、ルーシャスがさっと手を伸ばして絵をつかみ、家族は救われた。

言うまでもなく。

訳者あとがき

結婚したい！

今も昔も、ロマンス小説のヒロインは心のなかでそう叫び、理想の伴侶を探し求めています。愛と希望にあふれた結婚生活こそ女性の夢、のはずですが。

本書のヒロイン、テス・エセックスの理想の夫は？　裕福で、礼儀正しく、妻に干渉せず、三人の妹を社交界にデビューさせてくれる男性です。愛情は特に必要なし。エッ、なんとも寂しい……。でも、こうして〝快適な〟生活を送るのが、一九世紀初頭のイギリスでは幸福とされていました。なにしろ当時のお嬢さまにとって、結婚とは甘い夢ではなく、切実な生きる手段でしたから。

テスはスコットランドの没落貴族の娘です。亡父が競走馬の育成に全財産を使い果たしたため、まともな教育を受けず、まともな持参金も遺されていません。なんと、持参金は競走馬一頭。後見人のホルブルック公爵は好人物ながら当てにはならず、テスはみずからの魅力と才覚で花婿を見つけるしかありません。話し上手で、生き生きとした美貌を誇るテスは、ほどなく公爵のふたりの親友を惹きつけます。ひとりはハンサムで優雅なプレイボーイのメイン伯爵。そしてもうひとりは、辣腕の実業家で、どこか謎めいたミスター・フェルトン。理想的な花婿と思えるメインに求婚されてひと安心かと思いきや、フェルトンに唇を奪われ、テスの心は大いに揺れます。さて、彼女の恋と結婚の行方は……？

すでに本書を読まれた方は、空騒ぎ（本書の原題はシェイクスピアの『空騒ぎ』をもじった“Much Ado About You”）どころか〝大騒ぎ〟をたっぷり楽しんでいただけたことでしょう。どんなときもウィットとユーモアを失わないヒロインは、読者のみなさまの共感を呼んだのではないかと思います。

テスは四人姉妹の長女です。正直で常識的で、つねに周囲を静かに観察してきました。つまり典型的なお姉さんタイプですが、けっこう好奇心旺盛《おうせい》で、情熱的でもあります。いっぽう、次女のアナベルは金髪の妖艶《ようえん》な美女。その美貌にふさわしい自信家で、現実的です。三女のイモジェンは黒髪の情熱的な美女。ロマンチックでちょっぴり頑固なところもあります。このイモジェンのいちずな恋が、姉妹の人生を大きく揺るがします。この時代の恋愛とは罪つくりだったのかもしれません。四女のジョージーは愛らしく賢い少女。太めの体型を気にしてか、思春期のせいか、毒舌を吐いてばかり。この個性的な四人が随所でおしゃべりと口げんかに火花を散らすのが、本書の大きな魅力でもあります。ときに傷つけあい、ときに支えあう姿は、作者が「姉妹は親友でライバル」と言うとおりです。姉妹のいる方はくすりと笑い、いない方は興味深く読まれるのではないでしょうか。

本シリーズはエセックス姉妹をそれぞれヒロインにした四部作になっていますが、『見つめあうたび』では、本作でしっかり者の長女テスのサポート役だった次女アナベルの活躍が描かれています。〝貧乏はいや、裕福なイングランド人貴族と結婚するわ！〟と心に誓い、美貌とマナーに磨きをかけたアナベルが晴れて社交界デビューを果たし……。さて、理想の男性とめぐりあえたでしょうか？

作者のエロイザ・ジェームズの経歴については、既刊『見つめあうたび』のあとがきに譲るとして、ここではご主人とのなれそめをご紹介しましょう。公式サイトによれば、ふたりはともに名門エール大学の大学院生だったときにブラインド・デートで知り合ったそうです。ご主人のアレサンドロさんはフィレンツェ出身のイタリア人。しかも、騎士《カバリエ》の称号をお持ちだとか。まさに事実はロマンス小説よりロマンチック……。おまけに、エロイザ自身もロマンス小説から抜け出したような美女なのです。関心がある方は、公式サイト（http://eloisajames.com/）でご確認を。作者の近況、著作、ファンの声をたっぷり伝えているほか、ロマンス小説を中心に作者のお気に入りの本を紹介していて、サービス満点です。

みなさま、どうかエロイザ・ジェームズをごひいきに。ひととき現実を離れ、華麗なヒストリカル・ロマンスの世界に浸っていただければ幸いです。

二〇〇七年一二月

ライムブックス

瞳をとじれば

著　者　エロイザ・ジェームズ
訳　者　木村《きむら》みずほ

2008年2月20日　初版第一刷発行

発行人　成瀬雅人
発行所　株式会社原書房
〒160-0022東京都新宿区新宿1-25-13
電話・代表03-3354-0685　http://www.harashobo.co.jp
振替・00150-6-151594
ブックデザイン　川島進（スタジオ・ギブ）
印刷所　中央精版印刷株式会社

落丁・乱丁本はお取り替えいたします。
定価は、カバーに表示してあります。
 ISBN978-4-562-04335-4　Printed in Japan

エロイザ・ジェームズ大好評既刊書

見つめあうたび

立石ゆかり訳　950円

19世紀初頭のロンドン。社交界にデビューしたアナベル。何不自由ない結婚生活を夢見ていたがトラブルに巻き込まれて、到底裕福には見えない伯爵と結婚するはめに！ これからの貧しい生活を思い涙するアナベル。しかし伯爵と過ごすうちに次第に彼の正体が…。

良質なときめきの世界
珠玉のヒストリカル・ロマンス

コニー・ブロックウェイ

純白の似合う季節に　数佐尚美訳　980円

駅で偶然に拾った切符で田舎町へやってきたレッティ。有名なウエディング・プランナーと間違われ、町の貴族たちに大歓迎される。時機を見てそっと町を出て行くつもりが、若き治安判事に恋をしてしまった！ そこへ、彼女の追っ手が…。

あなただけが 気になる　数佐尚美訳　930円

仕事で失敗続きのウエディング・プランナー、エヴリン。彼女に訪れた名誉挽回のチャンス！ それには顧客の希望通り、元軍人の大邸宅を式場用に何としても借りなくては…。しかしこの申し出を断られた彼女は、彼に取引を持ちかける…。

ジュディス・アイボリー

舞踏会のレッスンへ　落合佳子訳　950円

セクシーだが無作法な鼠捕り屋を、たったの6週間で「紳士」に仕立て上げる賭けをすることになった侯爵令嬢エドウィーナ。同じ屋根の下に暮らしながら、2人きりのレッスンが始まる。そのレッスンとは？ そして賭けのゆくえは？

美しすぎて　岡本千晶訳　950円

美しいココと出会い、彼女に惹かれていく地質学者。恋におちた2人だったが、将来を嘱望される彼のため、愛をあきらめようとするココ。しかし彼はあらゆるものを犠牲にして愛を貫こうとする。そこへ2人を阻む陰謀が！

価格は税込